走错时空的人

[加]西娅·林——著
戚悦——译

天津出版传媒集团
天津人民出版社

果麦文化出品

献给把海鸟送回家的瑞安

现在，仿佛一切都取决于我——只需耗费微不足道的精力，我便可以改写历史，扭转乾坤。似乎仅凭强烈的愿望，曾经拒绝跟我们去英格兰的安东尼娜奶奶便会一如既往地住在康德大街[1]，而不会踏上那趟旅途，我们也就不会在所谓的战争爆发之后不久，收到红十字会写在明信片上的通知。那样，她仍旧可以精心照看自己的金鱼，每天在厨房的水龙头底下为它洗澡；当风和日丽的时候，让它在窗台上呼吸一点儿新鲜空气。总之，好像只要片刻的用心，把那些隐藏在谜语中的线索拼凑起来，所有的事情便可复原如初。

——W. G. 西博尔德《土星的光环》[2]

---

1 康德大街（Kantstraße）：德国首都柏林的一条主干道，以德国著名哲学家伊曼努尔·康德（Immanuel Kant，1724—1804）的名字命名。（译者注，后同。）

2 W. G. 西博尔德（W. G. Sebald，1944—2001）：德国作家、学者，生前曾被众多文学评论家誉为“最伟大的在世作家”。原瑞典文学院秘书长在2007年的采访中提到，如果西博尔德不是英年早逝，理应获得诺贝尔文学奖的桂冠。《土星的光环》（The Rings of Saturn）是他的长篇小说代表作。

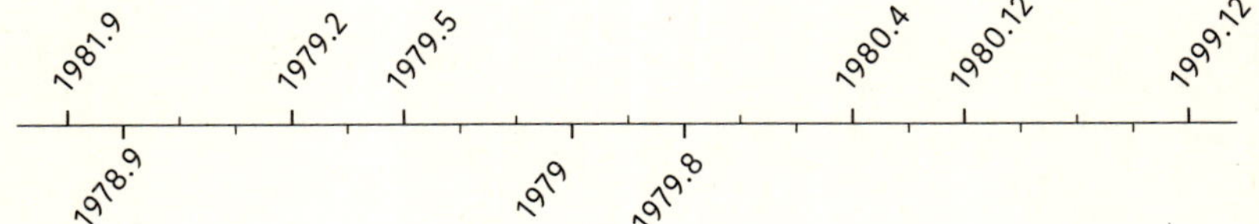
1981.9
1978.9
1979.2
1979.5
1979
1979.8
1980.4
1980.12
1999.12

1981.09

假如你想做时间旅行，那就去休斯敦[1]洲际机场。负责培训的工作人员会向大家介绍说，时间旅行就像坐飞机一样，甚至连出发地点都设在机场。以前人们也曾对坐飞机感到害怕，其实完全可以放心。但是，当你抵达机场以后，会发现二者截然不同。在距离航站楼一英里处，有一个车站，位于一大片水泥空地的边缘。在那里，你必须离开自己搭乘的交通工具，登上一辆类似动物园游览车的电车，蜿蜒前行。

一辆检疫出租车驶向那个孤零零的车站，透过无数菱形的铁丝网格，可以望见逐渐浮现的机场。出租车司机坐在密封的椭圆形驾驶室内，周围环绕着结实的树脂玻璃。后座上的弗兰克身穿黄色的防护服，醒目的颜色说明他已经感染了病毒。

分别的时刻即将来临，波莉却不知道该说些什么。一路上，弗兰克总是忍不住打盹儿，紧接着又突然惊醒，恐惧地支起身体，直到瞧见她还在自己旁边才放松下来。几天来，他始终在不停地念叨：“咱们还是可以回去的！”即便在沉睡时，他也嘟囔着这句话。每当醒来之际，还不忘继续梦中的争辩。由于裹着厚重的防护服，他的声音显得非常遥远。

她伸手揽过他的脑袋，想让他的额头贴在自己的脸颊上，可是

1　休斯敦（Houston）：美国南部得克萨斯州的一个城市。

他的面罩挡在中间，他们无法逾越这三英寸的距离。防护服摩擦着人造革的汽车座椅，发出一种滑稽刺耳的噪音，但是他们却笑不出来。波莉很想最后一次凑近弗兰克的皮肤，贪婪地吸气，捕捉他的味道，那种略带咸涩，却又掺杂着某种甜蜜的味道，就像这座城市的雨天一样。然而此刻，除了干燥的塑料气味，她什么也闻不到。

早在几周前，新闻媒体便停止了工作，不过这依然无法阻挡广告的狂轰滥炸，大大小小的建筑物上粉刷着标语，空空荡荡的店铺门面糊满了海报，无人使用的陈旧邮筒塞满了信件，到处都在宣传“重建美国”的时间旅行计划：“二〇〇二年没有瘟疫！”“前往未来，重建美国！”“无需任何技能，免费提供培训！”

随着瘟疫的迅速蔓延，信贷公司陆续倒闭，政府决定封锁州界，以此来遏制病毒的传播，许多人因此被意外地困在了得克萨斯州，包括波莉和弗兰克。起初，他们还能够苦中作乐，把街上的广告视为荒唐的笑话。后来，这些广告令弗兰克大动肝火，义愤填膺。他会撕掉粘在邮筒上的小册子，狠狠地扔在地上，低声地抱怨着可恶的投机主义。“他们绝对不会向有钱人宣传这种东西！”他咕哝道。过不了一小时，他又会重复一遍。

除了每周去一趟杂货店之外，波莉和弗兰克整日都待在屋里。五名预备役军人征用了那家杂货店，拿出经过冷冻和干燥处理的商品，定量发放给那些衣衫褴褛的顾客。他们之所以主动承担这份责任，帮助人们公平地获取食物，并不全是出于好意，也是因为他们跟大家一样，深陷无所事事的绝望中，拼命地想要做点儿什么。

有一天，杂货店的玻璃门上锁了，一张手写的告示让大家绕到杂货店后面去，士兵们正在那里举办一场聚会。他们身上依然背着步枪，手上端着粉白条纹的纸制甜品盘，给大家分发罐装的鸡尾肠[1]，每人一根。小小的盘子躺在那些宽大的手掌里，显得格外孤单。泰迪马上就要去未来工作了，他来自堪萨斯州[2]，在他们当中年纪最小，但是头发早已掉光了，他即将成为一名能源合同工。杂货店的后墙上还贴着一张更大的告示，跟前门的笔迹相同：二○○二年，我们来啦！这真是一件难得的开心事，士兵和顾客们穿着不甚得体的衣服，悠闲地站在一起，相视而笑，一点儿一点儿地啃着干巴巴的鸡尾肠。然而，就在那天上午，电话好不容易接通了五分钟，他们联系上了弗兰克的兄弟，结果却得知，数周以前，弗兰克在布法罗[3]租住的公寓已经更换了门锁。房东虽然对他的处境深表同情，但是再也无法忍受收不到租金的情况了。“可是，我的立体声音响怎么办？”弗兰克说，“我的唱片呢？爷爷的菜刀呢？”他念叨着一大堆不复存在的东西，声音也变得越来越小。

弗兰克向来都是派对上的开心果，然而那天下午，在杂货店后面，他却逮住一位脸颊消瘦的女子，对她大发牢骚：“既然如此，他们为什么不去阻止瘟疫的蔓延呢？如果时间旅行可以实现，他们为什么不回到过去，阻止第一个病人传染给第二个病人呢？”

“他们试过了，”那名女子边吃边说，口中塞满了食物，“时间旅行能够到达的最早日期是一九八一年六月，比瘟疫爆发晚了七个月。”

“什么？为什么？怎么会这样？”弗兰克语无伦次地发泄着愤怒，这是前所未有的表现。他通常都很讨人喜欢，而且十分健谈。事

1　鸡尾肠（cocktail wiener）：一种很小的香肠，经常作为聚会时的零食。

2　堪萨斯州（Kansas）：美国中西部的一个州。

3　布法罗（Buffalo）：美国东北部纽约州的一个港口城市，又称水牛城。

后回想起来，这种在社交场合的突然失控就像一个警报，预示着疾病的降临。波莉也感到有些异样，不禁心烦意乱，未能立即做出反应。

不过，眼前的女子倒是不需要其他人来调和，她继续说道："那正是这项技术的局限性。直到一九九三年年底，时间旅行机才研制成功，而且它最多只能跨越十二年，确切地说，也就是四千三百八十天。你可真是井底之蛙，连这个都不知道吗？"

弗兰克的耳尖泛起了红色，波莉本应开个玩笑，缓解一下气氛，但是她走神了。那一刻，时间旅行不再是虚无缥缈的幻想，而是真切存在的现实，突然间，她心生恐惧。她想扔掉食物，抓住弗兰克的手，把他紧紧地搂在自己的臂弯中，仿佛他随时都有可能被狂风卷走。

此刻，他们正在靠近那个孤零零的车站，数辆电车将空地一分为二，崭新的时间旅行大楼坐落在对面。这栋大楼犹如史前巨石，他们还从未见过如此高耸而宽广的建筑，本能的胆怯侵蚀着波莉的内心。曾经熟悉的机场规则已经荡然无存，不近人情的送客模式倒是依旧没变：一旦你抵达路边，其他汽车就得停止前进，在后方排队等候，可是司机们都非常冷酷，只肯给你几秒钟的时间来道别。

"你不必走。"弗兰克说。

"讲点儿别的吧，不要再提这句话了。"波莉微笑着摇了摇头，久违地流露出撒娇的憨态，虽然此情此景，这副模样显得十分不合时宜，但是她无法控制自己的面部表情。

"你不必走。"他用遥远的声音重复道，不愿就此罢休。

波莉只能勉强挤出一些简单的词句："没关系，咱们很快就会在一起的，别担心。"

弗兰克一直不肯放她走，波莉说服他的唯一方式就是拿泰迪做榜样。这位来自堪萨斯州的预备役军人打算和伙伴们在二〇〇二年重逢，他们选好了见面的地点，并且制定了详细的计划。“咱们也可以这样做，”她对弗兰克说，“我会申请时间最短的签证，申请一个五年的签证。”然而，当她来到创时者公司的办公室，他们却为她提供了一个十二年的签证。不过，弗兰克还是能够见到她，只是要在一九九三年九月四日的休斯敦洲际机场。“万一你的行程突然改变了，那该怎么办？”他问道。弗兰克曾听另一名病人说起自己有位表兄，认识一个在时间旅行大楼里工作的人，那人声称，他们可以在你穿越时间的旅途中，更换你的“目的年”。波莉认为，所谓行程改变，仅仅是虚假的传闻而已。既然你的签证日期确定无误，他们为何要把你送到一个完全不同的时间点呢？这就像是购买了一张前往夏威夷的机票，结果却莫名其妙地降落在阿拉斯加州[1]。不过，为了安抚弗兰克，她还是想出了一个备用计划。倘若真有某种意外发生，导致他们当中的一人不能按时抵达机场，那么在九月份的第一个周六，他们就去加尔维斯顿[2]的旗舰旅馆[3]等待，直至找到对方为止。“不只是第一个周六，”他说，“每一年九月的每一个周六，咱们都要去。”这是极为夸张的反应，更是缺乏信心的表现。但是他正处于焦虑不安的状态中，所以她妥协了。两人还约好，如果旗舰旅馆消失了，他们便在附近的沙滩上见面。即使在一九九三年之前，外星人入侵了地球，

1　阿拉斯加州（Alaska）：美国的一个州，位于北美洲的西北角。

2　加尔维斯顿（Galveston）：美国得克萨斯州东南部的一个海滨度假城市，位于加尔维斯顿岛和鹈鹕岛（Pelican Island）上，以支持美国独立战争的西班牙军事领袖伯纳迪·加尔维斯（Bernardo de Gálvez，1746—1786）的名字命名。

3　旗舰旅馆（Flagship Hotel）：建于1965年的一个旅馆，位于加尔维斯顿的第二十五大街。

所有的城市都被毁灭、重建，陆地也仍旧会结束在海洋开始的地方[1]，而那里就是第二十五街的尽头。

尽管如此，弗兰克还是显得不满意。他仰起脑袋，灰白的皮肤绷得很紧，仿佛马上就要剥落，一头棕发似乎也褪去了鲜亮的色泽。波莉再次开口，听起来就像是喝醉了酒，她拼命掩饰，刻意把每个字都说得格外清晰，虽然只是一句短短的话，却需要全神贯注，耗费巨大的精力："如果我不走，你会死的。"

"你这一去，就是十二年。等你回来的时候，我都四十岁了。"

她不停地安慰自己，在心里念叨着同一套说辞，犹如乐曲中反复出现的副歌：男人越老越有魅力，而我还年轻，我们依然能生一个孩子。但是现在，她的肺部、喉咙和脸庞变得滚烫，可怕的恐慌如潮水般逐渐淹没了她。她抓住他的大臂内侧，拼命用力，即便隔着层层密封的防护服，她也能感觉到他的肌肉在陷下去。

"你要在另一边跟我见面。咱们一定会在那儿重逢。"

他痛得大叫一声，试图抽出胳膊，可是她坚决不肯放手。

"咱们说过的事情仍旧可以实现。"

他们会回到布法罗，来到塞内卡大街[2]上，在波莉最喜欢的饭店里享用美味的肉丸。他们会把床铺推到窗户底下，每天吃完晚饭以后，都躺在上面闲聊，赤裸的脚丫抵着清凉的墙壁。他们会生一个鬈发的宝宝，就像可爱的天使，蜷缩在弗兰克的怀抱中，踢着胖乎乎的小短腿，传递着温暖而幸福的重量。但是，波莉不敢把这些梦想大声地说

1　此处化用了葡萄牙诗人路易·德贾梅士（Luís de Camões，约1524—1580）的诗句："陆地在这里结束，海洋从这里开始。"

2　塞内卡大街（Seneca Street）：位于布法罗南部，以罗马哲学家卢修斯·阿奈乌斯·塞内卡（Lucius Annaeus Seneca，约公元前4—公元65）的名字命名。

出来，她害怕厄运之神会听见。她只能默默地攥着他的胳膊，让他明白自己的意思，仿佛仅仅通过触碰，就能够传递讯息。

隔着布满水雾的面罩，弗兰克露出淡淡的微笑，他的脑海里浮现出她勾勒的未来。

在他们身后，一辆汽车的喇叭突然响起，其他汽车也不甘示弱，纷纷发出催促之声。司机的声音从对讲系统里传来，显得尖锐刺耳："你该走了。"他们紧紧地握住对方的双手，以至于防护服的表面深深地嵌入指间。但不论如何尝试，他们始终都无法肌肤相亲。她的心脏在坠落，她的决心在动摇。她一遍又一遍地叮嘱："不要忘了我。"她仔细地端详着他，努力铭记他的轮廓，但是已经没有时间了。无数喇叭齐鸣，噪音此起彼伏，仿佛今天就是世界末日。车门一关，她就被带往消毒中心了，他们根本来不及挥手道别。

由于大家的随身物品都不多，所以没有任何包裹堵住过道或占据座位。电车上的一排长椅可以容纳三个人，波莉坐在一男一女中间。乘客们把少得可怜的行李放在膝盖上，有人搂着几个简易的纸袋，有人抱着一个破旧的手提箱，就像波莉旁边的那名女子一样。他们必须拿好自己的文件，至于其他东西，除了武器和易燃物之外，都可以携带，只要一个小包能装得下就行。照片也能捎上，不过工作人员说，那样做毫无意义，因为相纸无法在这趟旅途中幸存下来。

如今正值暮夏，天气颇为闷热，沉重而黯淡的云朵压向柏油路面。他们当中的许多人都是结伴而行的兄弟、姐妹、朋友或情侣，但是没有人开口说话。电车驶出隔离的空地以后，绕了一个大圈，乘客们能够清楚地看到远处的景象，望见自己即将抛下的一切。波莉左边的女子猛然扭过头去，犹如在护士打针的瞬间转移视线。

他们穿过一片树林，发霉的枝干斑斑驳驳，车内的电动机“嗡嗡”作响，就像在参加一趟孩子们的郊游一样。波莉处于一种荒诞的镇定之中，仿佛刚刚吸入了麻醉药，马上就要接受切除手术，跟周围的世界彻底分离了。她暗自思忖：其实这样的安排很好，现在我们的任务就只剩下登船了。她一定要记得告诉弗兰克，时间旅行明显比航空旅行效率更高，这些电车可以让大家顺利地抵达出发地点，他们不会迷失方向，也不会搭错扶梯，在应该下楼的时候跑到楼上去。

右边的男子打开《时间旅行指南》，翻到《常见问题列表》，不过他的眼睛却直勾勾地盯着前面的椅背。波莉也在以同样的方式阅读自己的手册，游移的目光不断地分散着注意力。第一部分非常简单——掌握特殊技能的旅行者可以申请专为杰出人才设计的O-1签证——她所持有的就是这种限制级别的签证。另一部分看起来像是一则黑色幽默：如果您有任何活着的后代，那么您必须带他们一起旅行。之所以要确保旅行者不会留下后代，是为了减少未来有可能发生的混乱或者从遗传角度而言不恰当的结合。但是紧接着，内容又转向了冰冷的现实：创时者公司有权将您的旅行费用全额转让，在双方商定的期限之内，您将受到创时者公司的协议约束。只有附属细则才生硬地提到了她要做的事情是多么凶险：通过时间移民来遏制瘟疫蔓延或者改变其他事件的行为会导致不良后果，因此国际法律和联邦法律均不允许任何人跟过去发生联系，除非是出于单纯的管理目的，并且不涉及个人、历史、立法和记录等因素。人类只能被送往未来，严禁回到过去。先前，她仅仅把这段文字从头到尾念过一遍，然而，思维的大门还处于封闭状态，没能理解其中的含义。

波莉旁边的女子正在哭泣，起初还竭力克制，此刻却将紧握的拳头抵住牙齿，指关节沾满了唾液，变得闪闪发亮。当她开始发出声音的时候，波莉犹豫起来，不知自己是否应该拍一拍她的腿，或者出言安慰，劝她不要担忧。

电车停在了一座机库的入口。旅行者们纷纷下车，自觉地排成数列，朝着不同的方向鱼贯而行。有些人径直走向机库的深处，迈进一间日光灯照耀的拱形大厅。而有些人则按照指示，站在地板上红线画出的区域内，准备再一次接受体检，以及严格的杀菌消毒。然后，他们将登上带有隔离舱的特殊飞机，前往创时者公司在世界各地设立的分部：上海、法兰克福[1]、哈拉雷[2]、加拉加斯[3]和悉尼。

在这片喧闹中，那名哭泣的女子行动十分缓慢。她试着起身了一次，却摇摇欲坠，难以承受骨骼和悲伤的重量，于是又颓然坐下，脆弱的长椅随之剧烈摇晃。创时者公司的职员打扮得很像医院护工，他们打算强迫她离开座位，但是那名女子说："等等，稍等一下，我会走的。"她个头矮小，穿着高跟凉鞋，细细的绑带上缀满了闪烁的紫色水钻。其他旅行者都穿着廉价的鞋子，没有丝毫装饰。波莉建议她脱掉凉鞋，方便下车。那名女子并未回答，但还是照做了。她的双足看起来非常肮脏，脚后跟的皮肤都干裂了，相较之下，华丽的凉鞋显得格格不入。

波莉和那名女子属于最后一批迈进机库内门的旅行者，大家在这里又分为几支更短的队伍，等待工作人员核对他们的护照、签证和指纹。波莉的签证上印着"一九九三年九月四日，加尔维斯顿"的字样。十二载的光阴，对于永恒的宇宙而言，不过是弹指一挥间。波莉

1　法兰克福（Frankfurt）：德国第五大城市及黑森州最大的城市，是德国乃至欧洲重要的工商业、金融和交通中心。

2　哈拉雷（Harare）：津巴布韦的首都和最大城市，是津巴布韦的政治、经济、文化中心。

3　加拉加斯（Caracs）：委内瑞拉的首都和最大城市，是委内瑞拉的政治、经济、文化中心。

整理着文件的顺序，希望尽量让工作人员满意。她确保签证页上的凸字“O-1”露在外面，崭新的护照依然散发着钞票的气味。

直到上周四，波莉和弗兰克才去了临时诊所。每条走廊都搭满了相互分隔的帐篷，充当过渡区域，幸运的病人暂住在那里，等待被送往治疗中心。一位身穿整洁青绿色防护服的护士告诉波莉，弗兰克的检查结果是阳性，他感染了瘟疫。她像发牌员一样把试纸依次摊开，好让波莉清楚地看到。她已经化验了三次，结果完全相同。他需要的药物十分昂贵，价值数千美元。公共卫生署可以向他提供免费治疗，可惜效果不太理想。不过，还有时间旅行能够解决问题。

波莉不明白护士的意思：“你是说弗兰克应该去做时间旅行吗？”

“噢，当然不是。”她答道。他们不允许病毒携带者穿越时间，但是波莉可以，唯一的条件就是顺利通过医疗鉴定。创时者公司愿意提供家庭健康福利，一旦波莉签订合约，成为他们的员工，即便两人还没有结婚，弗兰克也能立即接受治疗，只要把他的名字填在表格上就可以了。

波莉死死地盯着白色的地板，拼命把注意力集中在污黑的水泥缝隙和闪亮的瓷砖缺口上。然而，她无法控制自己的思绪，总是忍不住回想起上周的一个傍晚，当时弗兰克带她到公寓的屋顶上去看日落。第二天，他的症状便出现了。

几个月前，他们选中了那栋公寓，因为楼里的居民都走光了。很快，空旷与寂静就变成了可怕的压抑。不过，屋顶上散落着汽水的易拉罐和手卷烟的烟蒂，证明世界上还有其他人曾经来过，在这里吃着零食，眺望天空。

他们坐在一个用来装香蕉的防水纸箱上，背靠着背，弗兰克从外套口袋里掏出了珍稀的美味：一小盒葡萄干，简陋的包装由于受潮而变得歪歪扭扭。为了坚持到太阳下山，他们慢吞吞地品尝着葡萄干，反复地咀嚼每一粒没有汁液的干果，直到牙缝间仅剩一丝半缕的残渣。一只鸽子顶着狂风，满怀希望地靠近。“不要心软，”弗兰克说，“千万别把任何东西浪费在那只会飞的老鼠身上，这些葡萄干是我特意留给你的。”波莉说：“可是它饿了。”她举起一粒，伸向颤抖的鸟喙。过了一会儿，第二只鸽子也来了。“你瞧，又多出一张嘴。”弗兰克说，恋恋不舍地看着她把最后一粒葡萄干施舍出去。

夕阳在他的肩头坠落，大风呼啸，碎石滚动，他的棕发沿着耳廓卷曲。她多么想忘记这一刻，她原本可以抚摸那对形状独特的耳朵，将脸颊埋在他的颈弯里，但是她错失了最后的机会。

一位工作人员冷漠地翻阅着她的文件，对身边的一切视而不见，根本不在乎自己所扮演的重要角色。大家拿到了服装和拖鞋，所有东西均为蓝色。现在，旅行者们分成了男女两组，在公共更衣室里脱衣服，每个人都呆呆地凝视着面前的墙壁。波莉套上单薄的蓝色布料，腋下撕开了一道口子，脏兮兮的文胸边缘清晰可见。她始终把手夹在腋下，发现其他女孩在犹豫着要不要脱掉裤子。没有人会给她们替换的服装，当她们抵达未来时，肯定会显得极为狼狈，仿佛二十世纪八十年代的生活比实际情况还要悲惨。房间中央摆着许多黑色的储物箱，波莉把自己的休闲服扔了进去。

文胸的某个地方破了，钢圈伸出来，摩擦着柔软的皮肤，感觉隐隐作痛。在走路的过程中，波莉悄悄地忙活，竭力通过腋下的缝隙调整顽固的钢圈。忽然，一声尖叫传来，大家纷纷在出口处停下脚步。波莉看到了那名在电车上哭泣的女子，她双膝跪地，手提箱里的东西都摊在周围，好像丢失了什么宝贵的物品。她断断续续地抽噎着，嘶哑的喉咙里发出窒息般的响声。

这是一种十分可怕的噪音，仿佛引起了惊天动地的雪崩，无边的恐惧奔涌而来，淹没了波莉，填满了她的耳朵与气管。片刻之间，她感到身体极为沉重，动弹不得，挣脱束缚的唯一方式就是把复杂的情感凝聚成愤怒。她想冲那名女子大喊：你以为只有你一个人在受苦吗？

在另一个宽敞的房间里，天花板上挂着光秃秃的灯泡，所有的优雅早已消失在一片寂静之中。屋里没有任何说明性的指示牌，旅行者们闹哄哄地聚集在各个角落，旁边有一排桌子，紧挨着一行白色的储物箱，里面堆满了覆盖着塑料涂层的防辐射背心。尺寸合适的衣服数量显然不够，大家吵吵嚷嚷，激烈地争夺起来。波莉拿了一件特大号背心，因为它更容易到手，那些装着中小号背心的储物箱基本都空了。波莉疑惑地环顾四周，觉得头晕目眩。她刚才没有留意，现在突然发现，在这间屋子里，她恐怕是个子最高、皮肤最白的。几乎所有人都身材矮小，长着黑色头发，其中多半是女性。他们的模样跟她迥然相异，不知属于什么种族，也许来自墨西哥。她感到十分尴尬，浑身直冒冷汗。她不应该关注他们的特殊之处，这样显得非常无礼，而且极为迂腐，倒像是弗兰克的妈妈会做的事情。但是此刻，她似乎莫名其妙地跑错了地方，犹如闯进了男厕所。她是不是在无意中漏掉了什么？说不定外面写着这里是外籍人士的专区。他们是按照语言被分组的吗？

她穿上自己的背心，可是无论多么用力地系紧带子，袖孔和肚子的部位依然松松垮垮，她很害怕放射性物质会对暴露在外的部分造成不良影响。旅行者们站得乱七八糟，队伍歪歪扭扭，工作人员纷纷从桌边起身，在屋里来回巡视，就像牧羊人一样。

一位工作人员夺过她的文件，高声喊道："难道你不识字吗？你是O-1，不是H-1。赶紧离开，到那边去！"他抬起胳膊，指向远处。他的手势并不明确，示意的范围非常模糊，将大厅的整个后部都包括在内了。警报器嘟嘟作响，震耳欲聋。波莉别无选择，只好退回到公共更衣室，除了通往下一阶段的舷梯以外，这是唯一的出口。她打算待在更衣室里，等到安全的时候再出去，找一位更加和蔼的工作人员详细问一下。她靠在一个黑色的储物箱上，里面都是遭到遗弃的衣服，有棉布、人造丝绸和条纹图案的涤纶面料，有小巧的珍珠纽扣，还有一件破破烂烂的衬衫，也许曾经是某个姑娘的心爱之物。她移开视线，突然注意到一扇标着"O-1"的小门，先前她并未发现它的存在，其他人好像也都忽略了。

波莉打开小门，抬脚迈了进去。在抵达机库以后，这是她见到的第一个狭窄的房间，有木头折叠椅和低矮的胶合板墙壁，但是没有天花板。角落里摆着一盆植物，墙上悬挂着一幅梵高的《夜间咖啡馆》[1]的复制品，旁边立着一个衣架，挂满了防辐射背心，每种尺寸都准备了许多件。叫喊声从隔壁传来，显得格外沉闷。

屋里还有一名女子正在等候，单看外表，很难判断出她的年纪，只能说介于二十五岁至四十岁之间，简陋的服装无法提供任何线索。她留着柔软的金发，抿着小小的嘴巴，坐姿颇为端正，上衣的缝合处绷得紧紧的。她直勾勾地盯着前方，一下一下地掰动着指关节，发出令人厌烦的声响。

1　梵高（van Gogh）：指文森特·威廉·梵高（Vincent Willem van Gogh，1853—1890），荷兰后印象派画家，是西方艺术史上最有影响力的人物之一。《夜间咖啡馆》（*Café Terrace at Night*）是他于1888年创作的一幅油画，最早展出于1891年。

文胸擦伤的部位变得越来越疼了，波莉转过身去，拼命挪动戳进肉里的硬物，虽然无法确定那究竟是什么东西，但是它已经钩住了她的皮肤。她的伙伴折腾完所有的指关节，开始敲击自己的椅子，清脆的噪音就像钟表的嘀嗒声。波莉在进门时所体会到的宽慰之情已消失得无影无踪，不祥的预感逐渐涌上心头。尽管她尊重私人空间，反对盲目闲聊，但是现在，她觉得自己必须开口说话了。就在此刻，那名女子忽然看向她，仿佛这才刚刚发现她："你的特殊技能是什么？"

"啊？"

"你的特殊技能？你是如何得到O-1签证的？"

"我是一名家具修复师，我会修理和复原旧家具。"

女子大笑起来，听起来非常聒噪，波莉宁愿她继续掰手指。

"真有趣。"

"是吗？"

"当然，没想到他们需要的是这种技能。"

"你是做什么工作的？"

她又笑了："针灸师。是不是很荒唐？"

"什么意思？"

女子凑近波莉，压低声音："那份手册中印着一个表格，列出了有资格申请O-1签证的职业，你仔细看过吗？排在第一的是工程师。这很公平，算是合情合理。重建国家确实需要工程师。接下来是建筑师和测量师，这也没有问题。然后是电影明星和获得格莱美奖[1]的音乐家，这就显得比较愚蠢了，不过仍然可以理解，毕竟他们能够鼓舞士

1　格莱美奖（Grammy Awards）：由美国国家录音艺术与科学学会（National Academy of Recording Arts and Sciences）颁发的一个奖项，用来表彰那些在音乐领域取得成就的人士。第一届格莱美奖颁奖典礼于1959年举行。

气。但是，表格里还写了什么？天然药剂师、脊椎推拿师、按摩理疗师、蜜蜂饲养员。如今再加上家具修复师！你知道他们打算怎么安排这些人吗？”

“不知道。”

“他们为何不想要现代社会重视的职业？比如科学家、医生、学者和律师。”

“那些人他们已经有了，现在需要找其他人来填补空缺，来做没人愿意干的工作。”

“不对，”她嗤之以鼻，“没人愿意干的工作是专门留给H-1的，那群可怜虫要起早贪黑地把豆子装罐，或者辛辛苦苦地铺路造桥。而我们是O-1，拿着象征杰出技能的签证。不过，所谓的杰出技能到底有什么用？他们不想要律师，可我就是一名律师。我必须在申请资料上撒谎，说自己懂得针灸疗法，其实我对此一窍不通。我根本就不了解按摩，这辈子也从来没给任何人做过按摩，除了床上的爱抚。”她再次大笑，声音十分刺耳，就像尖锐的哀鸣，“难道你不害怕这一切跟色情行业有关吗？”

“什么？”

“性交易。”她小小的嘴巴飞快地说道，“我们会被当作妓女卖掉吗？”

波莉凝视着梵高的油画。她初次见到这幅画是在一位学校辅导员的办公室里，那时她觉得非常神奇：这幅画犹如一扇窗户，你似乎可以径直走进眼前的场景中。只需默默地看着，你就能置身于另一个世界之中。

“跟门外那些人相比，我和你在性方面明显更具有吸引力。”金发女子继续说。

波莉已经见过这幅画许多次了，无法再像从前那样捕捉其中的奥妙。

“我始终都在勤勤恳恳地工作，每周要上班六十个小时，”女子不再用耳语般的说话方式，恢复了正常的音量，“我花掉自己所有的积蓄，购置了一套豪华公寓。然后，瘟疫爆发了。”她一巴掌拍在旁边的折叠椅上，却引起了意外的连锁反应。椅子砰然合拢，迅速朝前方倒去，在坠落的过程中，椅子腿钩住了花盆的底部。花盆失去平衡，狠狠地摔在地板上，发出一声难以掩饰的巨响。

女子瞪着七零八落的碎片，惊恐万分。

“快！赶紧帮帮我，让这里恢复原样。”

她猛地拽开挡在面前的椅子，任由它滑过地板，撞上了衣架。她疯狂地把泥土踹进角落和家具下面，波莉愣了片刻，便立即开始帮忙。由于不清楚她们会受到怎样的惩罚，波莉也不免有些提心吊胆。她们不想引人注意，但是那名女子实在太慌张了，总是忍不住轻声尖叫。她用手掌和膝盖支撑着身体，趴在地上收拾现场，结果在忙乱中碰到了更多的椅子，这些椅子纷纷倒向墙壁，制造出“乒乒乓乓”的响声，仿佛有人在密封的房间里四处敲打，寻找隐藏的空心夹层。

警卫来了，他们动作缓慢，镇定自若。那名女子冲向他们，并高声大喊：“我还想旅行！我还想旅行！”然而，他们看到她扑了过来，便干脆利落地将她制服，强迫其转身，接着把她的手腕捆在了一起。

“放松，放松。”他们对她说。

“可是，我还能旅行吗？我还能旅行吗？”

警卫没有回答，他们直接把那名女子带走了。一位工作人员打开内门，她身穿裙褶翘挺的海军服，手拿带有弹簧夹的笔记板，一边低声咒骂，一边摆弄着别在胸前的对讲机。她呼叫另一边的同伴，说："女性旅客，姓氏为鲍尔，O-1级别，已经转移到解雇处。八十六号鲍尔，拜托了。"她转向波莉，"纳迪尔吗？跟我来。"她招了招手，波莉穿过内门，迈进一个更小的房间。这个房间倒是有天花板，上面还有许多隔音孔。波莉安慰自己，这显然是为了旅行者考虑，目的在于保护他们的隐私，而并非为了掩盖公司的违法行为。

"我是辛普森上校，在部队里担任心理医生。我会认真检查你的情况，并且对你的身体素质及精神状况进行评估，确保你做好旅行的准备。如果你决定放弃时间旅行，现在就可以提出来。不过，你必须归还创时者公司提供的报酬，包括提前发放的工资和亲朋好友享受的家庭健康福利，此外还需要支付百分之十三的手续费。你准备好了吗？"这番话的语速非常快，很难让人清晰地捕捉到每一个字。她把一盒纸巾推过来，点头示意，让波莉擦一擦脏兮兮的双手。

"我得向你坦白，"心理医生说，"今天我们的工作很不顺利。刚才那是十分钟之内的第二次解雇事件了，而且她还是O-1。照这样下去，我们只能把一半的新员工送到未来了。"

心理医生先后使用了电子血压计和听诊器。波莉的心脏依然跳得很快，她还惦记着摔碎的花盆，惊愕于警卫们如此轻易地制服了那名女子，就像在折叠一张纸。

"假如我没有通过评估，"波莉说，"我还是得支付手续费吗？"

"对，所以你最好通过评估。"她翻了一页，"姓名、年龄和出生日期？"

"波莉·纳迪尔，二十三岁，一九五八年六月十二日。"

"你即将前往一九九三年九月四日的加尔维斯顿。你属于哪个种族？纳迪尔，你是犹太人吗？”

“我是高加索人[1]。”

心理医生凝视着她：“什么样的高加索人？”医生用拳头托着脸颊，目不转睛地盯着波莉，直到她开口回答为止。“我的父亲是阿拉伯人。”她只是习惯性地省略了这一点，因为解释起来比较复杂，而大家通常都没空在意无关紧要的细节。可是眼下看来，心理医生恐怕会认为她在故意隐瞒。

“你的母亲呢？”

“高加索人。”

波莉感到喉咙发紧，但是心理医生只是说道：“所以你的模样像白种人。好吧……咱们一切从简，就填上‘高加索人’。身高和体重？”

“五英尺五英寸，一百二十五磅。[2]”

“头发颜色和眼睛颜色：棕色，棕色。”

心理医生打开波莉的手提箱，拿起一个尖端带有蓝色毛毡的白色刮铲，开始仔细检查波莉的文件。她小心翼翼，仿佛在处理证据。紧接着，波莉才意识到，她就是在处理证据。她发现了几张有关棒球的卡片。

“这是什么？”眼前的罗利·芬格斯[3]显得颇为滑稽，跟周围的环

1　高加索人（Caucasian）：通常包括欧洲、高加索、小亚细亚、北非、非洲之角、西亚、中亚和南亚的部分或全部人口。在美国，“高加索人”曾经被用作“白种人”的同义词，但是这种用法已经引起了很大的争议，因为高加索人拥有相同的骨骼特征和头颅形态，肤色并不是最主要的划分标准。

2　五英尺五英寸约相当于一米六五，一百二十五磅约为一百一十三斤。

3　罗利·芬格斯（Rollie Fingers，生于1946年），美国前职业棒球投手，曾三度获得世界职业棒球大赛冠军。

境格格不入。

“我觉得它们在未来可能会变得很值钱。”

棒球卡片背后的故事有两个版本。其实，她之所以带着这些卡片旅行，主要是因为它们属于弗兰克。他是波莉的挚爱，而它们又是他的挚爱，自然具备一种象征性的奇妙魔力。但是，她认为心理医生大概更容易接受实用主义的解释。

可惜，结果却事与愿违。

“严格来讲，我应当没收它们。”

波莉很想把脑袋埋在膝盖之间，不过那是软弱无能的表现。在这里，情况显然对怯懦者极为不利。

“我是O-1，难道就不能享受一些特殊优待吗？”

辛普森皱起眉头，打量着波莉。然后，她笑了。

“你猜应当怎么办？你可以拿走这些棒球卡片。归根结底，那又有什么关系呢？反正我不知道你要去哪儿，你也不知道自己要去哪儿，干脆让规则变得随意一点，对吧？”辛普森潦草地填写着一张表格，抄下波莉护照上的信息，“我喜欢你的行事风格，你很擅长谈判。唉，你真该瞧瞧我们今天遇到了多少麻烦。就在刚才，我们不得不强迫一个女人离开，因为她拒绝留下自己的鞋子。她的鞋子！一大群老太太围着她说：‘别担心，亲爱的，那双鞋子在未来肯定会过时。’整个场面就像荒诞的喜剧一样。其实，那双鞋子只有纪念价值，据说是她母亲送给她的礼物。虽然听起来很感人，但是我们不能浪费资金，雇用连海关都过不了的员工。我发现你真是轻装上路。”她愉快地说，“没带照片。”

“他们说相纸会在旅途中遭到破坏。”

“确实如此，不过那依然无法阻止大部分的旅行者。你倒是显得与众不同，除非罗利·芬格斯就是你的男朋友。”

波莉连连摇头，认真地回答了她，以防万一。

既然心理医生对她颇为赞许，波莉赶紧趁机发问，声音十分尖细，语气小心谨慎：“是不是有很多人选择旅行就是为了让感染瘟疫的亲朋好友接受治疗？”

“这不正是吸引大家的条件吗？当然，也有人是为了保障自己的基本生活。”

“请问你知不知道哪种见面的方法最容易成功？”

“见面？”

“一旦到达未来，人们可能会互相寻找，希望再次相遇。”

“噢，明白了。但是我并不清楚，毕竟以前从未发生过类似的事情。”

“没有任何人能够跟分离的同伴团聚吗？”

“按照字面意思和时间顺序来说，以前从未发生过。第一批旅行者得等到十二年后才会出现。不过，我可以给你一张联系表，你需要吗？”

“好。联系表是什么？”

辛普森打开笔记板的弹簧夹，从背面抽出一页纸。

“如果你想让谁了解你的旅行安排，得知你的最新情况，不妨写下那个人的名字和电话号码。这样做是为了预防行程改变，说不定公司会觉得你的服务在其他时间点用处更大。”

“行程改变？我还以为那仅仅是谣言而已。”

波莉忍不住语调上扬，短短一句话就暴露了拼命掩饰的脆弱。心理医生立即警惕起来，他们不能再失去新员工了。

“你完全不必担忧，”辛普森答道，“我不应该提这些。你的行程绝对不会改变，否则这上面会说到的，在某个地方肯定会说到的。”她装模作样地翻阅着波莉的档案，“现在你可以签订合同了吗？”

“我还不知道他的电话号码，他正在前往医院的路上。”

“哪家医院？”

“圣卢克。”

“很好，很好。”心理医生拿回联系表，写下“圣卢克医院”几个字，“现在你可以签订这份合同了吗？主要就是确认你同意其中的条款。我还得检查其他人呢。”她轻轻地碰了碰光秃秃的手腕，仿佛那里戴着手表。

波莉回过神来，发现自己正在无意识地捏着指腹，一个接一个。她和弗兰克原本打算在九月份的周六重逢，但是如今看来，他们的想法突然显得格外天真，就像是母亲为了防止孩子在地铁站走丢而制定的计划，虽然能够应付提前关闭的车门和错综复杂的楼梯，却无法对抗十二年的光阴与时间汇成的海洋。可是，她的思维根本帮不上忙，大脑变得一片空白，渐渐地，她萌生出许多混乱而古怪的念头。眼下是晚饭时间吗？她马上就要迈入一个陌生的世界，就连晚饭时间这样普通的概念都将不复存在了。

“如果你想取消合约，我可以为你制定一个偿还方案，让你分期支付相应的欠款和百分之十三的手续费。否则，我需要你尽快在这份最终合同上签字，表示你已经为时间旅行做好准备了。”

从那一刻起，波莉便开始体会到强烈的错位感，直至数月之后才恢复正常。手里的笔和桌上的纸似乎都非常遥远，仿佛出自银幕上的电影画面。她暗暗思忖：再过几小时，我就能见到他了。明天的这个时候，他就会等着我了。我们依然能生一个孩子，拥抱温暖而幸福的重量。

她听到心理医生说："创时者公司很照顾员工，我们会保护你的。今天，或者说明天，将是你余生的第一天。这是一份珍贵的礼物。"

如电影画面般，她的手握着圆珠笔，在横线上写下了她自己的名字，关于整趟旅行的记忆几乎到此为止。在未来见到其他旅行者时，她根本想不起他们希望探讨的各种细节，因为那些事情都发生在签订合同之后。她究竟从哪扇大门离开的？又搭乘了何种等级的飞船？她是躺在卧铺上，还是坐在硬座上？她是穿着防辐射围裙，还是裹着防辐射毯子？大家不愿独自承受寂寞与痛苦，但是也无法坦白地吐露一切，所以便故意谈论公事，用这种方式来缓解内心的压力。

她不记得途中播放的音乐，当时她已深陷沉睡之中。一个温柔的声音宣布，波莉已经通过了临界点，不能再回到过去了，因此她有权倾听未来的故事，了解自己即将面对的世界。创时者公司在得克萨斯州成立并发展，可谓当地"土生土长"的企业，虽然规模不大，但是勇敢无畏，积极进取。他们努力研发时间旅行机，试图阻止瘟疫的蔓延。在原计划行不通的情况下，他们并未气馁，而是选择跟死神搏斗，全力拯救受到感染的病人。

她只记得，在离开最终等候区以前，她总算找到了文胸内的硬物。原来罪魁祸首并非钢圈，而是弗兰克藏在胸垫夹层里的一张照片。那是他们俩在元旦拍摄的合影，节日的五彩纸屑散落在发丝间。波莉的姨妈唐娜把相机镜头推得太近，他们一人缺了一只耳朵。在照片的背面，弗兰克写道：以此为念，勿忘你我。

波莉无法解释自己接下来的行为。她把照片翻过来对折，毫不犹豫地撕毁，然后将支离破碎的残骸塞入《时间旅行指南》中，连同那本手册一起，扔进了角落里的垃圾桶。

后来，她竭力安慰自己，认为那是极端的恐惧激发了原始的本能，令她丧失理智，在冲动的驱使下扔掉了照片。但实际上，她之所以那样做，是因为弗兰克觉得他们需要借助物品来记住对方，他觉得她也许会在未来的某个时刻将他遗忘。这是不可容忍的。

然而，她一直都感到非常后悔，强烈的遗憾在胸中郁结，犹如肺里的气泡，挥之不去。就算时间旅行会抹掉照片上的一切，她也还是渴望能拥有那张纸。他的面容曾经印在上面，他的字迹曾经刻在上面，他写下了临别的赠言，却没有签上自己的名字。

在舱门解锁以后，乘客们纷纷爬出了时间旅行机。耀眼的阳光犹如一记闷棍迎头砸下。皮肤火烧火燎，鼻孔干燥欲裂，眼球肿胀难忍。人人都在哀号和悲泣，波莉听见自己的声音从远处传来，仿佛灵魂已经跟身体彻底分离，哭诉着双目的刺痛。她平躺在装有滚轮的病床上，他们把一个塑料袋系在她的脖子上，以免她吐得到处都是。他们还用一根细带子捆紧她的胸膛，虽然只是为了测量她的心跳，但感觉却像是在限制她的自由。一个平静的声音正在对大家说话，波莉捕捉到了一些零碎的词语，包括“副作用”“正常”“减弱”等，但是那个声音并未安抚任何人。她始终在努力，想要坐起来，证明自己的行动没有遭受限制，直到她的手腕被铐在病床上。他们强迫她喝下一种甜腻的胶状液体，结果她又吐了。她泪流满面，语无伦次地道歉，有人托起了她的脑袋。

“弗兰克？”她询问道。航站楼的一切都重建了，规模变得巨大无比，弧形的窗户闪闪发亮，数不清的玻璃幻化成奔腾的波浪。她不得不闭上眼睛，否则胃里的酸液会再次翻涌。

“弗兰克是这里的护士吗？”那人说。

“我应该在机场才对，我必须赶往机场。”

“你就在机场。”

“哪个机场？”

“休斯敦洲际机场。”

“好吧。”她停止挣扎，放松下来。

一秒钟后，她才意识到，自己需要知道的不仅仅是这些。

“喂？喂？”她高喊道。

无人响应。

“现在是哪一年？是一九九三年吗？”波莉无法挪动脑袋，他们固定了她的头部，她只能看到天花板。平常她不会表现得如此迫切，但是此时此刻，她感到身体很难受，仿佛五脏六腑统统被掏空了，所有事物都跟从前截然不同，就连自己也显得颇为陌生。

另一张病床上的旅行者比她还要糊涂：“一九八一年。”

波莉继续尝试，拼命呼唤在场的负责人：“现在是哪一年？求求你告诉我。”

终于，一位工作人员回答道：“现在是一九九——”最后一个数字错得非常离谱。

“是一九九三年吗？”

“我说了，是九——”

“是一九九三年吗？”她声嘶力竭地嚷嚷。

整个世界都开始飞速旋转，波莉发出震耳欲聋的尖叫，直到她发现有人调整了病床的方向。

“你自己看吧。”那人说。

她面朝出口，天花板上的电子表显示着时间：5:17 p.m.。

“那是什么？”她听到自己说。

“它会显示日期的，你得等到它自动翻页。”

然后，伴随着“咔嗒”一声，它真的翻页了。钟表亮起红色的光芒，就像某种不祥的征兆，屏幕上跳出了“九月四日”和“一九九八年”的字样。

1978.09

波莉家住布法罗，在一家代理记账公司担任秘书，办公地点就位于市政厅旁边的小路上。那片街区曾经颇为繁华，但是如今已经丧失了往昔的光彩。弗兰克在转角处的酒吧里工作，城市的油污覆盖着窗户，犹如一层深色的玻璃贴膜，地毯永远都散发着淡淡的臭味儿。各色人等往来其间，有体型壮硕的男人，宽大的脸庞布满了皱纹；有性格开朗的女人，看起来五十岁左右，经常凑在一起笑个不停，就像呱呱直叫的鸭子；还有许多匆匆的过客，穿着参加晚宴的无尾礼服、建筑工地的反光背心或摇滚乐队的紧身T恤，他们仅仅出现一次，再也不会回来。每天下班后，波莉都喜欢到这里喝一杯螺丝起子[1]，由于大家性格各异，缺乏可以融入的集体，反而没有孤独落单的感觉。

两个月前，波莉的男朋友查德搬出了他们合租的公寓，还带走了波莉的全部家具。这种行为的荒谬程度甚至远远超过普通的背叛，即便他跟波莉的朋友上床，都不会令她如此难堪。波莉别无选择，不得不回到姨妈唐娜的身边。在母亲死于车祸以后，从十三岁到十八岁，她一直和唐娜生活在一起。唐娜是一名三十多岁的旅行社职员，她看起来就像一只烟斗：身材高挑，脸形瘦长，粗硬的短发染成了黑色。关于查德的所作所为，唐娜只说了一句话：“没有人会无缘无故地欺

1　螺丝起子（screwdriver）：一种鸡尾酒，主要由伏特加和柑橘类果汁调制而成，据说是由在波斯湾工作的美国石油工人发明的，因为他们曾经用螺丝刀来搅拌这种饮品，所以人们将其命名为“螺丝起子”。

负你，除非是你太软弱。”波莉告诉唐娜：“反正那不过是些身外之物罢了，况且这样分手也未尝不是一件好事。如今，在面对麻烦的时候，我可以想想，自己曾经熬过了更加艰难的日子。”

波莉接连两次起身，走到角落里使用公共电话，拨打查德最近的号码。她一直把手指放在挂钩上，这样她就能在通话转入答录机之前赶紧挂断，免得白白浪费二十五美分。夏去秋来，她不可能再找到他了，之所以打电话，只是为了享受骚扰他的乐趣而已，其实没有任何意义。

波莉回到原位坐下，弗兰克已经收走了她的饮料，但是她并未喝完，而且也买不起第二杯了。他站在她的面前，肩上搭着一条抹布，很像旧时的酒保。

“再来一杯？”

她摇了摇头，并未抬起眼睛，一颗豆大的泪珠顺着鼻梁滑落，显得极为狼狈。他伸手去拿某样东西，她听到他的灯芯绒衣料窸窣作响。他递上一张餐巾纸，她默默地接过来，依然低垂着下巴。她还没能开口道谢，他就径直走开，去给别人拿瓶装的黑方威士忌[1]了。

她不想让大家看到自己在擦拭泪水，便特意等待了片刻，假装在研究餐巾纸的扇贝形花边。把每一张餐巾纸都折叠得这么精致，需要付出多少心力？如此美丽的行为，却总是在人们看不见的时候悄悄进行。

唐娜经常提醒波莉，她不能白吃白住，必须想办法逗唐娜开心。“你可真是个累赘，”唐娜说，“赶紧出去做点儿大胆的事情吧，好让我也能通过你体会到冒险的乐趣。”

---

1 黑方威士忌（Balck Label）：苏格兰尊尼获加（Johnnie Walker）公司生产的一种威士忌。

波莉更愿意待在屋里，喝着家酿的葡萄酒看电视，跟唐娜的肥猫“鸡肉”和“面条”做伴。

“今天过得怎么样？”波莉刚跨进门槛，唐娜就迫不及待地嚷嚷，以此来代替问候，“我要听有趣的新闻！如果你讲不出来，我就把你踹到路边上！”

“我们接受了培训，学习如何使用崭新的内部电话系统，事务所给每名员工都配了一台分机，你肯定会感兴趣的。”

在晚些时候，波莉不小心犯了个错误，她向唐娜提起了弗兰克：“有一位英俊的调酒师在街角那边工作。”

“然后呢？”

除此之外，其实没什么好说的。她把故事改编了一下：“今天我打喷嚏了，他递给我一张餐巾纸。”

“他、喜、欢、你！快，赶紧回酒吧找他。你的外套在哪儿？”

“别闹了，我还穿着齐格[1]的卡通睡衣呢。”

而且，本季的《拉维恩和雪莉》[2]正在首播，眼下才进第二次广告。她们非常喜欢这个电视剧，已经盼了好几周。

“你应该去，你不是一直都想认识新朋友吗？”

“我可以明天再去。”

“也许明天他将遇到此生的真爱，而你只能错过千载难逢的机会。等到片尾的演员表一出来，你就立刻开我的车上路。”

“如果我们注定无缘，那去不去都一样。”

1　齐格（Ziggy）：美国漫画家汤姆·威尔逊（Tom Wilson，1931—2011）笔下的漫画人物，出自创作于1971年至1987年间的同名系列漫画中的人物，是一名身材矮小的男子，圆圆的脑袋上没有头发，鼻子很大。1982年的动画版曾获得艾美奖。

2　《拉维恩和雪莉》（*Laverne & Shirley*）：一部美国情景喜剧，在1976年至1983年间播出了八季，其中从1978年9月开始播出的是第四季。

"你这种态度太消极了，简直是世界上最消极的态度。"

晚上十点，酒吧揭下白日的面纱，露出似曾相识却又极为陌生的面容，屋里熙熙攘攘，烟雾缭绕，就连周三也不例外。桌面上洒满了黏糊糊的饮料，凳子上挤坐着色眯眯的顾客，他们四处张望，寻找可口的猎物，渴望享受一夜风流。弗兰克靠着吧台，以手托腮，正跟一位女子交谈，对方从头到脚都穿戴着绿色的服饰。波莉打开店门，准备偷偷溜出去，可是头顶的铃铛发出清脆的声响，弗兰克瞧见她了。

他朝她挥手示意，迅速调制出一杯螺丝起子，放在吧台上，然后冲她眨了眨眼睛。酒里有一颗樱桃，肯定是专属于晚上的配料。她原本随身带着一本书，但是唐娜把它没收了，免得她看起来像个严肃刻板的女学究。她感到手足无措，不知道眼睛该往哪儿看。在她周围，整个酒吧都充斥着欢乐的尖叫。

平常，波莉喜欢把自己想象成果敢而冷漠的姑娘。但是现在，炫目的光芒将她的害羞与青涩暴露了出来。波莉忽然想起，有几个高中同学已经跟她们的高中男友订婚了，心中不禁感到十分烦闷。她愁眉苦脸地盯着鲜红的樱桃。

弗兰克的体型跟她非常般配，如果她是男人，肯定会跟他一样高。他的肩膀颇为健壮，相貌却温柔可爱，这种奇妙的组合散发着特殊的魅力。

波莉暗暗思忖，无论留下还是离开，都别再为自己的遭遇而难过了。她竭力摆脱环境的影响，试图平复杂乱的情绪，所以她没有看到，弗兰克默默地东张西望，假装扫视房间，目光却在她身上久久地停留；她也没有看到，弗兰克悄悄地侧过脑袋，瞥向吧台里的镜子，凝视着她的脸庞。这是一切的开始，而她却错过了。因此，当他把一盒火柴摆在她面前时，她显得很困惑，从镜中的映像来看，她甚至露出了近乎愤怒的表情。她拿起火柴，塞入外套口袋，将现金放在吧台上，便走了出去。几天以后，她顺手摸进衣兜，掏出了那盒火柴，她已经忘记了它的存在，又或许是有意逃避。波莉掀开纸板，结果惊讶地发现，里面竟然写着弗兰克的名字和电话号码。

弗兰克提议，他们可以一起去特拉华公园[1]散步。这个主意确实很讨人喜欢，但是也显得十分保守，波莉不得不告诫自己，千万别期望太高。她如约而至，他上前拥抱了她，令她吓了一跳。他们的身体很不协调，他的一条胳膊笨拙地卡在她的脖子周围，另一只手拎着黑色的塑料袋，里面装了六罐啤酒，在她的耳边危险地摇晃。他为什么要带啤酒来?

“哎，”他说，“差点儿跟你的脑袋撞上，来个亲密接触。”他们迈过拱门，她的胃部剧烈地抽搐了一下。在很久很久以后，她总是会想起他口中的“亲密接触”，这是一个有趣的词语，在她的印象里，他好像再也没讲过。她记得，在他拥抱她的瞬间，他的衬衫顺着苍白的肚皮向上滑，害得他手忙脚乱地整理下摆，于是她才恍然大悟，当时他肯定非常紧张，而她对他还不够熟悉，无法读懂各种情绪。

随着一声刺耳的噪音，他用力拽开了易拉环。看着眼前的啤酒，她稍作犹豫，开始重新考虑整个约会。波莉绝非反对喝酒，她只是讨厌在公园里不太雅观地喝酒。然而，他们边走边聊，十分投缘，在回到起点之际，两人并未停下脚步，反倒沿着刚才的路线继续转圈。他告诉她，自己是一名待业的历史学家，在酒吧工作是为了给亲戚帮

1 特拉华公园（Delaware Park）：又名布法罗中心公园，位于纽约州布法罗，始建于1867年。

忙，今年秋天他就会拿到高中教师资格证了。而她承认，自己真正想做的事情是学习家具修复，尽管听起来很不可思议，她甚至向他坦白了其中的原因。以前她从未告诉过任何人，但是弗兰克问了，所以她就说了。其实，她希望能亲手修复母亲的双人沙发，它一直都躺在廉价的储物柜里，随着时间的流逝慢慢腐烂。

他们滔滔不绝地交谈着，大有相见恨晚之感。她打听他的年纪，他花了些时间才想起来自己现在二十五岁。“我度过的日子越多，”他说，“对它们的印象就越少，是不是很糟糕？”她觉得这个说法非常有意思。

大雨忽然而至。起初，他们还拘谨地挤在她的小伞底下。后来，他伸出胳膊，搂住了她的肩膀，亲密的接触令她的声音变得颇为沙哑。阵阵狂风卷起潮湿的树叶，堆积成小山。汽车呼啸而过，尾灯照亮的红色水花溅在他们身上。

弗兰克问她是否愿意去他家躲一躲，那个地方距离很近，位于马路对面的转角处。在走过五个街区以后，他说：“前面就是。”又过了十分钟，他说：“拐过这个弯就到了。”当他说“就在下一条街上”的时候，雨都停了。黑暗的天空逐渐放晴，白日再次降临。

“你还想进去吗？”弗兰克问。波莉不禁暗暗思忖，看来避雨并不完全是邀请她到家中做客的一个借口，既然雨已经停了，他恐怕不愿意再让她进去了，所以她应该拒绝。

“我觉得不用了。”她说。他沮丧地耷拉着脸，场面显得非常尴尬——他忍不住把自己的感受展露无遗，而且两人都对此心知肚明。他抬起脚，闷闷不乐地踢向一群松鼠和正在啄食的鸽子。

鸽子飞走了，松鼠散开了。可是，有一只惊慌失措的松鼠做出了错误的选择，径直冲上马路。一辆别克汽车紧贴着路边驶过，恐怖而沉重的巨响传来，波莉发出震耳欲聋的尖叫。

那只松鼠的举动十分诡异，令人毛骨悚然。它眨了眨浑浊的眼睛，拼命挣扎，想要离开马路，根本不明白自己的屁股已经被碾平了。面对突如其来的可怕变故，弗兰克不知所措地干笑了一声。

“现在应该怎么办？”他说着，弯腰查看，接着又连连后退。

“咱们必须结束它的痛苦。”

“打电话联系动物管理局吧。”

“那样太浪费时间了，它正在忍受折磨。”

“也许另一辆汽车会完成任务。”

“另一辆汽车只会再次压过它的双脚，它的脑袋距离路边太近了。”

“你想让我怎么做？”他畏畏缩缩地站在远处，躲避着鲜血淋漓的现场，几乎到了听力所及的范围之外。

“踩它的头。”

弗兰克打了个哆嗦，五官统统挤在了一起。

“你有二十五美分的硬币吗？”波莉问。

“干什么？”

“买一份报纸，那边有报刊箱。”

“你要给它念文章送终吗？”

波莉从报刊箱里拽出一份报纸，干脆利落地展开，拿走前面的三版，将剩余的部分留在报刊箱顶上。她用手中的报纸盖住松鼠的身体，就像为逝者蒙上被单。她竭力转移视线，不去看那双悲伤的眼睛。

“你准备好了吗？”她问他。

在紧要关头，弗兰克却沉默不语。

“没事的，它仅仅是一只松鼠而已。”她说。

“等等，这是它生命的最后时刻，咱们应该讲点儿什么吧？”

波莉毫不犹豫地抬腿落脚，坚硬的鞋跟迅速砸下，无论是她自己还是那只松鼠，都来不及思考。

两人继续往前走，刚开始都有些茫然失措。

“你是如何办到的？”过了一会儿，弗兰克说。

“别想了，你想得太多了。”

其实这并不是她的心里话，她也不明白自己为什么要这样说。忽然之间，最好的对策似乎就是赶紧离开。一辆公交车即将到站，她完全不知道它要去哪儿。

“时间不早了，我得搭这趟车回家了。”

“好。”他双手插兜，鼓起腮帮子，“真没想到在刚才的情况下我会有那种反应。”

“你原本觉得自己会怎么做？”

“跟你一样。”

公交车来了又走了。

“你改变主意了？”他说。

“当它靠近的时候，我才发现自己看错了。”她撒谎道。

她以为他会说，既然如此，不妨去他的房间坐坐，然而他却说：“如果你必须要走，还是让我开车送你吧。”

他领着她来到自己的汽车跟前，顺便指向科尔文大街旁的一栋小公寓，他家的窗户就在靠近顶层的位置。她渴望上去看看，可是他已经在解锁车门了。她要说点儿什么，才能改变他们的方向，并且不伤害自己的自尊心呢？

他打开音响，播放卡莉·西蒙[1]的歌曲。汽车横穿特拉华区和榆木区[2]，从铁路轨道底下经过，一列锈迹斑斑的货运火车在头顶上方行驶。现在，他们快要进入河滨区了，而她依然想不出该说些什么。她打算说自己把东西落在公园里了，可是又立即发现，自己说不出究竟是什么东西。她不能说是钱包，因为那样会显得粗心大意；也不能说是墨镜，因为最近正值多云天气；更不能说是雨伞，因为它就立在她的脚边。或许他盼着她开口，或许他希望她充分利用两人在一起的时间，仿佛这只有她才能做到，尽管她并不知道原因。他的眼睛在东张西望，目光在频频闪烁，不过那可能仅仅是安全驾驶的表现，她可能又误解了他的意思。唉，今天的约会真是糟糕透顶。

然后，他们便抵达了她居住的街道附近，此刻不管说什么都太迟了。她的衣袖边缘和紧身裤的膝盖处都被雨水淋湿了，刺骨的寒冷侵入体内，鼻涕顺着鼻腔流淌，她努力用优雅的方式吸气。

“要是我还有你给我的那张纸巾就好了。”她说。

“什么纸巾？”

“没什么。”

他们恰好遇到了一个停车让行的标志，他扭头摸向后座，掏出一大摞酒吧餐巾纸，每张都有扇贝形花边，外面的塑料包装袋跟他的胳膊一样长。他把它放到她的大腿上。

“跟我待在一起，你永远都不会再缺少纸巾。”

他越过中间的扶手，轻轻捏了捏她的膝盖，接着重新握住方向盘。这只是一个小小的动作，但是其中蕴含着某种亲切与诚恳，仿佛

1　卡莉·西蒙（Carly Simon，生于1945年）：美国女歌手、音乐家及儿童文学作家，从20世纪70年代开始发行唱片。

2　特拉华区和榆木区：这两片街区分别位于布法罗的中西部和中部。

他们已经相识许久，而她也希望如此。

他单手转动方向盘，操纵汽车拐弯，阳光透过挡风玻璃照进来，细小的灰尘颗粒在空中飞舞。伴随着卡莉·西蒙的浅吟低唱，弗兰克眯起眼睛，仔细分辨着路标，他看起来就像照片里的人物。波莉多么希望时间能够停留在这一刻，直到永远。

波莉坐在后座上，老旧的厢式面包车驶出休斯敦，颠簸了一个小时。虽然她很想抵挡睡意的侵袭，却还是撑不住沉重的眼皮。司机打开了暖气，唯一的窗户也紧紧地关着。她大汗淋漓，身上的衬衫都湿透了。

此前，在航站楼里，看到她整整一小时都没有呕吐，他们便立即声称，尽管时间旅行的副作用尚未完全消失，但是她已经显示出了良好的承受能力，可以离开了。然而，她并不想走。“有人在这里等着见我。”她说。她请求他们带自己去旅客接送区，表现得就像傻瓜一样，语无伦次地念叨着人家不需要知道的细节。他以为她会被送到一九九三年，不过也许他年年都来呢？可是，机场根本就没有什么旅客接送区，现在的系统运作跟过去截然不同：除了创时者公司的职员之外，谁也不能带走“劳工”，而且在迈出机场之前，必须先办理拍照和盖章的手续。他们没有向她解释这些规定，只是不停地说：“好，好，放心吧。”他们领着她穿过织物构成的通道，柔软的墙壁来回晃动，就像蚕茧的内壳一样。她始终在四处张望，观察着每一个脑袋，努力寻找弗兰克的脸庞，即使在他们把她塞进面包车以后，她也不肯就此放弃——最后一间警卫室周围有几名男子，相貌十分模糊；一位孤零零的维修工人站在栅栏旁边，沐浴着煤油灯的昏暗亮光。波莉感到手上的肌腱隐隐作痛，仿佛她正在使劲地抓着救生圈，无法松开紧握的拳头。

不过，一旦抵达自己的住处，她就可以马上给唐娜打电话，唐娜肯定知道在哪儿能找到弗兰克。如果有必要，波莉还可以联系警方。在周末之前，一切问题都会迎刃而解。她的大脑开启自我保护模式，竭力忽略现在的特殊情况。

此刻，他们沿着大桥前进，波莉扭头望向后方的窗户，所有的景物渐渐远去。左边草坪上，五六堆篝火聚集在一起，熊熊的火焰飘浮于空中。右边，一栋没有亮灯的旅馆坐落在岸边，俯瞰着水面，犹如一片顾影自怜的红树林。密密麻麻的阳台就像硕大的蜂巢，在静谧的深夜里泛起惨白的微光。旅馆附近并无任何建筑，全是跟房屋一样高的丛林，郁郁葱葱，绵延数里。他们来到一处检查站，她听到了自己的名字，那个嗓音显得严重失真，好像在透过锡罐制成的传声筒说话。她试着慢慢地前倾身体，但是胃里阵阵翻涌，令她不敢随意动弹。一行杜松整齐地排列在道边，仿佛公路佩戴着射击专用的挡板，阻隔了侧面的视线。她瞥见检查站的守卫正拿着手电筒在研究地图。忽然之间，她开始担忧这个世界有没有灯。大街上没有路灯，窗户前没有台灯，其他交通工具也没有车灯。

这一回，当她睁开眼睛的时候，面包车经过了一个院子，里面是一片金黄色的茅屋。接下来是一块水泥空地，宽约一英里，继而出现了波莉不认识的东西，数量大概有十到十五个，形状非常熟悉，很像房子、教堂或商铺，但是臃肿而蓬松的轮廓却酷似巨型的野兽。片刻之后，她恍然大悟。零售店、仓库和办公楼的一层都掩映在灌木和野草中，高处爬满了枝繁叶茂的藤蔓，弯弯曲曲的卷须封住了窗户和门口，砖块和灰浆构成的建筑物幻化成怪异的生命体，在风中轻轻摇晃。

这种感觉就像是看到爱人的脸上没有了胡髭，或者缺少了眼睛。恐惧感油然而生，却又模模糊糊，犹如很久以前曾经体验过的情绪。

她再次醒来，胳膊肘狠狠地撞在一颗铆钉上。她终于记起了最重要的事情：今天是周几？万一是周日，而她已经错过了九月份的第一个周六，那该怎么办？

她吃力地拖着双腿，一点儿一点儿地往前挪动，只有在恶心的感觉变得难以忍耐的时候才稍作停顿。她艰难地扭动身体，钻进司机背后的那排座位，面包车冲入了明亮的灯光之中。

“小姐，你还好吗？”他的面颊凹凸不平，布满了大大小小的痘痕，就像一块陈旧的洗碗海绵。

“今天是周几？”轮胎碾过碎石，波莉的牙齿“咯咯”作响，她四处寻找呕吐袋。

“周五。”

她如释重负，感觉到血液重新流进了麻木的四肢。他们在沿途设立了这么多警卫室，弗兰克不可能接触到休斯敦的时间旅行机，但是他可以前往加尔维斯顿。

不过，她在加尔维斯顿吗？这里肯定不是加尔维斯顿，那个地方她曾经去过一次，印象中不是这副模样。

“我们在哪儿？”

“加尔维斯顿。”

“那是我们要去的地方？”她问道。

“那是我们所处的地方。”

“我们在加尔维斯顿？”

“没错，有什么问题吗？”

“我们不是在外围的郊区？”

“我们就在加尔维斯顿。”

“为什么这里看起来好像……”她绞尽脑汁地思索着，试图想出一个委婉的形容词，却无论如何也找不到，“荒无人烟？”

“瘟疫带走了我们当中百分之九十三的人口，他们有的感染了致命疾病，有的踏上了时间旅行，不过剩下的每一位同胞都能承担二十名劳动力的工作。”然后，他皱起眉头，下嘴唇把上嘴唇顶向鼻尖，“我打乱了介绍情况的顺序，按照规定，我们不应该先说那个。”他朝挡风玻璃伸出食指，“你瞧！这里并不是荒无人烟。”

一条林荫大道由废墟深处延伸出来，中间的分隔带上有许多戴着兜帽的粗壮身影。波莉的恐惧告别了遥远的从前，冲破了朦胧的迷雾，变得格外鲜明，并且异常尖锐。然而，那些身影仅仅是灌木丛和树篱，被人煞费苦心地修剪成了活泼的形状而已。

“霸王龙，”司机说着，指向他们经过的植物造型，“米老鼠，螺旋体，还有茶杯和茶碟。”

眼前的一切肯定有合理的解释，她只需要从纷繁复杂的思绪中挑出恰当的问题。

“百分之九十三的什么？”波莉试探着开口。

“啊？”

“瘟疫害死了百分之九十三的美国人？”

“不一定是害死，也可能是赶走。现在这条路叫做‘港湾大道’，”司机继续扮演着导游的角色，“当旅行者下船的时候，他们会首先看到它。”

“旅行者都来自什么地方？”但是，她又想到了一个更为迫切的问题，“其他旅行者都在哪里？跟我一起抵达的那些人呢？”

“我不确定，他们大概去了罗克波特、帕德雷岛或者查尔斯湖[1]的

1　罗克波特（Rockport）：美国得克萨斯州的一个城市。帕德雷岛（Padre Island）：美国得克萨斯州最大的也是世界上最长的堰洲岛。查尔斯湖（Lake Charles）：美国路易斯安那州南部的一个咸水湖。以上三个地方和加尔维斯顿均在墨西哥湾沿岸。

度假村吧。”

“那我为什么会来这儿？”

“为了在加尔维斯顿的度假村工作，不是吗？”他一手握着方向盘，一手在副驾驶座上忙活，飞快地翻阅着一摞装订好的文件，“你是波莉·纳迪尔？”

她很想让他看着前方的道路：“对。”不过，他们连一辆车都没遇到过。

“你来这儿是为了给亨利·贝尔德工作，他是加尔维斯酒店[1]的首席室内设计师。”

面包车右拐，驶入了黑暗之中。

“我们才刚刚完成了环岛沿岸的开发，”司机用手指在空中画了个圆圈，“就像旱冰场的外围跑道一样。你和我要去的地方稍微靠里一点儿，相对来说还比较偏僻。”

车头灯照亮了一栋孤独而笨重的高楼，棕色的墙壁斑斑驳驳，点缀着岁月留下的痕迹，建筑的一侧布满了纵横交错的消防梯，可是另一侧却张着黑漆漆的大口，一块塑料布覆盖在上面，随风鼓动，犹如巨人的裙子。面包车停在一道双扇门跟前，磨砂玻璃的背后没有丝毫亮光。

“咱们到啦！这是城里最棒的寄宿地点：穆迪公寓。专供O-1居住。”

这栋建筑看起来摇摇欲坠，不过，令她感到欣慰的是，O-1仍然是享有特权的身份。

“别担心，”司机指着高达数层楼的塑料布，“他们会修好

---

1 加尔维斯酒店（Hotel Galvez）：位于加尔维斯顿的一个酒店，于1911年开始营业，是当地著名的历史性建筑，同样以西班牙军事领袖伯纳迪·加尔维斯的名字命名。

的。”

当他拉开乘客专用的车门时，她并未感受到自己渴望的清凉微风，而是迎上了令人窒息的滚滚热浪。她抬起胳膊，擦去眼睛周围的汗水，嘴里的舌头肿胀不堪。司机说：“你以前从没来过得克萨斯州吗？”在不知不觉间，她的身体已经恢复了默认的习惯——虽然她明白自己在得克萨斯州，但是潜意识里却期待着布法罗的空气。

他必须解锁一个密封的盒子，才能按下大厅的电灯开关。“能源节约计划。”他解释道，“你的房间在四层，非常方便。如果碰上倒霉的情况，你有可能被分配到十一层。”

楼梯平台的宽度跟扫帚间差不多。站在近处观察，司机显得筋疲力尽。她拍了拍他的胳膊，试图引起他的注意，结果吓了他一跳。

“请问，明天我是否有时间去旗舰旅馆？”

“你得先接受培训，再考虑其他事情。”他们俩排着队上楼，他的声音颇为沉闷，她目不转睛地盯着他的背部。他身穿一件灰褐色的马甲，体形十分高大，走在他后方就像面对着一堵墙。“明天晚些时候，也许会有观光游览的机会。”

“这么说，明天我可以去，而且明天是周六，对吗？”

她在楼梯的转角处追上了他，两人并肩而立，她看到了他的脸庞。他凝视着台阶，她判断不出那究竟是若有所思，还是神情迷茫。不过，他明确地答道：“没错。”而这便是她需要的一切。

“咱们在哪条街上？”

“第二十一街。”

他们距离旗舰旅馆肯定不远，她真是幸运。

“我能打一个电话吗？”她问道。

“电话？打给谁？难道你在这里还有熟人吗？”

“我想联系我的姨妈。”她惊讶于他的粗鲁，但还是努力表现得彬彬有礼。

“你的姨妈在哪儿？”

“布法罗。”

“你怎么知道？”

波莉不晓得该说什么，他的问题实在太奇怪了。“她是我的姨妈啊。”

他停在三层的楼梯平台上，扭头看向她。“所以，你有她的电话号码？”

“对。”

“那是现在的电话号码？”

“对！”

“你确定……那是现在的电话号码？”他的语气格外殷勤，仿佛这个问题会冒犯到她。

“当然。”紧接着，一股梦魇般的寒意攫住了她，“噢，不！”她说，“现在是一九九八年。”

“这就是我一直想告诉你的。”

她伸出手，撑在坚实的墙壁上，口中喃喃地念叨着：“噢，天哪，噢，不。”因为她无法对一个尴尬的陌生人倾吐内心的真实想法——我做了什么？我到底做了什么？

“没关系，”他说，“我经常见到这种情况，人们的大脑总是很难跟上身体的步伐。他们应该把类似的表现也列为时间旅行的副作用。”

“无论如何，咱们能打电话试试吗？看看她是否还住在那儿？”她讨厌自己声音中的脆弱。

“我必须回家了。我住在玻利瓦尔半岛[1]，如果再不走，我会错过渡船的。”

“噢，”她不明白他在说什么，“那我可以找人谈谈我的处境吗？比如你，或者某位上级主管？我本来要去的是一九九三年。”

“我不清楚你可以找谁。不过听着，你的姨妈已经等了你十几年，再多等一个晚上也无妨，相信我。”他露出微笑，于是她也本能地报以微笑。“明天，我会帮你联系你想接触的任何人。”

胃酸频频翻涌，脑袋“嗡嗡”作响，她感到头痛欲裂，苦不堪言。他领她来到四楼她的房门跟前，把钥匙放进她的手里。他告诉她浴室位于走廊的尽头，然后从马甲口袋里掏出一罐豆子。“拿着吧，有助于你增强体力。”透过南墙的裂缝，一阵夜风吹来，潮湿而咸涩的气息在走廊上穿梭。

她记不起那本《时间旅行指南》对膳宿条件的介绍，在正式出发之前，她也没有过多地询问。公司提供的居所并不重要，因为她将拥有自己的住处，搬进弗兰克家生活。

解锁后，房门最多只能敞开一半。她把胳膊伸进去，摸索着墙上的电灯开关。鉴于人类的平均身高，开关通常都会安装在距房门一英尺、离地板五英尺的范围之内。然而，至少在这片区域里，她一无所获。跟过去相比，开关的位置明显发生了变化，虽然这仅仅是一个微不足道的差异，却令人深感不安。她扭过头去，打算请司机帮忙，但是他已经消失了，她并未听到他道别。

她的体内突然充满了童年时期的恐惧，周围的一切远远超出了

1　玻利瓦尔半岛（Bolivar Peninsula）：美国得克萨斯州的一个半岛，位于加尔维斯顿湾和墨西哥湾之间，以委内瑞拉军事及政治领袖西蒙·玻利瓦尔（Simón Bolívar，1783—1830）的名字命名。

她适应陌生环境的能力。不管怎样，她必须立刻打电话，查明唐娜在哪儿，弗兰克在哪儿。可是，当她转身寻找那名司机时，楼梯井的灯光熄灭了，无边的黑暗令她不寒而栗。她迈下一级台阶，腥臭的胃酸涌入口中。她连连倒退，跌跌撞撞地跑回自己的房间，紧紧地靠着墙壁。她缓慢地挪动脚步，一点儿一点儿地试探，终于发现了开关，原来它距离门口有四英尺，高度才刚及腰部，安装得马马虎虎。由此看来，这里曾经是一个颇为宽敞的大房间，后来被划分成了许多个狭窄的小隔间。灯泡笼罩在塑料贝壳中，发出棕色的光芒。刚才，房门无法彻底敞开，是因为被床堵住了。屋里没有水槽，她吐在了一个小小的垃圾桶里。

床边悬挂着一架电话，胖乎乎的机器上连接着一根电线。她抓起听筒，可是这架电话没有按键，正面没有，背面也没有，听筒和电线上都没有，看起来就像一张失去五官的脸庞。她感到恶心的浪潮正在迅速上涨，小腹剧烈收缩，鼻尖渗满汗珠。

她关掉灯，平躺下来，让后颈贴在床上，接着双手相扣，用拇指按住肋骨，努力安抚狂跳的心脏。毫无疑问，明天她肯定会见到他的。他肯定会在旗舰旅馆的一楼等待，坐在圆滚滚的紫红色扶手椅上，望着门口。她肯定会早早地抵达约定地点，他甚至都没有时间怀疑她是否会来。到了明晚，恐惧将会消失得无影无踪，只需挨过不到一天工夫，她就再也不必害怕自己永远都看不到他的面容了。

波莉不记得自己睡着了，但是她被一种类似汽车喇叭的巨响吵醒了。电话铃声大作，她的心脏跳进了嗓子眼里。她举起听筒，弗兰克的嗓音仿佛在耳边回荡，然而紧接着，电话另一端的人开口了。

“早上好！”听筒里的声音高喊道，波莉吓得尖叫起来，但是对方丝毫没有受到影响，依然平静地往下说，“今天是一九九八年九月五日，星期六，现在是上午七点！气温为九十二度[1]，并且仍将持续攀升，所以别忘了带遮阳帽和凉鞋！波莉·纳迪尔的今日任务是：接受培训。你的时间安排是：七点三十分前往大厅，搭乘班车。”这是一个女性的声音，显得异常兴奋，每逢个人化的信息出现之前，都会稍作停顿，然后一个低沉而阴郁的声音便趁机插入，补充波莉的名字和任务。

波莉在睡觉时还穿着旅行时的衣服，那是一位陌生人留下的旧物，他们在机场给了她，用来替换被撕裂的蓝色套装。房门旁边挂着一条毛巾和深蓝色的连体工作服，她换上了这套服装。因为没有牙膏，所以她只好不停地舔舐牙齿，暗自为难闻的口气而羞愧。

昨晚的司机并未出现在大厅里，另一个男人招呼她登上一辆老式校车，她还没来得及找好座位，司机就踩下了油门。车上还有三名乘客，都在打瞌睡。波莉的恶心感已经消失了，取而代之的是内脏被掏空的感觉。高速公路和渡轮码头崭新而鲜亮，其他的一切都是垃圾和废墟。密密麻麻的野葛就像腐烂的坏疽，在木板封住的建筑物上疯狂地蔓延，叶子跟餐盘一样大。

一棵无头的棕榈树孤零零地矗立在一片黯淡的草原中央。船运集装箱首尾相连，数不胜数，在煤砖地面上排列成弯弯曲曲的长队，犹如一条锈迹斑斑的铁皮蛇。它们的侧面凿有方便出入的洞口，原来那都是简易的临时住房。人们沿着狭窄的路肩[2]聚集在一起，班车靠边停下。这些人灰头土脸，满面皱纹，巨大的手掌伤痕累累，粗糙的皮肤

1　九十二度：此为华氏度，约相当于三十三摄氏度。

2　路肩（road shoulder）：公路两侧位于行车道外缘到路基边缘的具有一定宽度的带状结构部分。

晒得黝黑，看起来根本不像是准备参加培训的新员工。他们源源不断地涌进车厢，每上来一个人，司机就按一下计数器。波莉被挤到了最里面，紧贴着金属内壁，所有的双人座位都塞了三个人。

这趟班车不是去培训会的，这肯定是一个错误。她跟大家明显格格不入，司机为何没发现问题呢？

也许他们会把她送到其他地方，可能这是某种公共汽车。波莉渐渐放松下来，她也曾坐过许多次公共汽车。她恍然大悟，立刻理解了眼前的状况，仿佛抽象的图形变成了清晰的言语。同座的乘客身上散发着强烈的体味儿和洋葱的腥味儿，不过那仅仅是公共汽车上常见的气味罢了。

乘客们正在传递一个纸袋，每人从中拿走某样东西，然后把纸袋送向后排，看都不看手上的动作。波莉用指尖捏着接过纸袋。她展开纸袋的卷边，发现里面躺着一堆闪闪发亮的西红柿。她迟疑地掏出了一个，觉得不知所措。她应该像吃苹果一样吃掉它吗？波莉旁边的女人咬开自己的西红柿，红色的汁液顺着下巴流淌，一大块带皮的果肉还悬在嘴边，藕断丝连地拽着剩余的部分。波莉感到一阵反胃，连忙把西红柿放进了口袋里。她的脸颊滚烫，双唇紧闭。

窗外陆续掠过检查站、杜松挡板和飘浮的篝火。不过，如今她看清了，那些篝火跟炼油厂的塔连在了一起。从远处望去，整座炼油厂就像插在岸边的一百根针，形态各异，有缝衣针、编织针、纺锤针、注射针等等。一圈防风栅栏环绕在炼油厂周围，顶端是锋利的刀片刺网，高度几乎相当于最高塔的一半，隔着水面都能瞧见。

现在，他们经过了矮矮的花丛，细长的卷须在汽车带起的微风中摇晃。接下来又出现了许多精心修剪的植物造型，然后是一堵灌木构成的高墙，度假屋整齐地排列在另一边，越过繁茂的枝叶，只能望见色调柔和的屋顶。最后，他们抵达了度假村的腹地，到处都是单调的公共设施，空气中弥漫着垃圾的腐烂味道。汽车停在了一个船运集装箱附近。

波莉待在自己的位置上没动，直到司机按响喇叭，高喊道："珍珠湾到了，抓紧时间，全体下车。"也许出于某种管理方面的原因，他在每一站都要赶所有乘客下车，此后他还会让她回来。可是，她的双脚刚离开台阶，司机就关门了。

"等一下！"

她敲了敲车门，但是他发动了引擎。汽车从她身边驶过，她拼命嚷嚷，使劲拍打自己所能碰到的车身部位。她穿着昨天在机场得到的大号鞋子，跌跌撞撞地奔跑着，步履蹒跚，模样狼狈。伴随着刺耳的尖啸声和摩擦声，汽车停了下来。

"你疯了吗？脑子有毛病？"[1]司机怒吼。

"你应该带我去别的地方，我要参加培训会。"她不得不隔着车门大叫。

他打开车门。

"这上面可不是那么说的。"他伸出手指，戳向一个笔记板，它顺势滑过仪表盘，"将八十人送至自行车中心。我只负责运输，按照载客单的要求行事。"他长着稀稀拉拉的胡茬，就像青少年一样，不过岁数显然不小了。

"这里是培训地点吗？"

"这里是自行车中心。"

其他人都已经绕到集装箱侧面，消失在一条羊肠小道上。

1　原文为西班牙语。

“什么是自行车中心？”

“劳工们蹬自行车的地方。”

“为了锻炼身体？”

他哈哈大笑：“不，这就是工作。”

“我的任务不是蹬自行车，我是作为一名家具修复师被派来的。”

“一名什么？”

“我会修复家具。”

“你被派到自行车中心修家具？”

“不，不是到这里。”

“我没空陪你闹着玩儿！我还得赶往贝敦[1]！你只需要走进去……”他指向集装箱的窗户，“然后蹬自行车锻炼身体就行了。”

“不，你搞错了。”她不会再像昨晚那样被人轻易打发了，“我不应该来这里。”不过，这里是哪儿？眼下是九月份的第一个周六，太阳正渐渐地升入高空，而她不知道自己身在何处。“我们在哪儿？”

“我不能跟你闲聊！放开我的车门！”他拉动控制杆，准备关闭车门。

她迅速伸出手脚和胳膊肘，挡在车门的滑行轨道上，橡胶包裹的边缘嘎吱作响。“我得离开这里，我要去别的地方！”她不停地叫嚷。认识她的朋友肯定会大吃一惊，她已经丧失了理智，变得不顾一切。然而，这名司机却毫不在意，她只好另想办法了。

“我是O-1，”她宣称道，“我拥有重要的特殊技能，我不属于

1　贝敦（Baytown）：美国得克萨斯州的一个城市，濒临加尔维斯顿湾。

这里。”无论昨天还是许多年以前，在放满防辐射服的大厅里，她跟其他人都是截然不同的，而且大家也承认她属于别的地方。为什么他看不出来呢？“你仔细瞧瞧，我和他们不一样！”她放声高喊，既为自己讲出这种话而感到羞愧，又为自己必须这样说而恐惧不安。

“什么意思？你是O-1？你怎么可能是O-1？胡说八道。”

“我确实是O-1。”她说，但是她没有任何可以证明身份的文件。昨天晚上，那名司机告诉过她什么来着？“你是从O-1的公寓把我接走的。”

“不，我不是。”他说。

然而此刻，他却翻动夹在笔记板上的纸页，浏览着其中的内容，并且慌乱地摆弄着一张地图。

“噢，糟糕！我去的那栋楼不对。该死！”他的面孔紧皱，五官挤作一团，“我绝不能失去这份工作。我应该送来八十人，如果你不蹬自行车，那就只剩下七十九人，我肯定会被解雇的。我们才刚刚生了一个孩子，公司会将我们赶出去，让我们无家可归。噢，见鬼！”

“不行，我得去别的地方。如果我无法按时抵达……”

他发动引擎，但是她紧紧地扒着车门，于是他开始用力地拽她。他探出驾驶座，举起拳头，她想要躲避，身体却卡在了车门缝里。接着，他放弃了。他熄灭引擎，把脑袋埋在方向盘上。

“你要去哪儿？如果你松手，我保证稍后就回来接你。”

“加尔维斯顿第二十五街，旗舰旅馆。”

“现在是八点十五分，我还得去一趟贝敦，不过我会在下午一点整回来接你，我保证。”

“我不能等，”波莉说，“你必须马上送我走。”

“求你了。”他摸进衣兜里，“我还捎着她的小袜子呢。”他掏出一个白色的小东西，放在掌心上，伸出来给波莉看。它已经被穿成了脏兮兮的模样，因此显得更加孤独而又可爱。尽管他把她带到了数英里以外，尽管他先前曾经作势要打她，但是突然之间，他不再是敌人，反倒跟她处境相似，也是被迫与至亲至爱分离。她的想法动摇了，她的决心瓦解了。也许下午一点并不算太晚。

“你刚才说那些人在这里做什么？”

“进行脚踏供电，”他挥舞胳膊，示意她环顾整片度假村，“此处的空调系统采用清洁能源，主要由像你这样的职员蹬自行车供电。你们可以趁机锻炼身体，维持健康的生活，而度假者则得到灯光、冷风和暖气。”波莉明白他口中的每一个字词，但是它们组合在一起却变得匪夷所思。“你是新来的，对吗？长话短说，我们卖掉了油田，现在只能通过其他方式来获取能源。”他扫了一眼自己的手表，“你先去一五四六、一五四五或一五四三号集装箱，使用空着的自行车——现在只有一辆空车，很好找。然后，你要尽量快速工作，那样一来，当我接你走的时候，看上去就像是你干了一天的活儿。我答应你，下午一点整，我肯定会回来的。”

这里至少有二十个船运集装箱，前后排成一列，它们极为整齐，以至于刚开始她仅仅看到了一个。它们的侧面都用喷漆标示着数字，第四个集装箱是一五四六号，里面固定着十排自行车，每排均为三辆。大家都在辛苦地工作，空气中弥漫着腥臭的味道，没有人看向波莉。地板上铺着纵横交错的电线，从自行车底部一直延伸到墙壁的顶端，连接着一组跟集装箱长度相当的蓄电池。有些自行车崭新而光滑，有些则是寻常的街头自行车，挤在电线构成的网络之中。唯一的空车位于深处，那是由废弃的零部件组装起来的混合体。她小心翼翼地爬上去，车身在支架间剧烈地摇晃。右边的车把上挂着三个军用锡制水瓶，左边的车把上缠着一个布满电线的盒子。当她开始蹬脚踏板时，盒子的正面出现了绿色的数字。

天花板上凿出了几道长长的裂缝，大概是为了方便透气，然而那空隙过于狭窄，阳光无法照射进来。集装箱里没有人说话，只有两台风扇在遥远的前方转动。波莉面朝着一个男人的后背，他身穿橙色的运动长裤，汗水在起了毛球的布料上留下一圈圈雪白的盐渍。

恐慌化作阵阵浪潮，涌入胸中，犹如反复发作的绞痛。她为什么要妥协？那名司机不会再回来了。她要如何前往旗舰旅馆呢？

不过，周围的其他人都在默默地忙碌，大家面无表情，就像在普通的办公场所工作一样。如果他们发出哀号或者表示抗议，情况或许会截然不同。可是谁也没有开口，仿佛一切都十分正常。你不必为了让绿色的数字改变而加快双腿的速度。虽然她不清楚这些数字代表的含义，但是嗡嗡的声音和单调的动作令她逐渐平静下来。那名司机会回来的，他不可能编造自己的孩子来欺骗她，人们不会在类似的事情上撒谎。自行车中心的运作模式之所以显得格外残酷，只是因为她被迫参与其中，否则她说不定会认为这种供电方法非常聪明。在傍晚降临之前，她一定能够跟弗兰克团聚。

波莉拿起一个瓶子喝水，她期待着淡淡的清凉，可是里面的液体却十分温热，而且还掺杂着金属的腥涩，尝起来就像鲜血一样。她告诫自己别太挑剔，然后迅速地灌了几大口。当数字变成两百的时候——不知道单位是分钟还是英里，或是安培——她想上厕所了。但是她不敢离开，生怕会错过去而复返的班车。集装箱里没有挂钟，其他人好像也没有手表。据她猜测，现在大概是正午，再过一个小时就能走了。她要等到司机回来再上厕所。

她用遍了各种分散注意力的技巧——暗暗计算脚踏板旋转的圈

数，悄悄哼唱倒序的字母歌，在脑海中重放《黑神驹》[1]——但是最后，她实在憋不住了。她尽可能地向前倾身，对穿着橙色裤子的男人低声说："你好，打扰一下。"然而，自行车的噪音太大，他没听见她在讲话。她又尝试了一次，旁边的女人朝她皱起眉头。本来，周围的沉默让他们精神恍惚，而波莉打破了沉默。

"抱歉，"她转向那个女人，"请问你知道现在是几点吗？"

那个女人指着波莉的肩膀后面。起初，她以为这个手势的意思是让她管好自己，但是紧接着，她扭过头去，看见一只钟挂在身后的正上方。

一点三十分。司机不会来了，她真是愚蠢透顶。如今，她必须自己想办法去旗舰旅馆了。随着她起身离开，自行车摆脱了压迫的重量，在原地微微摇晃。

她打开后门，径直迈入灌木丛中。温度急剧上升，天气格外闷热，厚厚的连体工作服令人窒息，但是当她开始行动后，反而放松了下来。首先，她得寻找厕所。远处传来孩子们的欢笑声和秋千架的吱呀声，风铃演奏着清脆美妙的音乐。可是，她一路走去，却只能看见一个接一个的集装箱。她到达了最后一个集装箱，面前是一堵树篱构成的高墙，一块牌子上写着：在珍珠湾度假村，百分之七十的空调系统均采用脚踏电力，由自行车中心的能源合同工提供！我们将积极兑现保护生态的承诺！

孩子们的欢声笑语变得越来越响亮，游乐园肯定位于树篱的另一侧，附近应该有厕所。波莉扒拉着树篱，手指碰到了一个塑料的黑盒

---

1 《黑神驹》（*The Black Stallion*）：指1979年上映的美国冒险题材电影，改编自美国作家沃尔特·法利（Walter Farley，1915—1989）出版于1941年的同名处女作，讲述了一名男孩儿和一匹黑马的故事。

子。那是一个扬声器，正在播放着欢笑、秋千和风铃的录音。

她想不出这种做法有什么善意的理由。她渴望赶紧离开，永不回来，可是她的膀胱快要爆炸了。浅紫色的垫脚石通往一片巨大的露台，然而那里并无厕所，只有十张帆布躺椅，依次摆成一圈。每张躺椅都由一个赤裸的男人或女人占用，他们的头上罩着钟形的罐子，在透明的玻璃材质下，五官显得颇为扭曲。他们齐刷刷地转过脑袋，犹如诡异的外星来客，目不转睛地凝视着她。他们涂满了油脂的身体闪闪发亮，就像圣诞节的火腿一样。

波莉踉踉跄跄地逃跑了。在踏上时间旅行之前，她以为未来的世界要么一如既往，要么截然相反。她曾经在一本历史教科书上见过几幅插画，描绘了古代探险家预测自己将在新大陆上看到的情景——人们用双手走路，眼睛都长在脚上。可是，这里的一切并非颠倒的一九八一年，而是一套完全陌生的符号系统，并且没有任何可以破译的线索。

她打算在丛林中就地方便，但是必须彻底脱下衣裤相连的工作服。她努力用胳膊捂住身体，结果却慌慌张张地尿在了袜子上。

她沿着小径前进，一直走到大路上。只要有人经过，她便退至道边。他们或是坐着高尔夫球车和三轮车，或是拉着装满设备器材的手推车。她难以坦然接受自己的选择，每迈一步，她都怀疑自己是不是做出了一个错误的决定。距离太过遥远，她肯定无法按时赶到。可是，她也不能转身回去，坐以待毙。遥远的地平线泛着牙齿般的淡黄色，一辆脚踏三轮车驶过，载着一位戴草帽的老人，他东张西望，扫视着地平线，仿佛在进行观光游览。

等到她抵达检查站，早就过了下午四点。虽然她并未做错任何事情，可是当巡逻员朝她的方向投来视线时，她却连忙躲进了路旁的灌木丛里。疲倦犹如黏稠的胶水，慢慢地淹没了她。昆虫发出持续而高亢的哀鸣，仿佛那是永远都得不到满足的要求。她拍了拍口袋，寻找今早在班车上得到的西红柿，也许补充一些维生素会有所帮助。然而，西红柿不见了，她肯定是在不知不觉间把它弄丢了。她在兜里四处摸索，但是手指只能抓住零碎的线头。那个西红柿是好意的馈赠，而她先前却嗤之以鼻。她眨了眨眼睛，深深地呼吸，接着又眨了眨眼睛，试图消除内心的悔恨。

不过，没有什么可以阻挡前进的步伐。她准备穿过灌木丛，多走一会儿再重返大路，在那里，巡逻员就看不见她了。但愿她能在太阳落山之前到达旅馆，赶上周六的最后一丝微光。现在还剩下两三个小时的时间。

她蜿蜒而行，提防着纠结交错的杂草，以免绊倒。突然，地面变作水坑，空气中弥漫着腐烂的味道，动植物的残骸在得克萨斯州的炎炎烈日下消失，形成一个肮脏的泥潭。她的双足深陷其中，难以挣脱，好像被根茎或怪物牢牢地缠住了。强烈的恐惧涌上心头。她无法在天黑之前赴约了，她甚至都有可能回不到寄宿公寓了。她想把脚拽出来，但是周围全都是柔软的叶子，根本没有可以借力的东西。她坐在地上，臀部的衣服也湿了，然而只有这样，她才能得到足够的支撑，让自己重获自由。终于，她摆脱了可怕的束缚，抽抽噎噎地冲回大路，险些撞上一辆三轮车。

有人在喊她的名字。她盼着在一天之内找到弗兰克，如今美梦成真了。他正在三轮车上呼唤着她，并且朝她伸出了自己的手。

但是，眼前之人并非弗兰克，而是刚才那位戴着草帽的老人。

“波莉·纳迪尔？你是波莉·纳迪尔吗？快跟我来。”

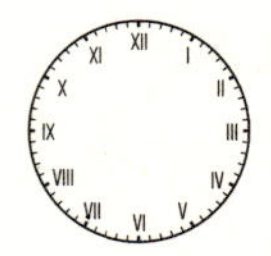

这位老人个头很高，身形瘦削，毛茸茸的银发犹如簇生的苔藓。他的大腿上放着一摞文件，其中包括一张她的照片。

“谢天谢地！我一直害怕他们会不小心搞砸，把你送到二〇一〇年，那我就白忙活了。我叫亨利·贝尔德，是你的老板。”

她迟迟没有反应，他的微笑消失了。

“我应该强调过要会说英语的员工吧。”他皱起眉头，“英语？你懂英语吗？”[1]

不过，当她紧张地回答时，他的微笑又出现了。

“吓死我了，我还以为咱们俩会产生沟通障碍呢。哎呀，我整整一天都在打电话，好不容易才联系上你的主管。早晨有两辆班车同时抵达，你肯定是坐错了。我大老远地赶到那个破地方，在自行车房里四处喊你的名字，但是一无所获。我只好就此放弃，觉得你可能是逃跑了。结果你居然在这儿，在灌木丛中。你迷路了吗？”

“嗯。”发现他不是弗兰克以后，她变得非常失望，说不出更多的话语。

“下次可千万别迷路了，否则我必须扣掉你的工时。要知道，你已经错过了第一天的全部工时。究竟发生了什么事？你的衣服为何全都湿了？”

1　原文为西班牙语。

心心念念的美梦正在一点儿一点儿地瓦解，今天看来是见不到弗兰克了。她把手放在腰上，狠狠地掐了一下，强迫自己振作起来。毕竟，九月份还有好几个周六呢。

“当我意识到自己所在的地方不对时，”她向老人解释，“我就打算走回去，看看能否赶上培训会。我低估了这段距离。”

“好吧，我会带你回寄宿公寓的，我可不想让你再迷路了。”

波莉从未搭乘过脚踏三轮车，它显得十分安全，所有零部件都牢牢地焊接在一起，但是依靠人力驱动的旅行方式实在过于残忍。贝尔德似乎毫不在意，他讲起话来滔滔不绝、神采飞扬，可以很好地掩饰内心的焦虑。说完一段话后，他便会用力地抖动身体，让大脑飞速旋转，使得他总是能抢在前面，比别人的思维快上半拍。他劝说车夫不要收取等待的费用，坚称在此期间并无任何能源消耗，实际上车夫还得到了休息的机会，仿佛他给了人家天大的好处。贝尔德是那种不达目的誓不罢休的家伙，跟以前的许多人一样，汗流浃背的车夫选择了妥协，因为这样省得啰嗦了。

在贝尔德完成讨价还价的任务以后，波莉说：“不好意思，先生，打扰一下，请问我要为你做什么工作？”

“家具修复！对吗？别告诉我……”他开始低声嘟囔。

“对，家具修复。”她说。他如释重负。

这是她遇到的第一个符合自己设想的情况，也是第一件按照计划进行的事情，她视之为一种标志，象征着其他的一切也终将回归正轨。反抗现实的麻木渐渐退去，各种敏锐的感觉慢慢恢复：鞋带捆着脚踝，微风“沙沙”作响，大地坚实可靠。

“我已经等了好几个月，幸亏你愿意接受时间旅行，否则我就得从零开始培养学徒了。那样太令人头疼了！不过，办理雇用手续的过程简直是一场噩梦！首先，我得提交一大堆材料，然后他们要把这些东西发往中继站……”

“中继站？”

“时间旅行机每次最多只能跨越十二年，你不记得自己曾经在中途短暂停留过吗？哈！真是一个非常愚蠢的系统，很容易发生错误，他们必须把资料送到十二年以前，然后那里的工作人员再让它走完剩余的年份。中继站的某个笨蛋头脑不清，没有处理好我的文件，结果申请书的日期从一九九八年九月被改到了一九九三年九月，你敢相信吗？”

“什么？”她喃喃自语。

他继续往下说：“我盯着屏幕上的表格，看到数字突然闪烁，发生了变化，好好的‘八’竟然成了‘三’，你可以想象一下，我脸上是怎样的表情！我气得大发雷霆，不停地嚷嚷，拼命地抱怨，他们才赶紧修正了错误。机器的缓冲时间只剩下几秒钟，差一点儿就来不及了，要是我不在场，那该怎么办？我说：‘不行，必须是一九九八年。’”

苦涩的胆汁涌入喉咙，就像有人在用力踩踏她的胃部。她扑向座位边缘，趴在侧面呕吐不止，污秽的液体飞溅在车轮上。

“哎呀，天哪，天哪！”贝尔德猛敲车厢，可是车夫仅仅扭过头来说了一句：“抱歉，不能停。”贝尔德只好蜷缩在最远的角落里，扔给她一条手帕。

她擦了擦脸：“我以为自己会去一九九三年，我本来打算在那里跟一个人见面。”

“可惜，无论你跟谁有约，对方恐怕都已经死了。”他交叉双臂，“不好意思，但现实就是这么残酷。”

他陷入了沉默，但是没过多久，三轮车经过一片建筑工地，他又开口了。“我估计，你甚至都不知道我们要在这儿做什么。”他的语气若无其事，仿佛他们正进行着一场从未中断过的谈话，“我们准备打造一条度假带，中心就位于加尔维斯顿。我们已经吸引了成百上千的度假者，他们来自世界各地，包括日本、挪威和美利坚合众国。”

“可是，昨晚我听说瘟疫减少了百分之九十三的美国人口。”

“所以呢？”

“那怎么还会有来自美利坚合众国的度假者？”

“他们来自美利坚合众国，我们是在美国嘛。”

她不禁觉得他有点儿疯疯癫癫。

“他们的经济蒸蒸日上，我们要如何分一杯羹呢？我们拥有时间旅行机，它能够带来一大批勤勤恳恳的廉价劳动力。我们为有需求的地方提供重建服务，收取相应的费用，比如德国和委内瑞拉，都是我们的客户。如今，加尔维斯顿堪称崭新的阿卡普尔科[1]。我们让工人建造度假村的设施，并且派他们维护度假村的运转。在实施隔离检疫的地方，社会秩序已经重新稳定下来，其他地方的发展也在逐步恢复。如果大家都回去上班了，那他们迟早会产生度假的愿望。”

“什么地方实施了隔离检疫？”

“我讨厌这个问题，它总是让我想起自己本该待在何处。”他叹了口气，“英格兰、冰岛、新加坡、斯里兰卡、夏威夷，各种各样的岛屿，还有咱们北边的朋友。”

北边，他是指加拿大吗？“瘟疫持续了多久？”弗兰克这些年都在哪里？

1　阿卡普尔科（Acapulco）：墨西哥的一个城市，位于太平洋沿岸，是重要的海港及度假胜地。

“很久很久，似乎没完没了。”

“度假村的建筑材料是怎么来的？”

“由工人制造。”

波莉悄悄地记住自己听到的细节，打算日后再回过头来思考，等到她有空的时候慢慢消化，试着理解这个凶险的世界。

“我们主要开发健康旅游业，”贝尔德继续说，“所以一切都是纯天然的，这一点非常重要。在瘟疫爆发之后，养生理疗就成了最热门的风尚。”

“你来自哪儿？”她问。

“康涅狄格州[1]。”

“不，我的意思是，你来自什么时候？你以前生活在哪一年？”

“哪一年？”他笑了，“拜托，我可不是劳工。怎么？难道我看起来像劳工吗？”他不满地皱起脸庞，似乎受到了极大的冒犯。

“噢，我不知道。”

“我是美国人，不是劳工。我看起来一点儿也不像劳工。”

“确实不像，抱歉。”

“嗯。”他使劲拽了拽工装背带裤的护胸，仿佛那是一件马甲。沉默在两人之间疯狂地蔓延，犹如不断延伸的裂纹。她的鲁莽暴露了自己的无知。她暗暗发誓，从今往后，一定要先斟酌字词，再开口讲话，直到搞懂这个世界的礼仪规矩为止。她实在太过慌乱了，以至于没有感到疑惑——为什么“美国人”和“劳工”是截然相反的两个群体，而非彼此相似的同胞呢？

“你接受时间旅行是为了救某个人，对吗？”他说，“就是你打

1　康涅狄格州（Connecticut）：美国东北部的一个州。

算在一九九三年见的那个人？”

她点了点头。

“你想救谁？”

“我的表哥。”她还不清楚什么该说，什么不该说，于是决定小心行事。

“我也曾考虑过要这样做，但是最后我无能为力。”他躲躲闪闪地移开视线，盯着自己的拇指，显得有些局促不安，“我想救我的男朋友。”

痛苦笼罩着他们，波莉无法判断那究竟是他的痛苦还是她的痛苦。

“他们不允许你选择时间旅行，因为你是……”她很犹豫，不知道该用哪个词才显得比较礼貌。现在他们还说“同性恋者”吗？

“基佬？差不多吧。”

他们到底遭受了怎样的折磨？原来这就是理解贝尔德的关键，他的粗鲁、紧张和浮躁都有了合理的答案。难怪他会如此自私，他肯定在拼命遗忘过往的那些悲剧，根本没有精力去考虑别人的感受。

不过，他们已经回到了第二十一街，天空中依然闪烁着一丝夏日的微光。她距离第二十五街只有四个街区，就算旗舰旅馆位于岛屿的另一侧，走到那里也花不了一小时的工夫。希望的火苗重新点燃，强烈的渴盼再次浮现。

昨天的司机正在穆迪公寓等她，他坐在大厅旁边的一个房间里，室内弥漫着报纸和蘑菇的气味。排列整齐的架子紧挨在一起，堆满了木制牙刷、睡衣睡裤、纸张包裹的肥皂和玻璃罐装的食物。窗户底下有一张餐桌，上面散落着几副扑克牌和一些旧书，两个男人在玩

“二十一点”的游戏，司机挥手赶他们出去。“还有二十分钟才到关门时间呢。”他们表示抗议。

“第十二条。”他回答说，指着糊在门上的一张规定清单：十二、在任何时间，创时者公司都有权出于保密目的对本区域进行清场。

“你上错了班车，”司机告诉波莉，“你坐的那辆车是七点十五分抵达的，不是七点三十分。如果你再这么不小心，下次公司将大量扣除你的生活资金。”

“生活资金？”她问道。

“糟糕，你错过了今天的培训会。”

他查找日程安排，想让她参加另一场培训会，但是下一场要等到十二日，推迟这么多天是违反政策的。所以，他不得不亲自上阵，立即对她进行培训。

“为了避免员工产生过度的心理压力，公司专门设计了一套讲解模式。在真正的培训会上，你可以看到录像，有画面和音乐，而我只有一份简单的文字稿，肯定无法与之相提并论。”

“我原本打算今晚出去走走，熟悉一下周围的环境，认认方向。”她讲话的语速很慢，听起来就像在编造谎言，但事实上并非如此，她只是在竭力压抑想哭的冲动。希望近在咫尺。如果此刻马上离开，她还能在这个周六消逝之前赶到旗舰旅馆。

“噢，不行，四处乱逛很不安全。况且，班车会带你去所有地方，你不必担心迷路的问题。”

“我可以打一通电话吗？”

“对了，我还没介绍自己，我叫诺尔贝托。”

“现在我可以打一通电话吗？”

“那得花钱。”

“花多少钱？”

他领她来到角落里，在老旧的办公桌跟前坐下，桌上摆着标有“公寓管理员”的牌子，一个咖啡杯放在杯垫上，数支签字笔挺立于杯中，显得井井有条。可是，办公桌的表面却污渍斑斑，似乎在很久以前贴满了透明胶带，如今仍然残留着黏糊糊的痕迹。桌子的肮脏与物品的整洁形成了鲜明的对比，令人颇感困惑。旁边的墙壁上贴着一张长途电话费率表。

“你想往哪儿打电话？”

“布法罗。”

诺尔贝托研究着那张费率表，“接通费是……十五美元，然后每分钟再收取二点五美元，天哪！要知道，你联系的亲朋好友很可能已经不住在原先的地方了，你确定还要打吗？”

“确定。”

“好吧，全部费用都会记入你的生活资金。号码是多少？”他为她拨打了唐娜的电话，“果然，无法接通。”

“我能听听吗？”她把听筒压在耳朵上，然而没有声音。

“没有声音就意味着无法接通。”他解释道。

“你可以再拨一次吗？”

“那样费用会累加的。”

“我明白。”

她目不转睛地盯着他的手指，确保他按对了号码，每一个数字键都对应着高低不同的提示音，仿佛在演奏一首乐曲。忽然，听筒里传来熟悉的铃音，她不禁高喊：“通了！”可是，第一段铃音尚未结束便中断了，一扇即将开启的大门又变得虚幻。她轻轻地拍了拍另一只耳朵，怀疑自己失聪了。她询问电话是否已经正常连接，他向她展示了那条钻进墙壁的透明导线，并且告诉她，两年前，劳工们刚刚铺设了崭新的电缆。

“我还能打给别人吗？”

诺尔贝托帮她联系了弗兰克曾经工作的酒吧，结果仍旧一样：铃音戛然而止，紧接着是深不见底的寂静。

“你想再打一个吗？”

她尝试了弗兰克父母的号码，电话响了一声，又响了一声。波莉尖叫起来。

“喂？”一个沙哑的嗓音说。

“马里诺夫人！我是波莉！”

“你打错了。”对方嘶嘶地回答，然后便挂断了。

“总共是六十美元加十美元。”诺尔贝托宣布道。

她微微颔首，神情茫然，根本没听见他的话语。她沉浸在自己的思绪中，大脑飞快地运转。这一切说明不了什么，只不过是从前的线路停用了而已。毕竟，他们经历了全国性的灾难。不，应该是世界性的灾难。她太傻了，居然还以为能够通过电话联系上他们。这并不代表弗兰克和唐娜已经死了，肯定还有其他办法可以找到他们。

诺尔贝托打开一个文件夹，透明插页袋里塞满了纸张，塑料硬皮重重地摔在办公桌上，发出响亮的拍击声。他动作迟钝，就像是一名老人，然而从相貌来看，他绝不可能超过四十岁。

“准备好了吗？”他说。

她点了点头。

“你来自哪一年？”

“一九八一年。”

"让我瞧瞧……一九八一年。"五颜六色的标签分布在一侧的边缘，波莉试着去数究竟有多少个。"前面是基本的问候与介绍，我就不啰嗦了，直接跳到主要内容。"他念了起来，"欢迎来到一九九七——呃，一九九八年，抱歉。文中写的是一九九七年，不过现在是一九九八年了。很高兴你能加入我们的团队。你已经亲眼见证了人类历史的转折点：我们不仅实现了时间旅行，而且完善了时间旅行的方式，使其更加符合人道主义精神，并尽量减少对历史的破坏。今天是你余生的第一天，你将有机会重新开始。"

这篇讲稿洋溢着矫揉造作的亲切，企图用华而不实的句子来鼓动听众，但是诺尔贝托却读得磕磕巴巴、声音单调。他把手指放在纸上，缓慢地移动着，以免看错行，他的努力让虚伪的字词变得颇有几分诚意。

"你会发现，在你穿越时间的过程中，世界产生了许多变化。我们会就其中之一进行详细解说，至于其他的今昔差异，就留待你自己去挖掘吧。我们的边界已经重新划分了，以下地区不再属于我国领土：科罗拉多州、康涅狄格州、特拉华州、爱达荷州、伊利诺伊州、爱荷华州、堪萨斯州、肯塔基州、马里兰州、内布拉斯加州、新泽西州、纽约州……"

她感到自己隐隐作痛的双腿似乎十分遥远，仿佛她坐在一个房间里，而她的身体却在别处。

"不好意思，打断一下。"

"怎么了？"

"你是在按照字母顺序罗列州名吗？"

"没错，女士。"

"我有点儿跟不上，能否让我看看地图？"

他们站起身来，回到门口，那里悬挂着一幅地图，标题为“美国，一九九七年”。地图上展示了一个压扁的形状，跟她印象中的模样截然不同。上半部分都是黑色的，包括华盛顿州、俄勒冈州、爱达荷州、蒙大拿州、怀俄明州、科罗拉多州及梅森-迪克逊线[1]以北的所有地区。依然属于美国的各州则是彩色的，包括内华达州、亚利桑那州及整个南部地区。另外，加利福尼亚州现在被称作“新加利福尼亚州”。

诺尔贝托把讲稿连同文件夹都拿来了，捧在手上就像祈祷书一样。他继续往下念：“俄亥俄州、俄勒冈州……”

波莉能够清晰地捕捉到自己身体的声音：喉间的吞咽声，耳中空气的流动声。

“对不起，”她说，“你能直接告诉我发生了什么事吗？”

“你不想听后面的内容了？我有一个小册子，可以给你。”她点了点头。他把文件夹塞在腋下，抚平地图上卷曲的一角，又用拇指来回地摩擦，就像在清理污渍。

“你知道他们为什么要发明时间旅行机器吗？”

波莉不晓得该说什么：“为了让我们做时间旅行？”

“为了回到过去，阻止瘟疫发生。但是那不可能——你了解原因吗？他们最早只能抵达一九八一年六月。所以，他们就把科学家们在八十年代末研制出来的疫苗送到了一九八一年。”

“真的吗？什么时候？”

1　梅森-迪克逊线（Mason-Dixon Line）：美国南北分界线，也是宾夕法尼亚州与马里兰州的分界线。为了解决殖民时期的马里兰州、宾夕法尼亚州和特拉华州之间的边界纠纷，在1763年至1767年间，同为英国测量家兼天文学家的查尔斯·梅森（Charles Mason，1728—1786）和杰里迈亚·迪克逊（Jeremiah Dixon，1733—1779）一起勘测并确定了这条分界线。在美国内战期间，这条分界线又成了北方自由州与南方蓄奴州之间的界线。

“你来自什么时候？九月？疫苗在十一月送到了。这是一个很好的主意，我不明白究竟哪儿出了差错。我不懂医学，也不清楚为何疫苗在一九九三年有效，在一九八一年却不行。病毒没有消失，反倒产生了变异，情况愈演愈烈，不过仅止于南方。创时者公司首先在得克萨斯州分发了疫苗，他们认为那里能够形成一个突破口。到了一九八二年夏天，我们在饮水和卫生等方面都遇到了困难，瘟疫像大火一样蔓延。

“于是，北方便跟我们断绝了往来。他们设立了路障，划出一条从东海岸延伸至西海岸的地区边界，然后实行封锁边界的政策。我们也反抗过，但是他们有军队撑腰，所谓的反抗仅仅持续了三四天而已。那条边界原本只是暂时性的，旨在熬过瘟疫最严重的阶段。可是，在一九八二年年底，政府解体了，住在北边的人们决定继续保卫他们的边界。”

她不禁感到肋骨收缩，喉咙发紧。

“现在呢？现在人们可以跨越边界吗？”

他露出一脸苦相：“现在他们跨越边界都是为了获得石油。在九十年代初，南方急需让石油开采回归正轨，恢复经济发展，结果犯下了不少错误。由于我们失去了百分之九十三的人口，必要的专业知识变得极度匮乏。到了一九九二年左右，北方终于同意南下修理油井和炼油厂，但条件是他们有权使用我们十分之九的石油。真是一群贪得无厌的混蛋！你刚才提了什么问题？”

“现在我可以跨越边界吗？”

“边界在一九九三年重新开放了，当时病毒在南方和北方都宣告灭绝了。不过，大家已经分裂成两个国家。我们是美国，他们称自己为‘美利坚合众国’。还‘合众’呢，我呸！”他的发际线周围泛起红色，他摸了摸后颈，仿佛在试着让脖子转动，“我没有按照规定的顺序进行说明，如果给你带来了过度的心理压力，还请见谅。”

跟大多数人一样，波莉不可能对世界的巨大变化立即做出情感上的反应。她只能理解一些零碎的片段，比如国家的政治活动跟自己的人生需求相交叉的部分。

她说：“假设在一九八一年，你感染了瘟疫，并且在休斯敦接受了治疗，那么即使在南北方分裂以后，你也会待在接受治疗的地方，对吗？”

“很难讲，这取决于许多因素。有些人漂泊流浪，有些人原地不动。大家会用各种各样的方式来熬过艰难的岁月。”

“艰难的岁月具体是指什么时候？”

“这是个非常私人的问题，我们不能对公寓里的租客表达私人观点。”

波莉再次体会到了那种心酸的感觉，好像她触犯了众人皆知的规矩，唯独她对那些规矩一无所知。

他回到办公桌跟前，从抽屉里掏出一个鼓鼓囊囊的信封。她坐了下来，将信封里的东西统统倒在腿上：身份证、手册，以及一本红色的硬皮护照，封面上镌刻着“美国护照——条件受限”的字样。

“你需要买点儿东西吗？”诺尔贝托询问。

她过了许久才回答：“我能买一支牙刷吗？”

他拿出一张索引卡：“把你的身份证给我。”他记下她的名字和身份证上的九位数字，然后写好日期，列了一个清单。

长途电话费 $17.5

长途电话费 $17.5

长途电话费　$17.5

长途电话费　$17.5

牙刷和牙膏　$9.75

“这是什么？”波莉问道。

“噢，对了。这是你的生活资金，为了简化财务管理，你的所有薪水都会存入你的生活资金，创时者公司设立了许多像这里一样的服务社，你在任何一家服务社的日常开销都会从生活资金中扣除，包括住宿、食物、药品等。”

“如果我想去普通商店购物怎么办？或者要买……”她的声音渐渐变小了。

“你可以在服务社买到你所需要的一切。创时者公司会为你支付往返工作地点的交通费，搭乘班车是完全不用花钱的。另外，加尔维斯顿没有普通商店。”

他把一些罐装的豆子放在柜台后面的一个电烤盘上，等到加热完毕，便倒入两个黄色的儿童餐碗里，因为他也没吃晚饭。豆子尝起来就像纸浆一样，她感到内脏在痛苦地收缩。

“还有其他问题吗？”

她的大脑无法承受他提供的信息，虽然勉强接纳了它们，但是稍作停顿之后，便产生了排斥反应，就像投币口吐出损坏的硬币一样。反倒是白天的古怪经历给她带来了一个困惑，在混沌的脑海里渐渐浮现。

“今天我去的究竟是什么地方？我见到了许多度假屋，还有自行车中心。”

“你在哪儿下车来着？”

“似乎是珍珠湾。”

“噢，那是一个度假村。”

“但是它跟别的度假村不一样。”

“怎么不一样？”

“我不知道。”她不好意思向他提起那几名赤身裸体的男人和女人，“我以为附近有孩子在玩耍，结果却在灌木丛中发现了一个隐藏的扬声器，里面正播放着孩子们欢笑的录音。”

“真好。”他在一个小小的水槽里清洗他们的餐碗，她觉得他恐怕是听错了。

“什么？”

“播放孩子们的欢笑，真好。这可是世界上最美妙的声音。”

“那里还有一些人没穿衣服，”她不假思索地开口道，“脑袋上戴着玻璃罐子。”把这句话大声说出来以后，她不禁怀疑自己看到的诡异情景可能都是幻觉。

“玻璃罐子？”他皱起眉头，“你是指像潜水头盔一样的东西吗？”

“差不多吧，对。”

“他们在进行高压氧治疗，那些头盔能够传送百分之百的纯氧气，有利于美容保养和延年益寿。但是，我也不清楚他们干吗不穿衣服。”

“为什么大家都对我讲西班牙语呢？”

冒充孩子们欢笑声的录音和戴着玻璃罐的脑袋都没有引起他的注意，偏偏这个问题令他吓了一跳。他停住手上的动作，从水槽前转过身来："得克萨斯州曾经属于墨西哥。[1]"然后，她才清楚地瞧见，他并非吃惊，而是不安。

"我知道。"她说，尽管她不太了解得克萨斯州的历史，"但是，为什么大家都对我讲西班牙语呢？"

电话铃声忽然响起，他说："这是公司打来的，我得完成每日例行的夜间签到，你先稍等一下，四处看看吧。"

墙上挂着许多软木公告板，贴着物品交换的广告：靴子换滤水器，毛巾换字典。诺尔贝托把听筒举在耳旁，不过他没有说话，只是静静地听着，并且时不时地按下数字键。

当他挂断电话以后，她问道："你可以告诉我防波堤在哪个方向吗？"

"现在你不能外出散步，天色已晚，我马上就要锁门了，你赶不回来的。"

"我仅仅是好奇罢了。"

"大海在两个方向。如果你笔直地走出公寓，则右手边为北，那是加尔维斯顿海峡的方向，而左手边为南，那是墨西哥湾的方向。"

"我可以再向你打听一件事吗？"她竭力表现得十分谦恭，以此来安抚紧张的内心，希望自己所熟悉的社交礼仪依然能派上用场。"请问你知道我的行程改变了吗？我原本以为自己会到达一九九三年。"她看不透诺尔贝托的神情，"他们说如果我的行程改变了，他们会联系等我的人，告诉对方在哪儿跟我见面。"他领着她离开小商店。"我填写过一张表格，一张紧急情况联系表。我怎么才能知道他们有没有把消息传递给那个等我的人？我要如何确认他是否得知我迟

1　在1821年至1836年期间，得克萨斯州是墨西哥的一部分。

到了呢？”

“噢，我不清楚。这不归我管。”他为她打开通往楼梯井的大门。

“那你知道我可以问谁吗？”

“我会帮你查一查。”

她站着不动。

“我会帮你查一查。”他重复道。虽然她仍旧待在原地，但是他却头也不回地走了。

波莉坐在床上，背朝着窗户。在她身后，跨越低洼的沼泽、腐朽的商铺和坍塌的教堂，排列着许多破旧的小木屋，室内装有大理石水槽，迁徙的候鸟蜷缩在易拉罐中熟睡。她默默地遥想，在岛屿的另一边，弗兰克正艰难地穿过沙滩，准备离去。然而，她明白，这个念头毫无意义。

她的房间面积跟大号的沙盒[1]差不多，没有收音机的电源插座，也没有任何书籍，只有一个橱柜、一个电烤盘和一台比购物袋还小的冰箱。冰箱内部黑暗而温热，必须要在其自带的投币盒里放入代币，才能保持制冷状态。电灯开关的旁边附着一条说明，如果每天开灯超过两小时，她就得支付额外的费用。橱柜中有五罐食物，贴着手写的标签：黑豆、红腰豆、土豆。屋里摆着一面不锈钢的镜子，但是她始终都刻意回避，不愿看到一个陌生人的脸庞。剩下的空间属于床铺，一张单薄的床垫铺在略高于地板的木架上，所以床底无法存放杂物。不过，住在这种房间里的人还有很多杂物需要存放吗？她已经见过了由集装箱改造的居所，应该对自己的处境感到知足。

1　沙盒（sandbox）：一种宽而浅的游乐设施，通常由木头或塑料制作而成，里面装满了柔软的沙子，可供孩子们玩耍。

她决定收拾一下行李，便打开橱柜，把手提箱放在地板上，里面的东西很少，仅仅是洗漱用品、几份文件和弗兰克的棒球卡片。

关于棒球，波莉最喜欢的并不是比赛本身，而是激动得面红耳赤的观众、玩人浪[1]时傻乎乎的喜悦，以及结束后在停车场和回家路上闪烁的车灯。那些卡片密封得十分完好，这一点反而令她格外难过。他挖空心思，将它们保持得崭新如初；她满怀真情，带它们穿越十几年光阴。可是现在，物是人非。她听到汹涌的波涛撞击着岩石，其实是那块巨大的塑料布在走廊尽头鼓动，仿佛公寓的墙上长出了鱼鳃。

疼痛犹如救护车的警笛，起初离得很远，后来逐渐靠近，越来越尖锐，回荡在脑中的每一个角落。她对弗兰克的思念变成了原先的两倍。布法罗在另一个国家，而她又失去了漫长的五年。于是，面对如此可怕的寂静，她做了任何人在类似情况下都会做的事情：闭上眼睛，沉入梦乡。

一阵轻笑吵醒了她。眼下已过午夜，无边的黑暗笼罩着一切。她听到了呼吸声，仿佛房间里还有别人。

她摸索着按下那个古怪的电灯开关，然而她仍旧独自一人，弗兰克并没有来。

呼吸声是在外面，只不过非常响亮而已。一开始是调笑嬉闹，接着是低沉的呻吟。噪音源自隔壁，或者楼上。波莉想要使劲关闭窗户，可是受潮的木框膨胀不堪，她实在无能为力。不久，呼吸声变成了急促而富有规律的节奏。

她拽过枕头、毯子、被单，统统蒙在脑袋上，其他人享受鱼水之欢的声音无处不在，令她难以忍受。恍惚间，她记起了自己与弗兰

1　人浪（wave）：一种常见于体育场内的游戏，观众们按照顺序短暂地起立、欢呼、挥手，然后再坐下，呈现出类似波浪的效果。

克共度的夜晚。他的肩膀冒出细细的鸡皮疙瘩，他的指尖深入她的发丝，他的脚趾掠过她的足踝，他的胳膊搂住她的腰肢，她身体舒展，心跳加快。

1979.02

弗兰克用手掌和膝盖撑地，趴在灌木丛中，雪水、泥浆和疑似狗尿的混合液体渗入牛仔裤的布料里，额头几乎贴上了结满冰霜的地下室窗户。这里是查德居住的地方，他正在电视机前收看《爱之船》[1]，一罐接一罐地喝着施密特[2]啤酒。刚才，他一进家门，就撞到了脑袋，然后又陆续碰到了冰箱和沙发。屋里十分昏暗，唯有浴室的灯泡散发出刺眼的光芒。他甚至没脱掉外套，就直接坐下了。查德大腹便便，而且已经开始秃顶了。弗兰克差点儿就对他产生了同情之心，可是透过窗户的一角，弗兰克能够看到波莉的母亲留给她的遗物。餐桌被放倒在地上，小书橱、床头柜、垫脚凳都倚靠在里面，几把椅子摞在上面，四脚朝天，椅面互相拼接，连成一块顶盖，查德还用绳索将这座方方正正的小山紧紧地捆了起来。他是一个不折不扣的懒汉，在卫生间里都懒得脱掉雪地靴。可是，他却花费了不少工夫，把波莉的东西收拾得井井有条，严丝合缝地弄成一堆，并且统统运走，这其中显然蕴含着巨大的恶意。弗兰克打算等到查德喝完第三罐啤酒再行动，让那个家伙先享受醉醺醺的感觉，待他在温暖安逸的环境中放松警惕，弗兰克便猛然发起进攻。或者，也许可以等到他喝完第四罐。

1　《爱之船》（*The Love Boat*）：美国喜剧电视连续剧，在1977年至1986年间播出了九季。

2　施密特（Schmidt）：指美国的克里斯蒂安·施密特酿酒公司（Christian Schmidt Brewing Company），创始于1860年，并于1987年停止生产，被G. 海勒曼酿酒公司（G. Heileman Brewing Company）收购。

他并非胆小害怕，主要是车道上停放着一辆旅行车，而且整栋房子只有一个门铃，所以这很可能是某种家庭住宅。按理说，他应该白天来，那样就不会吵醒别人。但是，弗兰克明白，要么立即动手，要么永无机会。为了完成这项任务，他已经做好了准备，而且筹谋了很久。他趁波莉不注意的时候偷看过她的通信簿，可是一无所获。所以，他不得不在谈话中偶尔提起查德，从而打听出他的工作地点，尾随他回家——要知道，假装若无其事地谈论她的前男友实在是太难了。除此之外，他还必须向弟弟约翰尼借来皮卡，停放在数英尺以外的路边。他可以轻易地跑到路边，发动引擎，踩下油门，迅速离开此地。那或许是最明智的选择，况且波莉也不会失望，因为她并不了解他的计划。

然而，那实在是最糟糕的故事，让人于心不忍，简直要捂起耳朵，就像听说一只小狗遭到殴打，或者某个人羞辱了你的母亲一样。在一间中式餐厅的角落里，波莉向他讲述了查德搬走家具的细节。当时弗兰克已经知道这件事了，先前她告诉过他，脸上带着笑容，仿佛在分享荒唐的趣闻。他以为她仅仅丢失了几样廉价而丑陋的物品，比如鞋盒什么的。可是那一天，她坦露了隐藏在心底的秘密——那些家具曾经属于她的母亲。如今，波莉所拥有的仅剩下一张户外餐桌和一个双人沙发了。“我不会因为沮丧而哭泣。”她不停地说。他试图握住她的手，她却把手放进了衣兜里。面对如此悲惨的经历，波莉被迫承认了查德的恶劣与生活的灰暗，她不再相信一切总会好起来的，而乐观向上恰恰是弗兰克最欣赏她的品质，她比任何人都更有资格埋怨老天，但是她比任何人都更加坚强努力，是查德让波莉变得孤立无援、心灰意冷。一想到这些，弗兰克就睡不着觉。他的波莉，他的宝贝。

弗兰克按响门铃，但紧接着就后悔了。对方有可能把他当作擅闯民宅的匪徒，不由分说地朝他开枪。他连忙走向路边的皮卡，然而为时已晚，灯光亮起，房门敞开了。迎接他的既非乌漆墨黑的猎枪，也非睡眼惺忪的爷爷，而是查德。那是现实生活中的查德，不是隔着半扇窗户望见的身影，弗兰克这才意识到，查德看起来跟电视上的人物同样真切。面前的查德散发着充满敌意的气息，就像一头凶狠的野兽——但是体形很小，弗兰克暗暗提醒自己。

无论如何，还是直入正题比较好。“把波莉的家具给我。”弗兰克说。

“滚开。”查德毫不犹豫地关门。

然而，弗兰克的策略就是不屈不挠。他的脚已经放在了门口，当查德用门板猛砸他的靴子时，感觉并不算太疼。查德尝试了好几次，每次都期待着情况会发生变化，可惜结果总是一样：弗兰克依然站在原地，牢牢地挡住了通道。

查德的手指弯曲成钩状，由于吸烟过多，边缘的皮肤都熏成了大便一样的黄色，令人恶心不已。这双手曾经在波莉的发丝间穿梭，随着起伏的波浪跳跃，沿着她的脊椎滑向腰窝，完美的骨骼在那里连接漂亮的臀部。她究竟看中了这个丑八怪的哪一点？也许他具备特拉维斯·比克尔[1]在某方面的特质，比如街头坏小子的无聊叛逆，可能她刚好喜欢那种类型。弗兰克正沉浸在自己的思绪中，查德忽然将其中一只可怕的大手完全伸展开，以最快的速度抬起胳膊，狠狠地扇在弗兰克的耳朵上。

剧烈的疼痛袭来，灼热而难耐。弗兰克没有让步，但是他忍不住

1　特拉维斯·比克尔（Travis Bickle）：1976年上映的美国犯罪题材电影《出租车司机》的主人公，由美国演员罗伯特·德尼罗（Robert De Niro，生于1943年）扮演。

弯下腰来，鼻子跟查德的膝盖挨得很近，显得十分危险。不过，他灵机一动，发现自己所处的位置非常适合扑搂[1]。于是，他猛然向前冲去，坚硬的脑壳撞上了查德的腹部。他听到那个家伙倒抽一口冷气，但是没过多久，查德便用胳膊夹住了他的脖子。他们在门厅里互相推搡，弗兰克拼命挣扎，企图重获自由，而查德则收紧臂弯，让他透不过气。弗兰克占据了手长的优势，他设法抓住查德的头发，用力往下拽，他听到查德在骂他是“娘娘腔”。弗兰克放弃了拉扯，改为击打，他尽量揍在查德头发稀薄的地方，从中获得了极大的乐趣。“我要杀了你！”查德咆哮道，脚上的一只拖鞋飞入空中，不知什么东西被击碎了。

然而此刻，一个陌生的声音出现了，高喊着“兔崽子”！突然之间，两人都觉得浑身潮湿而冰凉。他们分开了，踉踉跄跄地倒退着。一个女人站在顶层的台阶上，疯狂地挥舞着空荡荡的玻璃水杯，另一只手牵着一名头发竖直、表情呆滞的幼童。这位女士看起来像是查德的姐姐。

“我要报警了，我再也受不了了。明天一早你就从这里搬出去。”

“不，梅丽莎。我们只是在闹着玩儿呢！”

梅丽莎怒目而视，小宝宝吮吸着自己的拳头，查德讨好地挤出令人作呕的微笑。

“我应该在地下室的大门上安一道锁。”

“我们马上就下去，晚安。晚安，托马斯。”小宝宝咧了咧嘴，查德用力地拍着弗兰克的肩膀。“来吧，伙计。”他说。他们一同迈步，缓慢地走下楼梯。但是，在抵达底层以后，查德立即说：“老子要杀了你。”

1　扑搂（tackle）：橄榄球比赛术语，指抱住并摔倒对方的带球队员。

“拿不到家具，我是不会离开的。”

“那你就好好待着吧，蠢货。因为我是不会给你的。”

弗兰克在生活中很少卷入肢体冲突，而且他在酒吧里还是劝架高手。无论哪一种情况，都不能靠蛮力解决问题。相反，真正的理由是：第一，他拥有一种神奇的能力，可以察觉到对方在什么时候宁肯去死也不愿丢脸；第二，他从不需要保全自己的面子。弗兰克说，这并不是他的功劳。“我生来就是如此。”他告诉波莉。“嗯，”她说，“或者是由于你平常一直都很受欢迎。”

“听着，兄弟……”

“我不是你的兄弟。”

“我在酒吧工作。如果你把家具给我，从今往后，你每次来店里，我都会免费送你一杯施密特啤酒。”

查德抿起嘴唇，似乎非常严肃。但是，他的打扮却颇为滑稽，身上穿着厚厚的大衣，一只光溜溜的脚丫露在外面。

“这些东西根本没用，”弗兰克说，“实际上，留着它们还很不方便。”

弗兰克担心自己可能说得有点儿过头了，他不禁屏住呼吸。

“再加一杯威士忌。”查德说。

“啊？”

“送我一杯啤酒和一杯威士忌。”

“如果你帮我把家具搬上卡车的话。”

“老乌鸦[1]珍藏版。”查德指定道。

他们俩一起干活儿，效率竟然非常高，不出十五分钟，家具就统

1　老乌鸦（Old Crow）：美国肯塔基州出产的一种威士忌。

统放好了。

“这几根绳子你还要吗？”弗兰克问。

“不必了。”

弗兰克递给查德一盒火柴，上面印着酒吧的地址。事实证明，查德仅仅去了两次，此后弗兰克就再也没有见过他。弗兰克并未让波莉知道他做了什么，而是将她母亲的家具摆在了自己的公寓里。垫脚凳塞在茶几底下，餐桌又在茶几上方，安乐椅挤在沙发和窗户之间的空隙中。等到一切准备就绪，他便邀请她来做客。他很好奇的是，她究竟要花多长时间认出那些家具。可是，房门尚未完全敞开，她就明白了。实际上，她都没有进去，而他也没有催促。她静静地站在入口处，环顾着房间，默数每一件旧物，确保熟悉的老朋友都回家了。终于，她跨过门槛，开心地笑了。她走向安乐椅，抚摸着扶手的弧形末端，母亲的掌心曾经放在那里，将木料摩擦得闪闪发亮。她扑进他的怀里，头发带着清凉的味道，她第一次说：“我爱你。”将来她还会无数次说出这句话。那是他人生中最美妙的时刻之一。对于其他姑娘而言，弗兰克与查德没什么两样。然而，波莉能够让他体验到真爱的力量。她仿佛在对他说：瞧瞧你多么厉害，你就是我的英雄。

那天，弗兰克驾车从查德家离去，驶出几个街区后，他才反应过来：他成功了，他做到了！他打开收音机，转动旋钮，打算搜索雄伟的赞歌，结果却找到了狄昂·华薇克[1]演唱的《我再也不会如此爱一个人》。

1　狄昂·华薇克（Dionne Warwick，生于1940年）：美国歌手、演员、主持人，文中提到的《我再也不会如此爱一个人》（*I'll Never Love This Way Again*）最早出现于1968年的音乐剧《承诺，承诺》（*Promises, Promises*）。1971年，她凭借这首歌曲获得了格莱美最佳流行女歌手奖。

但是，当钢琴像激烈的鼓点一样奏响，当狄昂的嗓音伴随着和声飞扬时，整首曲子听起来犹如史诗一般，充满了英勇激昂的情绪[1]。

“没错！”弗兰克高呼。他摇下车窗，对着夜空疯狂地呐喊：“我要跟这个姑娘结婚！”

1　此处指《我再也不会如此爱一个人》的高潮部分，歌词为“我知道，我再也不会如此爱一个人”。

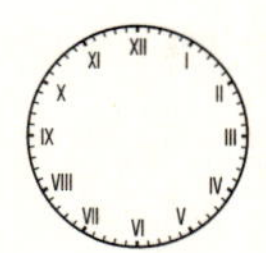

“早上好！今天是一九九八年九月七日，星期一，现在是上午六点四十五分！气温为八十六度[1]，并且仍将持续攀升，所以别忘了带遮阳帽和凉鞋！波莉·纳迪尔的今日任务是去加尔维斯酒店向亨利·贝尔德报到。你的时间安排是：七点三十分前往大厅，搭乘班车。”

在刚刚过去的周日，她无法迈出自己的房间，因为开门就意味着她承认了现实。她把床铺从窗前挪开了，这样她就可以坐在床边，望着外面。她努力用淡漠的态度来对待眼中的事物——树木钻出屋顶，道路变成森林——仿佛她仅仅是一个匆匆过客，因为确实也是如此。很快，她就会离开这里。

在周日的黄昏，她发现，如果头枕着床脚，就能看到夕阳西下的景象。她使劲打开窗户，音乐从楼下的某个地方传来。同一首曲子播放了一整天，电吉他演奏出悲伤的下行音阶，鲍比·沃马克[2]和伴唱的灵魂歌手一遍又一遍地重复着标题的话：“如果你此刻觉得孤单。”她放弃了抵抗，任凭自己拼命排斥的想象统统涌入脑海——绒线帽两侧的护耳在下巴底部扣紧；跑调的口哨吹出斯普林斯汀[3]的作品；切柠

1　八十六度：此为华氏度，约相当于三十摄氏度。

2　鲍比·沃马克（Bobby Womack，1944—2014）：美国创作型歌手、唱片制作人。下文提到的《如果你此刻觉得孤单》（*If You Think You're Lonely Now*）发行于1982年，是20世纪80年代的著名金曲。

3　斯普林斯汀（Springsteen）：此处指布鲁斯·斯普林斯汀（Bruce Sprinsteen，生于1949年），美国创作型歌手、音乐人。

檬的唯一方式；他穿过街道走向她，伸展双臂，准备拥抱。

天黑以后，她哭泣了许久，直到脑袋隐隐作痛。她感到非常丢脸，尽管屋里并没有其他人。

周一清晨，她决定不再沉溺于这种毫无意义的逃避状态。她表情阴郁地照了照镜子，那是一块小小的正方形，只能容纳她的面庞和肩膀的一部分。一切都还是跟从前一样：圆乎乎的鹅蛋脸，歪歪扭扭的牙齿，微微翘起的鼻子。疲倦令她的嘴唇泛起不健康的粉色。过去，她曾经把头发染成了桃木红。如今，头发又长又乱，已经恢复了原本的咖啡棕。她带来了几样化妆品，可是穿上连体工作服再描眉扑粉，似乎非常怪异。片刻之间，屋里显得十分灰暗。没有了服饰、香水和腮红，失去了独特的个人装扮，她还是自己吗？

她不能这样想。她坚守着一种莫名其妙却颇为流行的观念，那就是如果没有了希望，宇宙的力量也不会帮助她。相信这一点总比认为宇宙冷酷无情要好。

她一直待到七点二十分才下楼，以便确保自己不再搞混班车。现在恰逢等车的空闲时间，大厅里挤满了劳工，队伍都排到了楼梯井里。诺尔贝托手中挥舞着一个小小的簸箕，正在维持着秩序。瞧见波莉出现，他大步穿过人群。

“你适应得怎么样？”

“你查到关于联系表的信息了吗？”她很想表现得冷静，把自己的焦虑隐藏起来，但是萦绕心头的问题却脱口而出。

他面不改色，包裹在颚骨上的皮肤坑坑洼洼，残留着青春期的疤痕。

“我先前问过你，那个在一九九三年等我的人是否收到了我的紧急联系表。”

“我可以在电话里向朋友打听一下。”

“真的吗？”

“你之后再来找我吧。”

当然，他很可能只是在敷衍她，但她依然觉得欢欣鼓舞，甚至在班车上对每一位乘客都露出了微笑。这一次，她格外留意班车行进的路线，希望能独立返回公寓，前往旗舰旅馆，不用依赖别人的帮助。但是，途中很少有显著的标志。街边全是杜松形成的树篱，密封得严严实实，他们并未遇到任何出口，就毫无征兆地来到一片尚未铺砌的土地。班车向左拐，经过一块牌子，上面写着“专用辅道——仅供授权车辆通行”，前方便是充当临时住所的集装箱了。这里没有杜松的遮挡，放眼望去，满目疮痍。空荡荡的荒原颇为诡异，依然烙印着房屋的足迹：茂盛的野草中间被烧出一块黑色的长方形，有人曾经在那里做午饭、看电视。在K字大道[1]的转角处，两个男人拉着一把伐木锯，一人一头，来来回回地锯着一根树桩。波莉傻乎乎地观察着，想看看其中之一会不会是弗兰克，心脏不由得紧张地收缩。然而，他们都是上了年纪的老人，面庞通红，脏兮兮的泥土蹭在脸上，留下纵横交错的条纹。

“全部工作都靠人力完成。”坐在波莉前面的姑娘转过身来，她留着精致的波波头[2]，红色的发丝沿着下巴的轮廓卷曲。她怎么能将造型保持得如此完美呢？“没有马达驱动的机器，也就没有污染环境的烟雾，这样对大家都好。”

窗外闪过一排废弃的房屋，歪歪扭扭地倒作一团，接着是一行晾晒的衣物和一架普通的梯子。

1　K字大道：加尔维斯顿的东西街道多以字母命名，南北街道多以数字命名。

2　波波头（bob）：一种短发发型，头发的长度通常与下巴齐平，额前有刘海。

“有人住在这里吗？”波莉问。

“天哪，没人会住在这种地方。”

道路陡然拱起，化作一个巨型斜坡，仿佛土地在深深地吸气。越过山岭以后，浩瀚的汪洋映入眼帘，翻滚的波浪在阳光下闪闪发亮。面对似曾相识的景象，波莉的心头涌上喜悦之情。大海没有改变，仍旧像从前一样。

司机高喊：“加尔维斯酒店到了！”这栋建筑的四分之一都崭新如初，雪白的墙壁十分耀眼。而其他的四分之三则破旧不堪，楼层坍塌下陷，落地大窗和雕花栏杆犹如失去骨骼支撑的脸庞。

警卫室的一名工作人员接过波莉的身份证，对照着一张跟办公桌差不多宽的名单，找到了她的登记信息。

“从后面进去。”他命令道。波莉翘首张望，但是没瞧见入口。“快点儿。走啊！”他隔着庭院，不停地冲她大吼，“继续走，继续走！到后面去！”

绕过堆积如山的黑色瓷砖，波莉发现了一道隐藏的楼梯，通往三层的一个大厅。室内还未装修完毕，天花板上的房梁都裸露在外，毫无遮掩，犹如上百根肋骨，暗黄色的隔热材料填充在板条之间。安妮女王式[1]的宴会椅紧紧地捆成一堆，雕花的椅腿密密麻麻。扇形椅两两绑在一起，背靠着背，就像遭到挟持的人质。

“我在这儿呢！”中央有一张随意摆放的绘图桌，贝尔德正站在旁边，他把一本画册往她的方向推过来。“有朝一日，咱们所在的房间会变成这样。”印在铜版纸上的照片展示了一个金碧辉煌的舞厅，

1　安妮女王式（Queen Anne）：一种家具风格，始于英国安妮女王在位期间（1702—1714）。

铺着精美富丽的地毯，蓝色的天花板璀璨夺目，“华尔道夫酒店[1]的星光厅。你去过那里吗？”

“记不清了。”波莉说。其实，她从未去过华尔道夫酒店。

“此处将成为整个加尔维斯顿的重要基石。我之所以能赢下重新设计这家酒店的竞标大战，是因为我拥有最佳方案。我们要修复的不仅仅是加尔维斯酒店，而且还是所有已经消失的著名酒店。每套房间都流淌着经典的血液——广场酒店[2]、萨伏依酒店[3]、莫纳克亚山酒店[4]、香格里拉酒店[5]。

“当初我在华尔道夫酒店担任室内设计师，曾经跟披头士[6]和劳伦·白考尔[7]一起参加聚会。后来，我们去棕榈滩[8]探望我的母亲，结果被困在了边界线以南。如今，我必须套着连体工作服在这里干活儿。穿得就像个劳工一样，对吧？”他挑了挑自己的眉毛。

他似乎不太对劲，跟之前的状态截然不同。他的脸庞通红，眼睛湿润而明亮。也许只是心情比较好吧。

1　华尔道夫酒店（Waldorf Astoria）：此处指的是位于美国纽约市的华尔道夫酒店，那是一家豪华酒店，原址位于第五大道，始建于1893年，后于1929年被拆除，为帝国大厦的兴建腾出空地，并于1931年择地重建，现址位于曼哈顿中城第49街和第59街之间。

2　广场酒店（the Plaza）：指位于美国纽约市曼哈顿中城的一家豪华酒店，始建于1907年。

3　萨伏依酒店（the Savoy）：指位于英国伦敦市的一家豪华酒店，始建于1889年。

4　莫纳克亚山酒店（the Mauna Kea）：指位于美国夏威夷岛上的一家海滩酒店，始建于1965年。

5　香格里拉酒店（the Shangri-La）：指中国香港香格里拉集团旗下的五星级连锁酒店，遍布于世界各大城市及度假胜地，该系列酒店创始于1971年。

6　披头士（the Beatles）：又名甲壳虫乐队，是一支成立于1960年的英国摇滚乐队，被公认为是历史上最具影响力的乐队。

7　劳伦·白考尔（Lauren Bacall，1924—2014）：美国女演员，曾被美国电影协会誉为“20世纪好莱坞经典电影最佳女星”，并于2009年荣获奥斯卡终身成就奖。

8　棕榈滩（Palm Beach）：美国佛罗里达州的一个城镇。

“你先从米高梅大酒店[1]的织锦靠垫开始，点清它们的数量，并且对其进行清洁和修复。为了保住这份工作，我们需要按时完成规定的目标，因此你得机灵点儿，合理安排日常任务。跟我来。”

他带领她来到一块塑料帘布的后面，她仿佛穿过了虫洞[2]，返回了自己熟悉的世界。眼前摆着车床、锯子和喷砂台，全是她擅长使用的工具。周围还有一卷卷苇条、海草和牛皮纸绳，对于门外汉来说，这些东西都十分陌生，完全摸不着头脑，然而她却倍感亲切。架子上放满了木材染色剂，统统装在容量为半品脱的金属罐里，看到各种颜料的名称，犹如跟故交好友久别重逢。波莉鼻子一酸，忍不住想哭。她拿起一根木槌，放在掌中掂量，手柄上印着“创时者公司”。她把木槌放回原位，故意让那五个字朝下，可是两侧都刻着相同的标志。突然之间，虫洞似乎又将她扔进了残酷的现实之中。

“柳条高背椅来自火烈鸟酒店[3]，男士衣帽架来自金砖酒店[4]。我们彻底打扫了拉斯维加斯，回收了有用的物品。实际上，没有一样家具属于顶级酒店，但是无所谓，度假者们根本分不清个中差异。你知道他们选择我的真正原因是什么吗？我可以变废为宝，节省大笔开支。”

“谁打扫了拉斯维加斯？”

“创时者公司的工人。他们就像猴子一样，能够轻松地攀爬断壁

1　米高梅大酒店（MGM Grand）：指位于美国内华达州天堂市拉斯维加斯大道上的一家酒店兼赌场。

2　虫洞（wormhole）：又名时空洞、蛀孔，指宇宙中可能存在的连接两个不同时空的狭窄隧道。这个概念于1916年由奥地利物理学家路德维希·弗莱姆（Ludwig Flamm，1885—1964）首次提出。

3　火烈鸟酒店（the Flamingo）：指位于美国内华达州天堂市拉斯维加斯大道上的一家酒店兼赌场。

4　金砖酒店（the Golden Nugget）：指位于内华达州拉斯维加斯市的一家酒店兼赌场。

残垣。不过话虽如此，那种行为还是非常危险的。你瞧，这些才是我的骄傲与欢乐。”他向她展示了一套谢拉顿风格[1]的红木边椅[2]，椭圆的靠背中央镶嵌着缎带形状的板条，座板上包裹着绿色的皮革。“这四把椅子来自华尔道夫酒店的星光厅，如假包换。”

“你是怎么把它们从纽约运来的？”跨越南北边界容易吗？如果弗兰克几经辗转，搬回了布法罗，他能在周六到达加尔维斯顿吗？不过，他绝不会抛下她，独自离开得克萨斯州。

然而，他并未回答她的问题。他指着一个跟小房间差不多大的松木箱，开口道：“那是藏血室。”她等待他继续解释，可是有一把星光厅椅子的铜螺栓似乎松动了，他赶紧凑上前去检查。

“那是……给木材染色的地方吗？”应该没有必要为染色专门辟出一个房间吧。

“不，它是一个血库。顾客们将自己的血液放入其中，加以低温保存，防止血液衰老。五年或十年以后，他们再把血液重新注射回体内，这样他们就会觉得自己焕然一新。这就是所谓的‘新鲜血液’。”他嗤之以鼻，“创时者公司向我信誓旦旦地保证，一定会在星光厅发布之前把它挪走。”

枫木箱上安着一扇舷窗，一个个小型的冷饮柜被禁锢在压缩机设备中，嗡嗡的噪音震得地板微微颤动。里面悬挂着许多冰霜覆盖的袋子，装满了深褐色和淡绿色的液体。

“有些血液已经变成了白色。”波莉说。

“那是猫奶。”

1　谢拉顿风格（Sheraton-style）：一种家具风格，源于18世纪末期的英国，以室内设计师托马斯·谢拉顿（Thomas Sheraton，1751—1806）的名字命名。

2　边椅（side chair）：指没有扶手、靠背笔直的椅子，通常会放置在餐厅里。

她以为贝尔德会咧嘴一笑，表明他在调侃，但是他面无表情。

装修现场熙熙攘攘，劳工们忙着铺砌砖头、打磨地板和搭盖屋顶，胳膊肘互相碰撞。而波莉和贝尔德则独占一大片宽敞的空间，享受着难得的安静。她找出一块防尘布，动手处理织锦靠垫。这份工作堪称天赐的恩惠，让她能够暂时挣脱恐惧和希望的泥沼，忘却周六之约带来的纷繁思绪。贝尔德坐在一张沙发上。细数之下，总共有三十多个丝绸靠垫，图案大胆艳丽，绣着紫红和金黄的鹤望兰[1]，散发着机油与猫尿的腐臭味。当贝尔德解开领口的纽扣并抚摸胸膛时，她尽量视而不见，装作若无其事。她给每一个靠垫都贴好标签，说明必要的修复步骤——破洞：针线缝补；油渍：煤油去除；污垢：水中浸泡——并且写下计划完成的日期。她发现自己很快就能把肮脏的靠垫清理干净，不禁感到心满意足，渐渐恢复了镇定。

贝尔德对她的熟练技巧毫无察觉，他干脆躺了下来。波莉竭力不去看他，想象着他只是在考虑问题，随时都会突然起身，急急忙忙地跑向办公桌。可是，一个小时过去了，他竟然打起了响亮的呼噜。她将靠垫弄得“沙沙”作响，甚至还故意扔掉了一把锉刀，但是鼾声依旧持续不断。她走到沙发跟前，凝视着他。贝尔德的脸庞很大，面容十分苍老。在睡梦中，他的嘴角下垂，双目凹陷，深深的皱纹透露着无尽的悲哀。

他的眼皮颤抖了一下。

“莱纳德？”他喃喃地说。

她慌慌张张地向后倒退，险些被一盒工具绊倒。他打了个嗝儿，翻过身去。空气中弥漫着一股酸涩而甜腻的味道，异常难闻。波莉恍

1　鹤望兰（bird of paradise）：又称天堂鸟或极乐鸟花，是一种单子叶植物，原产于非洲南部，花形似鸟儿昂首展翅，因而得名。

然大悟，原来他喝醉了。

她决定回去工作。最合理的做法就是悄悄地干活儿，让他好好地睡一觉，希望烦恼可以自行消失。贝尔德表现得如此古怪，肯定不是无缘无故，也许今天恰逢某个纪念日，发生过令他痛苦的事情。

如果换作是她，恐怕也会借酒浇愁。他的爱人已经止步了，而他却要继续前行，如今他们被分隔在时空的两端，永远也无法触碰到对方。相比之下，她的情况好多了。一旦修复完这些靠垫，自己便会更加接近弗兰克，她对自己说。她默默地念叨了上百遍：每一个靠垫，每一针缝线，每一道笔划，都将引领我靠近弗兰克的身边。

贝尔德睡得天昏地暗，广播宣布了最后一趟班车即将抵达的消息，然而他还没有醒来。波莉尽可能地站在远处，伸出一根手指，使劲戳他的肩膀，直到他睁开眼睛。

“该走了，先生。”她说。

他发出一种可怕的声音，动静很大，介于低吼和哈欠之间，显得非常粗鲁。终于，他爬了起来，坐在沙发上不停地眨巴眼睛，仿佛是一个衰老的巨婴。

“当我感到伤心的时候，我就会看看这一切。”

起初，她以为他在胡言乱语，但是紧接着，她循着他的视线，把目光投向窗外，眺望荒芜残破的海滨，在三个街区之外的度假村边缘，风景陡然发生了变化，犹如棉被补丁的缝合处。修筑完成的度假村就像童话世界一样，糖果色的小屋鳞次栉比，小火车载着顾客们从按摩房前往餐厅，沙滩上矗立着一座硕大的摩天轮。

“打开窗户。你知道我们在做什么吗？”

透过手提式钻孔机的凿击声，他们能够听到夜班工人在高喊。

“我们在重建过去，但是不只如此，它将成为我们希望铭记的美好模样，而并非本来的真实面貌。人们愿意为之付出任何代价。”

她看着他填写今天的工作日志。织锦靠垫的处理进展顺利，丽思[1]套房的床头柜已经准备就绪，周三可以按时运送——尽管他提到的床头柜依然盖在防水布底下，纹丝未动。

班车上坐满了疲倦的劳工，他们在酒店忙活了一整天，衣服和脸庞都沾着厚厚的灰浆，风干以后变得十分僵硬。在集装箱分布的区域里，交通颇为拥挤，一条小路被其他接送工人的班车堵住了。女人们在阳光下排队，等着进入一处环绕着波纹铁板的狭窄场地。那是露天的公共浴室，从班车上可以直接望见内部的情景。中央有一个蓝色的圆柱形容器，裹着毛巾的女人们把提桶浸泡在里面，舀起清水，然后一点儿一点儿地倒在自己的脑袋上。

“我希望他们能搭一个保护隐私的屋顶，”留着红色波波头的姑娘说，她的发型依然非常完美，“这样对大家都好。”

波莉回到穆迪公寓，诺尔贝托正坐在自己的办公室里写价格牌。

“今天你给你的朋友打电话了吗？”

“我的朋友？”

“就是关于联系表的事情？”

“噢，对了。不，没有。明天我再打给他。”

“很抱歉总是问你，不过这真的很重要，而且非常紧急。”

“我会尽力而为的。”说罢，他又低下头，继续写价格牌。

周二傍晚，一位眼睛明亮、发色暗金的姑娘跟波莉下了同一辆班车，她撑着电梯井的大门，等待波莉进来，并且露出友好的微笑。

1　丽思（the Ritz）：指位于法国巴黎市中心的丽思酒店，该酒店是全世界最为奢华的酒店之一。

她站在自己的房间外面，开锁的速度非常缓慢——究竟是她的钥匙意外地卡住了，还是为了给波莉一个交谈的契机？但是，波莉一时失去了勇气，慌慌张张地冲入屋内。波莉从来都不擅长与陌生人沟通，然而，打探消息的渴望却总是像宿醉造成的头痛一样挥之不去。其他劳工能够跟分离的亲朋好友重逢吗？有人去过美利坚合众国吗？他们知道如何找到唐娜吗？

周四，波莉一上班车就瞧见了那位姑娘。更加巧合的是，她的旁边还有一个空位。姑娘挥了挥手，波莉推开一名拎着水桶的乘客，钻进了那个空位。

“这是留给我妹妹的座位。”那位姑娘说。

提水桶的乘客惊讶地注视着波莉。

波莉连忙起身，打算逃跑，可是人潮涌动，她寸步难行。然后，提着水桶的妹妹不停地劝说波莉，坚持让她跟自己分享那个座位。最终，波莉坐下了，她紧紧地贴着前排座位的椅背，免得滑向过道。

妹妹名叫米丝蒂，年仅二十岁，姐姐名叫桑迪。她们共住在四楼的一个房间里，而且两人都是度假村的按摩理疗师。米丝蒂十分热爱一九九八年的世界，她告诉波莉，她们来自一九八四年，当时的生活无比糟糕，简直难以想象。但是，桑迪的看法却截然不同。回到穆迪公寓以后，她们领着波莉见识了楼内的各种设施：洗衣房、图书馆（大厅里的一个小书架）和游戏室（诺尔贝托商店里的餐桌），那里每晚都会有人玩扑克牌。

“他们如何下注？”波莉打听道。

“你是赌桌老手吗？”米丝蒂说。

“不，我之所以问，是因为……我一分钱都没带来。”

波莉总想拍一拍右侧的胸前口袋，确认长方形的身份证依旧安然无恙，感受坚实可靠的塑料材质。她希望自己能拥有一些现金，不必很多，几美元就好。过去，唐娜经常教育她，要学着在罐子里存点儿钱。“这样你才能获得独立自主的资本。”唐娜说。

“无所谓，就算你带来也毫无意义。一九八二年以前的货币都废弃了，当初的国家早已不复存在。”桑迪说。

“况且，现在也没有花现金的地方。”米丝蒂说。

“当然有，”桑迪说，“你可以用现金离开，我们也可以互相做生意。”

“那不合法。”米丝蒂说。

“这恰恰是症结所在。”桑迪说。

“她就是一名彻头彻尾的阴谋论者，不要管她。他们允许大家买筹码下注。”米丝蒂指向一个零件柜，它靠在诺尔贝托办公桌后面的墙壁上，抽屉里堆满了橄榄绿和米黄色的赌场筹码。

“有一名劳工沉迷于扑克牌，结果欠下一屁股债，合约变成了原先的三倍。”桑迪说。

“瞎说，别这么消极。”

“千真万确。”

“不是三倍，大概也就两倍吧。你的合约是多少个月？”米丝蒂问。

在最坏的情况下，即便桑迪说得都对，只要弗兰克一出现，波莉便能马上获得解脱。虽然依然会受到合约的束缚，但是她的人生将再次属于自己。

“三十二个月，”波莉说，“你呢？”

“从下个月算起的话，还有十五个月。”

桑迪并未主动透露自己的合约期限。

“她绊倒了，”米丝蒂说，“当时，她正忙着搬运装在麻袋里的毛巾，一次拿得太多，不小心摔断了手腕。所以，她还得在原来的基础上多干几个月才能偿清债务。”

“你也是。”桑迪突然说道。

“这很正常，不必觉得尴尬。”

“你在服务社里大手大脚地挥霍，天晓得你都买了些什么。”桑迪说。

“其实合约并没有那么糟糕，把它想象成需要完成的大学学位就行了。”米丝蒂说。

波莉对她微微一笑，这个主意还不错。

“那才是愚蠢无知的典型表现。”桑迪说。

根据季节的变化，桑迪和米丝蒂可以判断出这一周会供应哪种蔬菜罐头。她们知道，在加尔维斯顿，穆迪公寓是O-1签证持有者的唯一居所，未来将住满一层又一层的室内设计师、网球教练和整骨医师。她们很清楚，对于任何贴着“健康生活”标签的商品，度假者们都会趋之若鹜，人们渴望把疾病与死亡的记忆抵挡在自己的城镇、房子和皮肤之外。她们还了解，食物生产基地位于得克萨斯州的泰勒[1]，距离很近，东西新鲜，她们为此感到非常高兴。相比之下，在一九八四年的图森[2]，食物的质量明显要差得多。她们毫不吝啬地向波莉传授了一些窍门，比如怎样充分利用诺尔贝托出售的袖珍肥皂，或者在何处能够采摘到芬芳的花朵。米丝蒂介绍了圣诞节选美比赛，并且预测了今年谁会得奖。桑迪提到，《得克萨斯州纪事报》是本地仅

1　泰勒（Tyler）：美国得克萨斯州东部的一个城市。

2　图森（Tucson）：美国南部亚利桑那州的一个城市。

剩的一家报纸，每周发行一次，几乎没有任何新闻。尽管如此，波莉还是动用自己微薄的生活资金购买了一份。事实证明，桑迪的评价准确无误。大部分内容都是关于南方发展状况的报道，国际版有描述津巴布韦和澳大利亚的文章，然而照片上的景象却酷似得克萨斯州，虽然标题不是这么说的——波莉检查了两遍。

波莉看得出来，姐妹俩很喜欢带着她四处参观，她们从中获得了极大的乐趣，所以她并未岔开话题，直到她们讲完各种经验之谈以后，她才询问如何寻找美利坚合众国的居民。桑迪提议写信，不过邮寄的价格跟其他商品和服务一样昂贵，而且，万一唐娜搬家了怎么办？如今还有电话号码簿之类的东西吗？

“当然啦！”米丝蒂欢快地说，波莉的心脏跳进了嗓子眼里，“现在有人口统计中心，他们能帮你搜索联系方式。”

但是，桑迪立即插嘴道：“那得花许多钱，我劝你还是不要白费工夫，他们给出的结果总是千篇一律。”

“嘘。”米丝蒂制止道。

“干吗？”桑迪说，“她应该得到适当的提醒，那些报告通常都会令人失望。”

“什么意思？”

“她在抱怨自己的遭遇，”米丝蒂说，“如果你愿意，你完全可以去人口统计中心。”

“你经历了什么？”波莉问桑迪。

“我接受时间旅行是为了救我的丈夫，可是他已经病入膏肓了，他们无法治好他。当然，在我上船之前，他们并未这么说。最终，他没有活下来，而我也被困在了这里。”

米丝蒂伸出一只胳膊，搂住自己的姐姐，在触碰的瞬间，桑迪挺直了肩膀。“但是，六楼的雪莉找到了她的弟弟，他住在佛罗里达州，一旦她完成合约，他们就会见面。”

“她倒好，”桑迪说，“可我呢？创时者公司把南方搞得一团糟，然后通过所谓的弥补错误来牟取暴利。我们怎么知道他们是否真的把一九九三年的疫苗送到了一九八一年？我们怎么知道那不是更加严重的病毒伪装成了疫苗呢？我们怎么知道……”

“你要找谁？”米丝蒂打断了姐姐的话。

波莉感到自己脸红了，不禁暗暗生气。

“如果时间旅行机的跨度只有十二年，”桑迪接着说，没有受到任何影响，“他们为何不前往一九八一年六月，在那里造一台崭新的时间旅行机，继续往回穿越？”

“因为时间旅行机永远都无法超越一九八一年六月。”

“为什么？”

“因为它是时代的产物，你不能毫无限制地再造。”

“那是创时者公司宣传的愚民思想。其实他们可以做到，但是他们不肯行动！”

“是男朋友吗？”米丝蒂说。

“什么？”波莉说。

“你要找谁？”米丝蒂又问了一遍。

“我的姨妈。”波莉说，但是她很清楚，自己的口气听起来就像在撒谎。“还有我的男朋友。”她承认道。

桑迪无奈地叹息，显然准备直言不讳了。波莉猜到了接下来将要发生的事情：桑迪会把内心的想法和盘托出，当声音传入空气的那一刻，可怕的话语将变成残酷的现实，犹如强大的咒语。但是，她无力阻挡，除非捂上自己的耳朵。

“亲爱的，别在一棵树上吊死。”她说，“你刚才说你来自什么时候？”

“一九八一年。”

“你很聪明，但不该这么忠诚。”

“桑迪！”米丝蒂再次发出警告，桑迪依然无动于衷。

“你有没有考虑过，你们已经分开十七年了？”

“你真令人难堪！”

“唉，你们这些小姑娘啊！你好不容易从世界性的瘟疫中逃离，难道就是为了在一个男人身上浪费生命吗？”

波莉并非没有考虑过，她恐怕已经被遗忘了。实际上，她始终都觉得，自己早就被遗忘了，她每分每秒都在跟绝望搏斗。她竭力回避桑迪的话语，直到思绪飘往相反的方向——如果弗兰克还在加尔维斯顿，她们说不定认识他，他甚至有可能住在穆迪公寓。为什么她先前从未想到呢？这个解决方法如此简单，就像某种毋庸置疑的真理一样。

“你认识弗兰克·马里诺吗？”波莉说。

“那是谁？”米丝蒂说，“一名歌手？”

“我得走了。”波莉说。

“我姐姐惹你心烦了吧，别理她。”米丝蒂说。

“我打算瞧瞧公告板上的物品交换信息，我似乎看到了自己需要的东西。”

然而，无论如何，只要再熬过一天就好。到了周六，她将前往旗舰旅馆，踏上矮矮的台阶，走进大厅，楼梯表面的油漆在阳光的暴晒下鼓起泡泡，而他正在屋里守候。那时，她便可以肯定，自己永远都不会被遗忘。

可是，周六她必须工作。

“除了周日，天天都得干活儿。”米丝蒂说，她们登上班车，“其实这样已经很好了，可怜的H-1好像只能每三个星期在周日休息一次。”

没关系，跟穆迪公寓相比，加尔维斯酒店距离旗舰旅馆更近。这两栋建筑位于同一条路上，都坐落在海边，仅仅相隔几个街区而已，她可以在工作结束之后徒步走过去。弗兰克大老远跑来，总要等到日落吧。不断给自己鼓劲的做法虽然枯燥无聊，但是可以减少痛苦，否则关于弗兰克和唐娜的往事随时都会在脑海里浮现。最终，这种乐观的念头就像“沙沙”作响的噪音，能够彻底淹没他们留在回忆中的那些微小细节：欢笑，气味，动作，抱怨，歌声，皮肤。

贝尔德正在全神贯注地处理一把皮革剥落大半的翼状靠背椅，根本没空跟她打招呼。一周以来，他要么睡得死气沉沉，要么忙得不可开交。她不再管他，开始专心地缝补最后一个破损的靠垫，直到下午，她才发现他不见了。

他坐在房间另一头的三脚凳上，面前摆着一把属于星光厅的椅子。他伸出拇指，反复地摩挲椅背的凹槽，用掌心抚摸座套上的污渍和顶部的曲线。他至少花了五分钟的工夫，让自己的双手从座板滑向椅背，又沿着椅背到达顶端，仿佛深陷在恍惚的状态中。然后，他才仔细地将那把椅子放回原位，举止颇为生硬，显然是喝醉了酒。

怀旧与思念可谓家具修复的动力，倘若那些物品没有任何情感价值，他们早就失业了。但是，你也不能过度沉溺于逝去的岁月。千万不要想着这把椅子见证过怎样的聚会，那面镜子映照过何人的脸庞，谁的手曾经放在这张桌子上，它们究竟经历了多少风雨波折。如果你太投入，感觉就像是在给自己的妻子做手术。要知道，归根结底，那只是一把椅子罢了。

“修复这些椅子肯定是一件非常伤感的事情。”她说。

“什么？”

她干吗要开口讲话？

“别犯傻了。”他说。可是，他的呼吸放慢了，他的嘴唇张开了，他的脑袋微微仰起，泪水倒流进眼眶。他想起了遥远的从前，一幕幕场景历历在目——在星光厅重新开启的夜晚，他觉得自己终于回到了一个从未见过却又无比亲切的故乡；他们合租的公寓位于派克大街[1]，楼层很高很高，没有人能偷窥，他可以躺在浴缸里，对着天际线[2]发呆，而莱纳德则帮他擦洗后背；莱纳德从星光厅拿来一把椅子，作为惊喜带回家中，那成了他在聚会上最喜爱的座椅，也是欣赏莱纳德跳舞的绝妙位置。

“好了，”他拍了拍自己的胸膛，“好了。”

她看得出来在他身上发生了什么，仿佛一阵刺骨的寒意涌入体内，令他表现出某种重病的症状，而她也患有同样的顽疾。对过去感到悲伤，那就等于承认过去已经过去了。也许到达旗舰旅馆以后，她会发现大厅里空无一人，没有弗兰克的影子；也许到达第二十五街以后，她会发现旗舰旅馆不复存在，唯有干干净净的海滩。整整一周，疑虑在心底不断地蔓延，腐蚀着仅剩的希望。她并未向任何人打听旗舰旅馆是否还在，因为她不想知道。

在班车停靠的站点附近，簇拥着密密麻麻的劳工，犹如滚滚烟尘，当她从人群中独自走开时，迷茫与担忧依然紧紧相随。没过多

1　派克大街（Park Avenue）：美国纽约市的一条林荫大道，华尔道夫酒店便位于其左侧。

2　天际线（skyline）：西方城市规划的理念，指由城市整体结构创造出来的人为地平线，通常是高楼大厦与天空的交界线。

久，四周便安静下来，右边是树篱包围的度假村，左边是孤零零的公路与海洋。她感觉自己仿佛在横穿一个巨大的舞台，墨西哥湾就像宽敞的观众席，每一道波浪都是一排座位。她记不清旗舰旅馆的模样了。它是红色的还是褐色的？在面朝沙滩的外墙上有浮雕的轮船标志，但两侧的图案是美人鱼还是海豚呢？印象中的旗舰旅馆正从她的眼前逐渐消失。

波莉渴望回想一些美好的事物。她开始哼唱脑海里浮现出来的第一首歌——《爱会让我们在一起》[1]，伴随着熟悉的旋律，她慢慢进入记忆的危险领域。收音机里播放着尼尔·萨达卡的金曲，镀银餐具整齐地摆放在饭桌上，底下垫着一块粗棉布，唐娜在椅子里扭来扭去，明明需要上厕所，却又想先擦完手中的茶匙，不愿意打断自己干活儿的节奏。波莉忽然停止了哼唱。

她能够听到游泳池的动静，脚边有一块长方形的石头，正好可以踩上去，越过茂盛的树篱，朝度假村里张望。她做好了心理准备，打算迎接恐怖的画面。在这个为了寻欢作乐而建造的绝望小镇上，他们会干出怎样的勾当呢？参加马球比赛，用人类来代替马匹？举办烤肉聚会，残害活生生的奶牛？尽情纵欲狂欢，让单纯的孩子们旁观？

然而，游泳池并不是假的，许多特征都非常真实。整个场景都笼罩在一种暮夏的空虚之中。一名小男孩儿在游泳池的边缘徘徊，犹豫不决，想象着自己下水的情形。他的父亲坐在一张帆布躺椅上，高声喊着鼓励的话语，那个男人身材肥胖，相貌普通，完全是一名极为正常的父亲。在不远的地方，还有一位成年的姑娘，似乎是尚未返校的大学生，她穿着双色的比基尼，两个罩杯分别为紫色和白色，波莉也

1　《爱会让我们在一起》（*Love Will Keep Us Together*）：美国流行歌手、作曲家尼尔·萨达卡（Neil Sedaka，生于1939年）于1973年录制并发行的单曲。

曾经在零售店试过同款的泳装，不过那已经是去年夏天的事了。放眼望去，唯一的特殊之处是一块标牌，上面明确地写着，游泳池的净化采用了“提取自盐水的全天然氯气”。

虽然眼前的景象跟波莉的预想截然不同，既无陌生之感，也无诡异可言，但是这个似曾相识的比基尼姑娘却令人更加不安。她与波莉是如此相似，仿佛在强调，波莉心里那个体面的世界跟这个野蛮的世界其实并无二致，两个世界乃是息息相通的，恐怖和邪恶无处不在，甚至占据了她记忆中的家园。

她在做什么？当小男孩儿跃入水中的瞬间，波莉也赶紧跳下了石头。她迈开脚步，尽量加快速度。旁边出现了一片狭窄的建筑工地，由于资金缺乏而遭到了抛弃，弯曲的钢筋纷纷向外伸展，犹如东倒西歪的野草。她已经走了二十分钟，按理说早就经过旗舰旅馆了。前后的道路看起来一模一样，应该继续前进还是转身回去？继续前进。但是，她要在何时停住脚步呢？

在远处的海面上，某个开关被拨动，泛光灯齐刷刷地亮起，闪耀夺目。那是一艘渔船。不，好像是一个码头，但是她难以判断码头上究竟有没有旅馆，因为一座垃圾堆成的小山挡住了曾经的十字路口。小山层次井然，由各种桌椅、窗框和一个浴缸构成，与其说是一座小山，倒不如说是一道围墙。为了抵达另一边的道路，她得绕上一大圈。墙内可能隐藏着任何事物：完好无损的公交车站、不可告人的黑帮总部或者一窝黑压压的老鼠。

她应该转身回去，她肯定早就经过旗舰旅馆的原址了。不过，那是一栋很大的旅馆，多少总会留下一些残骸的，比如一个用来插白鹤芋[1]的高花瓶，深陷在沙子里。然而，四周空无一人，没有一个坚实可靠的身影走过去，检查那座小山是否结实，判断从旁通行是否安全。“你不需要。”她告诉颤抖的自己，“在遇到弗兰克之前，你也过得很好。”

当波莉沿着垃圾山绕行到一半时，她终于看清了，原来刚才发现的码头是港口的一部分，许多小船都从此出发，驶向一艘停泊在半英里之外的大船。忽然，她瞧见某样熟悉的东西被压在垃圾山下，看起来经历了无数的风吹雨打。那是一把紫红色的扶手椅，应该属于旗舰旅馆，但她必须亲自摸一摸才能确定。她凑到扶手椅跟前，一名身穿制服的男子走出围墙。

他们俩同时看到了对方，并且一起开口讲话。波莉说：“不好意思，请问一下。”但是他大声呵斥：“海关边境保护局！把双手放在头上！海关边境保护局！”他掏出了自己的武器。

其他男子迅速从垃圾墙保护的旅居拖车[2]里跑了出来，人数大概有十二到十五个。

“我只是在散步。”波莉大叫。

其中两人谨慎地绕到她的背后，命令她往前移动。

“我只是在散步。”波莉高呼。

他们推着她走到基地中央，举起枪支，强迫她跪下，并给她戴上了手铐。

“她正在鬼鬼祟祟地触碰围墙，”最初发现她的那名男子说，“肯定是在寻找武器。”

---

1 白鹤芋（peace lily）：又名白掌、和平芋，原产美洲热带地区，开白色花。

2 旅居拖车（trailer）：一种可以被卡车或汽车拖拽的交通工具，里面摆着家具用品，停下来以后可以作为住所或办公室。

“叫西伯德克斯进来。西伯德克斯，轮到你了。”

西伯德克斯显得非常稚嫩，看起来还不到担任警官的年纪。他一点儿一点儿地靠近她，眼睛瞪得像餐盘一样，又圆又大。

“现在，我要解开你的衬衣。”他喊道。

“我身上什么都没有。”波莉拼命地恳求。

他蹲在她旁边，呼吸急促。

“没事的，我身上什么都没有。”波莉说，试图安抚彼此。

可是，共同的恐惧无法让他们俩成为朋友。他将她撞向地面，她痛得眼冒金星。用他弯曲的膝盖，抵住她的脖子，她不禁发出呜咽的声音。他迅速拽开她肚脐附近的两颗纽扣，在众目睽睽之下挤压她的皮肉。然后，用自己的双脚检查她的腿部是否有鼓起的地方。

“排除危险！”西伯德克斯尖叫道，“没有武器！”

波莉想站起来，但是西伯德克斯却说：“喂，别动！”并且一脚踹在了她的小腿上。

“通知审查委员会，就说我们抓到了一个偷渡者。”队长说。

他们拿走了她的身份证，将她留在原地，坚硬的碎石嵌入她的脸颊，硌得生疼。一切都会好起来的，他们肯定得向她正式道歉。她拥有自由行动的权利，难道法律不是这么规定的吗？她暗暗思忖，忘记了自己来到的地方早已不是当初离开的那个国家。

大约一小时后，一名身穿便衣的男子走过来说：“把她带到审讯室。”他们领她进入一个狭窄的房间，屋里摆着桌椅，就像电影中的场景一样。一位警官守在门口，挡住了唯一的窗户，他的名牌上写着“阿吉雷”。另一名男子交叉双臂，静静地打量着她，沉默不语。

“现在几点了？”她问。

便衣男子皱起浓密的眉毛，指向存放档案的橱柜，一个老式的床头闹钟被遗弃在顶部。她勉强能够看到，此刻是晚上九点二十三分，这个周六又过去了。她还有两个周六，只剩下百分之五十的成功几率了。

在一张小桌子上有一个电视屏幕，连接着打字机的键盘。那是一台电脑。以前，波莉很少有机会近距离地观察电脑。

“这是什么地方？”她说。

“见鬼！应该由我们来提问才对。这里是美国海关边境保护局，我是移民海关执法局的调查员。移民，懂吗？”

她差点儿笑出声来，这显然是个误会。他们干吗要拘留她？她既没有走私毒品，也没有贩卖军火。

“你能否解释一下，为什么闯入了海关边境保护局的所在地？为什么要破坏我们的围墙？”

“我没有。我不过是在散步而已。”

“你打算去哪儿？怎么会来到这里？你的寄宿地点明明位于北边，距离此处非常遥远，你显然走了很长的一段路。”

“我只是想熟悉一下周边的环境。”

“不妨直接告诉我，你到底在寻找什么？”

波莉犹豫了。但是，坦白真相又有何不妥呢？

“我在寻找第二十五街。”

“所以，你准备逃跑。”

“不，我在寻找一家旅馆，旗舰旅馆。你知道它在哪儿吗？”

“你想去第二十五街港口。”

“我在寻找旗舰旅馆。”

“不要跟我兜圈子，亲爱的。你打算去哪儿？墨西哥？坦帕[1]？”

“对不起，我不明白你在说什么。”

“你就是企图到港口搭船，承认吧，别再浪费我的时间了。”

“我为何要那样做？”

“那得问你。每隔几周，我们都会截获一名偷渡者，如果你征询我的意见，我觉得完成合约更容易，要想神不知鬼不觉地离开，反倒比登天还难。就说你吧，你准备悄悄地逃跑，结果却径直闯进了海关边境保护局的办公室，不是吗？”

波莉很清楚，在交谈的间隙，她停顿得越久，就越像在编造谎言。可是，为了得到自己渴求的答案，她必须认真地思考措辞，合理地组织话语。况且，她并没有做错任何事情。

“很抱歉给你添麻烦了。不过，你能否告诉我，以前在这个港口的位置上，是不是有一家名叫‘旗舰’的旅馆？”

“不好意思，先生，打扰一下，”阿吉雷说，“请你看看她的档案。”

“怎么了？”

“她不是H-1，而是O-1。”

调查员眉心紧蹙，他仔细地研究着她的身份证。

“我们以前从未见过O-1级别的偷渡者。相比之下，你的工作条件很好，为什么还要逃跑？”

“我没有逃跑。我只是在寻找一家曾经位于第二十五街的旅馆。”

“我不管你是H-1还是O-1，反正你不是美国人，就不能离

1　坦帕（Tampa）：美国佛罗里达州西海岸的一个城市，靠近墨西哥湾。

开。”

“什么意思？”

“拜托，你在报到的时候应该都听说过吧。”

“你已经不是公民了，”阿吉雷说，“你是在美国建立之前踏上时间旅行的，因此严格来讲，你不是美国公民，仅仅持有美国签证。”

“所以，你的签证有两个条件属于我们关注的范围，”调查员继续解释道，“第一，你只能受雇于创时者公司。第二，在完成合约以前，你必须待在指定的管辖区域之内。一旦完成合约，你才可以申请居民身份，然后就能登上你想坐的任何船只了。”

屋外有人在吹哨子，她依然不知道旗舰旅馆去了哪里。实际上，现在真正应该操心的事情并非旅馆的地址，但是她遇到的麻烦太严重了，混乱的大脑根本反应不过来。

“你的意思是，我不能离开，也无法为创时者公司之外的任何人工作，而且我不是美国人，直到我完成合约为止？”

“最后一点很难讲，并不是说合约一结束你就会自动成为美国人。不过没错，在合约未结束之前，你无法成为美国人，也无法享受我们的权利与自由。你的合约还剩下多长时间？你们这些人通常都会把日期刺在额头上，当作文身。”

她坐在桌子跟前，鞋底牢牢地贴着地板，可是她却感觉自己在下坠。她抬起双脚，钩住椅子腿。

“三十二个月。”她说。

“不要再试图逃跑了。就算你跨过了加尔维斯顿的边境，也肯定走不远。况且，我们绝对不会放任你越界。另外，你的生活资金只能在创时者公司设立的服务社使用，在其他地方都是不能用的。”

弗兰克是美国人，可以到达那个码头，然而他不知道她去不了。

“现在的问题是，我应该拿你怎么办？我可以逮捕你，但是创时者公司讨厌那样做，毕竟要浪费不少工时。”他叹了口气，戳了戳电脑，“或者，我可以放你走，并派人护送。创时者公司会非常开心，而且我也用不着处理太多的书面文件，你又不必遭到关押，我们皆大欢喜。”

阿吉雷离开了，他的靴子踩在台阶上，震得旅居拖车微微颤抖。那名调查员在一张表格的每一栏都写下数字和字母，构成了波莉看不懂的密码。他手中的钢笔移动得十分缓慢，先是从左到右，再是从上到下，简直要花掉一个世纪的工夫。但是，他说过不会逮捕她，所以他填完以后就会放她走了。他打开抽屉，掏出一枚印章，接着站起来，穿过房间，在地板上的一个篮子里找到印泥。他小心翼翼地把印章扣在印泥中央，轻轻摇晃，然后按在纸上，而后收起这些工具，将表格存档。她的上半身始终保持同一个姿势，戴着手铐的腕关节火烧火燎，双肩隐隐作痛。他转向电脑，一个白点掠过漆黑的屏幕，很快又伴随着“哔哔”的声音重新出现。他在玩游戏。

这是一项测试，为了确认她是否顺从。她一定可以通过考验，不会因为调查员的有意怠慢就表现得不耐烦。也许他们已经给街道重新编号了，而旗舰旅馆依然在远处的海滩上默默地守候着。后来，在处境恢复安全之际，她将回想起这个寂静平和却颇为煎熬的时刻，既感到难受，又觉得向往。墙上有一块水渍，她目不转睛地凝视着它，眼角的阴影中渐渐划过朦胧的轮廓。

在一九八一年的诊所里，她一直陪着弗兰克，等到他在病床上入睡，她才独自前往创时者公司的办公室。工作人员在解释的过程中使用了“分期摊销”和“按比分配”等词语，仿佛她理应明白它们的意思，而她又太过骄傲，不肯详细询问，况且她也很着急，生怕自己会改变主意。工作人员拿出一个计算器，飞快地念出一串数字：每小时的薪酬为五点二五美元，旅行开支为六千二百七十九美元，食宿费用为六百六十美元，偿清所欠债务总共需要工作三十二个月。电话铃声大作，她想赶在弗兰克醒来之前回去。她告诉他自己做了什么，他迟迟没有开口，只是呆呆地盯着病床上方的电源插座。水珠附着在隔离帐篷的透明塑料膜上，扭曲了他的表情。“留下吧，别走。”弗兰克说。

但是，她不能留下，因为她见过鲜血从其他病人的眼眶中涌出。她不能留下，因为在他们刚刚相识后的一个周六晚上，他打开门，恋恋不舍地说：“为什么跟你在一起无法成为我的全职工作？”她不能留下，因为她不愿意永远都看不到他穿上衬衫的样子。她不能留下，因为当波莉的母亲去世的时候，他们允许她坐在母亲的尸体旁边，想待多久都行，于是她守了很长时间，紧紧地攥着母亲的围巾。从今往后，再也没有生日贺卡，再也没有烹饪课程，再也没有欢乐的周五，再也没有深夜的拥抱。她不能留下，因为弗兰克找到了她的前男友查德，不知是威胁还是贿赂，反正他通过某种方式，让查德归还了她母亲的家具。而且，在波莉寻到更大的存放空间之前，弗兰克把家具放在自己的公寓里，保管了整整一个月，椅子的数量那么多，他却毫无怨言。她不能留下，因为每次波莉和弗兰克闹矛盾，面对未接的电话、莫名的误解和伤心的夜晚，波莉都会告诉自己，没关系，来日方长，以后总有弥补的机会，他们的故事不可能就此结束。

在波莉坠入梦乡之际，调查员才终于想起她来。

“喂！这里可不是‘最佳西方[1]’！”

他把阿吉雷叫回屋里。

“如果下次再见到你，我们就会以非法入侵、偷渡出境和恐怖袭击的罪名起诉你，明白吗？”

阿吉雷领着她走向一辆警用面包车，让她坐进去，他拿起固定在车厢底部的链条，缠绕在她的手铐上，她的右手已经彻底失去了知觉。当他们上路以后，他打开驾驶室和囚笼之间的格栅，对她说：“我从小在加尔维斯顿长大，以前海边确实有一栋旅馆，就位于眼下港口所处的地方。但是在一九九三年，它被一场飓风摧毁了。”

她再也无法保持镇定了，苦苦压抑的情绪喷涌而出。她愿意尝试任何办法，也许阿吉雷可以帮助她。

“我必须重返第二十五街，我只是想见一个人，绝不会乘船偷渡。下一个周六，你能放我进去吗？”

他先是沉默不语，接着便开始大吼大叫。

“老天爷啊！这就是与人为善的下场，真是好心没好报！我劝你赶紧闭嘴，免得我再把你带回去关起来。既然你当初接受了时间旅行，如今就要承担相应的后果。”

他说得对。她签订了文件，同意了条款，现在怨不得别人，只能怪自己。她没有搞清楚这种行为的代价，就匆匆忙忙地将其付诸实践了。直到此刻，她所做的选择才暴露了隐藏的秘密，显示出邪恶的本质：这是不可逆的决定，永远都无法回头。而且唯有在事后，她才能真正地理解这一切。

1　最佳西方（Best Western）：指美国最佳西方国际集团，在全球范围内经营酒店和度假村，创始于1946年。

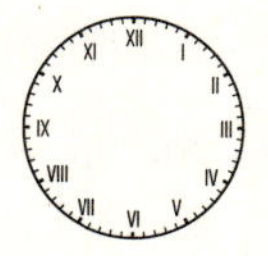

1979.05

弗兰克的父亲曾经为了另一个女人而离开他的母亲，然后又回来了。如果你不知情，那么永远都看不出端倪。马里诺夫人坐在椅子的边缘，庄严地指挥着她的三个儿子，以及他们的女人摆放餐具与食物，木勺、肉糜和结实的卷心莴苣依次排开，井井有条。她就是王后，儿子们纷纷把“贡品”带到她的圆桌[1]上：本周的趣闻，工作的问题，约会的经历。马里诺先生舒服地靠着椅背，偶尔会悄悄地碰一下她的肩膀或脖颈。其他的成员经常同时开口，但谈话进行得十分顺利，因为大家竟然可以听到彼此在说什么。他们显得非常普通，并无任何特殊之处。以前，每当周日的夜晚，波莉独自走在下班的路上，透过起居室的窗户，总会瞧见别人家吃饭的场景，跟此刻的情形颇为相似。弗兰克的生活平凡而热闹，犹如一首对唱的歌曲，只要你发出声音，就肯定会得到响应。

不过，或许还是有一些蛛丝马迹，能够暗示他父母之间的麻烦。约翰尼跟父亲共同经营着一家屋顶建造公司，当约翰尼开始讲述一位女性顾客的故事时，弗兰克打翻了一个玻璃杯——当年他父亲的情妇就是公司的顾客。等到水渍被吸干以后，话题已经改变了。再看看马里诺先生，一个五十多岁的男人在餐桌边不停地抚摸自己的妻子，确

1　圆桌（round table）：在英国中世纪的文学中，传奇的亚瑟王及其骑士们会围坐在圆桌边议事，圆桌代表与会者具有平等的权利。此处“圆桌”有双重含义，既指圆形的餐桌，又以亚瑟王的圆桌作比。

实不太正常。而且，马里诺夫人理智稳重，却极度沉迷于美满的结局，也难免令人匪夷所思。她忧心忡忡，整日都盼着大儿子卡洛赶紧结婚。

“你还记得西尔维娅吗？”卡洛说，“来自拉克万纳[1]，学习护理专业。”他和弗兰克远离后门，在灌木丛中分享着同一支香烟。

“就是那个大……”弗兰克欲言又止，偷偷地瞥向波莉，“头发的姑娘？”波莉翻了个白眼。

“在我工作的地方附近，新开了一家连锁海鲜餐厅，爸妈想去吃午饭，于是我就邀请了西尔维娅，打算借机安抚一下妈妈，省得她成天唠唠叨叨，劝我娶妻生子。结果，妈妈居然把服务生叫过来，提出要看婚礼套餐！我甚至都不了解那个姑娘。”

“起码她的头发还不错。”弗兰克说。

仅凭这一点来判断，倒是没什么奇怪，毕竟许多母亲都会自作主张，给单身的儿子出谋划策。但是，接下来又发生了关于奥斯卡奖的事情。相较于其他姑娘，比如约翰尼的妻子皮娅和卡洛身边不断轮换的朋友，波莉似乎格外受宠，马里诺夫人对待波莉的态度十分亲切，尽管她们才更像是马里诺夫人欣赏的类型，总是穿着连衣裙，并且擅长讲故事。她会让波莉把剩下的饭菜带回家，还会管波莉叫“亲爱的”。她第一次这样做的时候，弗兰克惊讶得目瞪口呆。波莉猜测，自己之所以能得到特殊的照顾，大概是因为早早就失去母亲的缘故吧。可是有一回，在闲聊中，波莉提到周末打算收看奥斯卡颁奖典礼的计划，马里诺夫人忽然生气了。当时，他们正在布置餐桌，马里诺夫人把一个沙拉盘重重地放下，声音非常响亮，波莉吓了一跳。

1　拉克万纳（Lackawanna）：美国纽约州西部的一座城市。

“从去年起，我就发誓再也不看奥斯卡了。”

在上一届颁奖典礼中，确实出现了一个争议：瓦妮莎·雷德格瑞夫[1]发表的获奖感言涉及了“犹太复国主义”。然而，马里诺夫人是天主教徒，她热爱游泳，喜欢特百惠[2]，从未议论过中东问题。波莉不由得深感困惑。

“只有傻子才会喜欢那部电影。矫揉造作，故弄玄虚，男女主角在结尾甚至都没走到一起！低俗的情节，无聊的表演，而他们居然还授予它‘最佳影片’！”

波莉终于知道了马里诺夫人在说什么，但是依然不太明白，“《安妮·霍尔》[3]？”

“不要提那个名字。”又一个盘子猛然砸在餐桌上，险些遭遇粉身碎骨的厄运。

“妈？”弗兰克拿着抹布走进来，查看她们是否安好。

不过，要说暴露他们夫妻关系紧张的最重要线索，可能还是马里诺夫人对周年纪念聚会的异常狂热。

“这是结婚多少周年的纪念日？”在一顿晚饭上，皮娅天真地询问。

“二十七。”

1　瓦妮莎·雷德格瑞夫（Vanessa Redgrave，生于1937年）：英国女演员、政治活动家，她凭借自己在1977年上映的影片《茱莉亚》（*Julia*）中的表现斩获了第50届奥斯卡金像奖最佳女配角奖。在领奖的时候，她感谢好莱坞“没有屈服于一小部分犹太复国主义暴徒的威胁，他们的行为损害了全世界犹太人的名声，侮辱了犹太人跟法西斯主义及其压迫进行英勇斗争的光辉历史”。这番反对犹太复国主义的言辞引发了巨大的争议，并对她的演艺事业造成了严重的负面影响。

2　特百惠（Tupperware）：指美国特百惠公司，主要生产塑料保鲜容器，创办于1948年。

3　《安妮·霍尔》（*Annie Hall*）：1977年上映的美国浪漫喜剧电影，荣获第50届奥斯卡金像奖最佳影片、最佳导演、最佳女主角和最佳原创剧本4项大奖。

"有何重大的意义吗？"约翰尼说。

"我们错过了二十五周年的纪念日。"在他们结婚的第二十五个年头，马里诺先生跟另一个女人私奔了。

"你看，咱们是不是应该等到三十周年再庆祝呢？"马里诺先生说。

真是个大笨蛋！后来，弗兰克在私底下愤愤不平地抱怨。

"为什么？"马里诺夫人温柔地说，这种绵里藏针的讲话方式可谓效果非凡，能够成功地吸引所有人的注意力。

"今年的生意不太景气，我不确定举办一场盛大的聚会是否合适，亲爱的。"

"我们将在下个月举办周年纪念聚会，主题是'从今往后，永远幸福'。"圆桌上鸦雀无声。"你的姨妈也在邀请之列。"马里诺夫人对波莉嚷嚷，"她有约吗？"

不知为何，马里诺夫人突然对唐娜的感情状况十分关心，她忽略了丈夫的轻率与敷衍，开始紧盯着唐娜不放。

"她是单身吗？"

在马里诺家的全体成员面前剖析唐娜的私生活，波莉觉得非常不妥。然而，马里诺夫人是唯一比唐娜还要可怕的女人。

"她为何不结婚？"

弗兰克在桌子底下攥住了波莉的手。

"所以，她离婚了？"

接着，爆炸性的消息来了。

"我的弟弟泰迪也离婚了，我要撮合他们俩。"

此后，马里诺夫人便一发不可收拾。她一厢情愿地为唐娜和泰迪构思了美满的结局，一见到波莉就会展开连珠炮式的盘问：你的姨妈平常有什么兴趣爱好？她身高多少？她在旅游业干得开心吗？她佩戴珍珠吗？泰迪的前妻喜欢珍珠，真是个讨厌的女人！你可以让她不要佩戴珍珠吗？本来我是不打算安排座位的，但是如果那样，就没法让唐娜和泰迪坐在一起了。

每逢周四，弗兰克都要上中班，他会在回家的途中顺道拜访波莉。两人利用彼此重叠的休息时间，在餐桌边饮茶。“就像一对老太太。”唐娜说。起初，他们也尝试过几次唐娜酿制的啤酒，可是弗兰克从未喝完，尽管他坚称味道很棒。在那数不清的分分秒秒里，他们都聊了些什么？趁着唐娜去洗澡的工夫，弗兰克用自己的膝盖夹住波莉的膝盖，用手指在她的手腕内侧轻轻地画圈。她的胳膊上泛起鸡皮疙瘩，犹如起伏的涟漪。

“我感到自己离你很近很近。”他说。

此刻的弗兰克毫无防备，波莉可以向他随意提问。虽然她不愿表现得如此狡猾，但是机会难得，她必须拯救唐娜。

“你的父母是怎么回事？”波莉问。她想从头开始，慢慢地将话题引向那场聚会和马里诺夫人的乱点鸳鸯谱。可惜，她一上来就找错了突破口。

“什么意思？”弗兰克的肢体语言变了。他向后仰去，靠着椅背，双手夹在腋窝下。

“你爸爸……”

“我爸爸？”

“和你妈妈……”

昨天的报纸扔在另一把椅子底下，他弯腰捡起来。

波莉锲而不舍：“还有……那个人。”

他迅速调整策略，猛然扑向波莉，使劲捏了捏她的耳垂。温暖的热流淌过她的脖子，就像夏日的阳光照在身上一样。

“当我调戏你的时候，咱们可以不要谈论我的父母吗？”

这是波莉和弗兰克之间的第一个禁区，而他的兄弟则截然相反，谈到父亲的出轨，他们常常幸灾乐祸，言语戏谑，故意用调侃的方式来淡化往事：“你会发现我爸没有出现在我的婚礼照片中，因为那天他正在跟伊莱恩斯混呢。”可是，弗兰克坚决不愿提起那个女人的名字，他不愿母亲受到更大的伤害。

马里诺夫人怀揣着一种畸形的渴望，她总想看到爱情战胜一切，试图借此来遗忘自己在爱情上的失败，消除当年的痛苦回忆，而唐娜便在她的计划之中。但是，如果让弗兰克阻止他的母亲，那无异于让他逼迫她讲述那些辗转反侧的夜晚，她独自躺在偌大的婚床上，久久不能入眠，于是只好坐在餐桌边削苹果，泪水顺着脸颊无声地滑落。

波莉决定转换思路，试试能否从唐娜这边下手。恰巧，在周六的午后，电视上播出了《屋顶上的小提琴手》[1]。

“假设有个媒人给你介绍对象，你觉得好吗？”

“不好。”

“那样不是比较简单吗？显然，包办的婚姻持续得更加长久。”

“如果我的婚姻再多持续一天，我就会开枪打死自己。不，我会开枪打死他。不，先杀了他，再自杀。”

当延特再一次出现在屏幕上的时候，唐娜高喊：“多管闲事的贱人！”

波莉实在无法为了马里诺夫人而牺牲唐娜，况且唐娜绝不可能任

---

1 《屋顶上的小提琴手》（*Fiddler on the Roof*）：指1971年上映的美国音乐喜剧片，改编自1964年百老汇的同名音乐剧，故事中涉及了包办婚姻的问题，下文中提到的延特便是一位媒人。

人摆布，乖乖地穿上白色的婚纱，扮演娇羞的金发新娘，故作端庄地挤出尖细的笑声。她可以想象得到，一旦唐娜看穿了这场闹剧，必将火冒三丈，咆哮着“多管闲事的贱人”，怒气冲冲地穿过宾客云集、布满彩带的聚会房间，抓起一盘果冻沙拉，扣在马里诺夫人的脑袋上。若果真如此，弗兰克肯定再也不会跟波莉说话了。

所以，波莉撒谎了。

在聚会那天，她打电话给弗兰克，声称自己从昨天开始就一直恶心呕吐，“对不起”。

五分钟后，电话响起。

“噢……当然，当然。”她听到姨妈说。

“对方是谁？”波莉问。

“弗兰克的母亲。她坚持要我参加聚会，不管你去还是不去。她说他们都非常想见我，而且准备的食物也太多了。她可真是一位固执的女士。”

结果，波莉奇迹般地康复了。在前往聚会现场的途中，唐娜说：“我很高兴能够受到邀请，他们似乎是一个很棒的家庭。”波莉振奋起来，心中燃起了希望。但是片刻之后，她见到了泰迪舅舅。他长得就像一只瘪掉的气球——个子虽然很高，身材却已走样，举止十分笨拙，竭力不占据周围的空间。他穿着深蓝的衬衫，颜色跟马桶里的洁厕球颇为相似，腹部的位置还有一块淡淡的污渍。波莉脑海中立即浮现出他擦洗衣服的模样：虽然揉搓得很起劲儿，但是毫无效果，使用的液体并非苏打水，而是七喜，嘴里还在低声地咒骂着。他刚好是唐娜讨厌的那种没有下巴的男人。

波莉使尽浑身解数，努力阻止他们俩碰面。她拽着唐娜来到走廊上，研究卡洛、弗兰克和约翰尼在二十五年间留下的各种照片。她带领唐娜参观二楼的洗手间，展示了威尼斯风格的瓷砖，还跑到院子里，告诉唐娜，他们打算在屋后扩建，并且详细介绍了他们的计划。马里诺夫人把她叫走，让她给小香肠插上牙签。她动作飞快，令人眼花缭乱，皮娅不禁惊呼："哇，你简直是机器人。"

她匆匆回到唐娜身边，泰迪正在说："所以，我们肯定会迎来一场大瘟疫，只是时间早晚的问题。你知道埃博拉病毒[1]吗？"

"哎呀，我想再来一杯。"唐娜说。泰迪主动提出要帮她拿酒，他转身离开，唐娜低声抱怨："这家伙就像寄生虫一样，老是跟着我，甩都甩不掉。"正在此刻，泰迪去而复返："对了，你刚才喝的是什么？"他耷拉着脸，鼻头又矮又塌，仿佛被压扁了似的，他显然听到了唐娜的话。但是，唐娜面不改色地说："香蒂[2]。"她百无聊赖地戳了戳灯罩上的流苏，似乎太过迟钝，并未发现泰迪的异常，抑或察觉到了，却表现得毫不在意。

"波莉，我需要你帮忙处理一下三角吐司。"马里诺夫人喊道，等到把波莉支开以后，她悄悄地说，"你得给他们俩单独交流的机会才行！"

弗兰克就站在零食托盘的旁边，忙着调制一桶桑格里厄[3]，趁母亲扭头的空当，他偷偷地亲了一下波莉的脖子。也许是波莉神经紧张，小题大做了，其实马里诺夫人对唐娜和泰迪的事情并没有那么执着。万一弗兰克可以劝他的母亲放弃呢？波莉抓住了弗兰克的胳膊，让他停止搅拌。

1　埃博拉病毒（Ebola）：一种十分罕见的病毒，1976年在苏丹南部和刚果（金）的埃博拉河地区被发现，因而得名，这种病毒传染性很强，致死率也很高。

2　香蒂（Shandy）：一种掺了柠檬汽水（如雪碧或七喜）的啤酒。

3　桑格里厄（sangria）：一种源于西班牙的酒精饮料，通常由红葡萄酒和水果块调制而成，有时也会添加柑橘类果汁或白兰地等配料。

“你妈妈想要撮合唐娜与泰迪，但是我觉得他们俩互无好感，而且唐娜非常注重个人隐私，不喜欢别人插手自己的生活，如果她明白了这是一次刻意安排的相亲，肯定会生气的。”把一切和盘托出以后，波莉才忽然醒悟过来，这根本就算不上什么大事，她竟然还为此忧心忡忡，寝食难安，实在是愚蠢透顶。不过，弗兰克却没有发笑。

“糟糕！你怎么不早说？我还以为你觉得这个主意挺好呢。”

刚刚消失的危机又重新出现了。

“我不想让你妈妈失望。”

马里诺夫人转身的速度太快，不慎将一摞扇形的餐巾纸碰到了地上。

“坏了、坏了、坏了、坏了！”她轻声地嘟囔着。

“最近她都过得不快乐，”他说，“她真的需要一件称心如意的事情来改善情绪。”

波莉通过厨房的传菜口，把三角吐司递给皮娅，顺便瞥了一眼起居室。泰迪独自站在一个吊篮底下，仰着脑袋观察。唐娜正在跟卡洛交谈，她弄乱了头顶的短发，还抬起手，从他的胳膊上轻轻拂过。波莉惊恐地意识到，唐娜跟卡洛年纪差不多。

“唐娜和卡洛，唐娜和卡洛，”波莉催促弗兰克，“快想想办法！”

“你就说：‘我的姨妈要带弗兰克去医院。’”

“什么？”

“啊——啊——”弗兰克惨叫着倒下，一头栽进了猫粮里。波莉困惑地站在原地，马里诺夫人迅速赶到。

“弗兰基[1]，你怎么了？”

---

1 弗兰基（Frankie）：弗兰克的昵称。

“肚子好痛，我需要看医生。”

波莉心领神会。“我和姨妈可以开车带他去医院。”她说。

但是，马里诺夫人对她的提议充耳不闻。“约翰尼！让卡洛把西尔维娅叫过来！”她谨慎地维持着现场的秩序，确保聚会能够正常进行，“别担心，梅代罗斯神父！我们只是在寻找勺子罢了。”

西尔维娅解开弗兰克的腰带。

“哎呀，哎呀——非礼勿视。”卡洛说。

弗兰克不断地呻吟，马里诺夫人努力安抚他。

“这儿疼吗？这儿呢？”西尔维娅问。她显得果断而干练，但是由于“头发”太大，这些品质常常被人忽略。

“疼，疼，到处都疼。”弗兰克叹息道。

“我按压的时候疼，还是松开的时候疼？”

“都疼。”他说。

“你确定吗？”

他发出含糊的咕噜声。

“你好像是得了阑尾炎，恐怕需要动手术。”

“弗兰基。”马里诺夫人立即失去了充沛的活力。她跪在炉子旁边，抚摸着弗兰克的额头。他是她的二儿子，是她的心肝宝贝。卡洛轻轻地拍着他的脚踝，约翰尼在门口焦急地徘徊。他是最风趣的，也是最温柔的，大家都爱他。看来，波莉对他的感受并不仅仅是一个旁观者的错觉。

“你能让你的姨妈送他去医院吗？”马里诺夫人说。

波莉来到起居室里，发现唐娜和泰迪在沙发上咯咯直笑，泰迪从

《电视指南》[1]里撕下一角，唐娜说了些什么，他记在纸上，可能是电话号码。

波莉赶紧冲回厨房，弯腰给弗兰克敷上一块凉毛巾，悄悄地说：“唐娜和泰迪正聊得火热呢。”

转眼之间，弗兰克就坐直了。

“悠着点儿。”约翰尼说。

“我觉得好多了，让我起来吧。”他们连忙向后退去，屁股纷纷撞在橱柜的抽屉上。

弗兰克晃了晃肚子：“我觉得只是胀气而已。”

卡洛把一条抹布扔到了他的脸上。

“咱们是不是该说些什么？”马里诺先生问道，透过传菜口向厨房里张望着。

玻璃杯叮当作响，宾客聚集在一起。弗兰克伸出胳膊，环绕着波莉的脖子。他们不敢对视，他竭力压抑着笑意，身体两侧微微颤抖，波莉拼命地绷紧双颊。他的母亲在感谢亲朋好友多年以来所给予的关怀，不管是美好的光阴，还是艰难的岁月，大家都一同走过。他们俩忍得眼泪都快出来了，肺部火烧火燎。当掌声终于响起时，他们深深地吸了一口气。现在，轮到他的父亲讲话了。几小时后，波莉会得知，唐娜只是在向泰迪推销假期旅游套餐而已，食宿全包，目的地是阿卡普尔科。马里诺先生说，自己不善于发表长篇大论，不过事先写了一首诗。弗兰克愣住了。

“无论风雨晴晦，无论疾病安康，我们都要不离不弃，白头偕老。”他稍作停顿，窃笑起来，但是在重新开口的时候，他却哽咽难

1　《电视指南》（*TV Guide*）：美国的一份周刊，创办于1948年，主要提供电视节目信息以及相关的新闻、访谈和评论等。

言。波莉感到自己的眼眶也湿润了。他平复了一下情绪，继续朗诵：“没有你，我的生活将变得非常糟糕，你永远都是我的无价之宝。”

寂静的人群中爆发出嘘声和口哨声，而这一次，马里诺夫人却沉默了。马里诺先生将她搂进自己的怀中，亲吻了她，大家报以热烈的掌声。

弗兰克把波莉拉进洗手间，将她抱起来放在梳妆台上，她的臀部陷入了水槽之中。他用自己的嘴唇来堵住她的笑声。“我爱你，我爱你，我爱你。”他说。

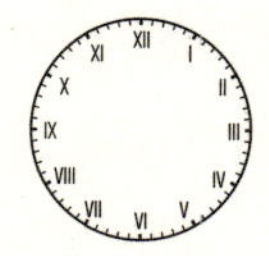

有些劳工深谙保持忙碌的技巧。他们握着刷子和拖把打扫房间，解下悬挂的窗帘拿去清洗，利用废旧的报纸充当卷发筒，把床边的地毯拎到屋顶上拍打。周日，波莉跟着他们折腾了整整一天，卖力地搬运脸盆，在没有南墙的走廊尽头清理堆积的煤灰。而其他劳工则穿着汗衫，躺在床上，呆呆地看着她在敞开的房门外跑来跑去。如果她让思维和身体都忙起来，如果注意力能够分散，她就可以突破走投无路的困境，找到解决难题的方法。其实，大家之所以沉浸于打扫、擦洗和收拾，都是因为怀揣着一个信念：清洁可以治愈他们。然而，波莉还不完全明白这一点，她仍然拼命地守护着濒临绝望的内心。

每隔片刻，某种可怕的念头都会冒出来：她严重地误判了形势，在这个国家里，自己根本就没有任何地位。但是，类似的想法转瞬即逝，她实在难以理解自己的身份究竟有多么卑微，更无法就这样继续生活下去。她只能不去多想，也不愿正视，任凭残酷的现实从眼前一次次闪过。

波莉和米丝蒂帮助一位名叫休的老妇人，把两盒录像带从她的冰箱旁边挪到床底下。

“你是从哪儿弄到这些东西的？为何要保存它们呢？”米丝蒂问。

“一旦录像机重新生产，我便可以通过出租录像带来赚钱。”

“真聪明。”米丝蒂说。

“还是你懂我。我是一个多愁善感的老太太，很念旧。如今，只有在这小小的盒子里，才能找到当年的好莱坞。”

波莉已经静静地待了许久，忧郁的阴影渐渐降临。

“接下来要做些什么？”她说。

弗兰克肯定会告诉她，悲伤是人之常情，你不可能战胜自己的情绪，咱们躺一会儿吧，让一切顺其自然。

波莉飞快地跑下楼梯，米丝蒂几乎跟不上她的脚步。

那位留着红色波波头的姑娘站在大厅里，周围簇拥着许多人，她的发型仍旧十分完美。

“这个按钮是冷风。”她说，双手捧着一个粗筒的吹风机。

“真棒！”有人说。

“琳达，别犯傻了。要想让那玩意儿通电运转，你得花费多少生活资金？”她们听到了桑迪的声音。琳达使劲翻了个白眼，然而为时已晚——桑迪一语点醒梦中人，旁观者们恍然大悟，纷纷收起羡慕的心情，四下散去。

“你是如何得到它的？”米丝蒂说。

“这是我的老板从休斯敦替我捎来的。”

“啊？怎么会？为什么？”米丝蒂惊讶得语无伦次，这恰恰是琳达想要的反应。

“我为他干了一些额外的工作。”琳达言尽于此，不再多作解释。

米丝蒂瞪圆了眼睛，大大的双眸仿佛要吞没脸颊。

“不要激动，”桑迪说，“她只是给他干了一个月家务活而已。笨蛋。”

“老板们都会这样做吗？”波莉问。

“哪样做？”米丝蒂说。

“替我们捎东西？如果我们为他们工作的话？”

“这是彻头彻尾的非法行为。”桑迪说。

波莉可以让贝尔德前往第二十五街吗？

如果让米丝蒂替她前往第二十五街，他们恐怕要把米丝蒂当作偷渡者。如果她去恳求诺尔贝托，他肯定不会答应——他已经把自己奉献给了规章制度，张嘴闭口都是公司条例。在有偿的情况下，贝尔德或许愿意帮忙，但是她又能给他怎样的回报呢？他喜欢什么？

周一，她花了整整一天的工夫来搜集线索。他浏览了一份一九六二年的萨克斯[1]商品目录，皱巴巴的纸页显然在水里泡过。至傍晚时分，她在脑海中列出了一份怪异的礼物单，总共只有三项：酒精、睡眠和过去。而这些东西她都给不了。

她也可以直接询问。唐娜说过，最坏的结果不过就是遭到拒绝而已。尽管如此，她仍然劝自己等到周三再说。但是到了周二，她意外地发现他竟然没有喝醉。在本周剩下的日子里，谁知道他还能不能保持清醒呢？

“我在寻找我的表哥。”她说。

贝尔德没有回答。他正在忙着为一个梳妆凳补漆，用羽毛轻轻刷出的痕迹来模仿其最初的图案。

负责打扫藏血室的清洁工到了。

“这里是禁区，外人不得擅入！”贝尔德高声嚷嚷。

每周出现的面孔都不一样，他们肯定是依靠抽签决定顺序，毕

1　萨克斯（Saks）：指美国的萨克斯百货公司，创始于1919年，原名普罗菲特百货公司，于1998年改为现名。

竟，谁也不愿触碰来历不明的血液。每个人都会驻足研究贴在墙壁上的《安全操作指南》，并且反复检查自己佩戴的手套，然而，在冰柜里度过的分分秒秒都会冻伤皮肤。有一次，一名少年甚至哭了。任何一个血袋都有可能携带着毁灭世界的细菌，而他们之所以不顾一切地背井离乡，就是为了躲避致命的病毒，没料到如今却还是要忍受这种折磨。

“是清洁工。”波莉说。

贝尔德目送着那个女人进入藏血室。

“我找不到我的表哥了。”

他眯起眼睛瞥向她。

波莉放弃了。一旦她谈论自己的请求，就必然会揭开他那脆弱而疼痛的伤疤。她十分同情他，以至于从未设想过，贝尔德心中或许隐藏着其他情感——并非悲伤，而是愧疚。在如此陌生的世界里，她需要他成为自己的伙伴。所以，即便证据少得可怜，她还是仿照自己的经历，为他编造出一个相似的故事，这也令她忽略了他的轻蔑。

那天晚上，见波莉从门外经过，诺尔贝托打了个暂停的手势，示意她留步。“我有东西要给你。”他正在吃一碗豆子。他扭过头去，直到咀嚼完毕。“抱歉，”他使劲吞咽着，“跟我讲讲那张联系表吧。”

“你找到了？”她觉得呼吸困难，胸腔仿佛紧紧地压迫着肺部。

“没有。”诺尔贝托面不改色，她感到一股莫名的怒火在体内熊熊燃烧。

“那是他们在我临走之前让我填写的一张特殊表格，”她再一次解释道，“如果情况发生变化，他们就会通知我指定的联系人。”

“他们收费了吗？”

“没有。”

“他们向你提供了正式的表格吗？还是，仅仅是某个人让你在便笺本上随意涂写？”

“不，就是真的。”

“我只是问问而已，你没必要这么激动。”

“噢，好吧。”她转身朝楼梯井走去。

“等等，我说了，有东西要给你。进来吧。”

她跟着他经过一排排日常用品。估计又是一张需要签字的表格，或者另一本小册子。不过，也可能是唐娜寄来的一封信，抑或弗兰克打来的一通电话。

“我无法确定这个联系表是假的，但是我也没找到任何蛛丝马迹。我浏览了你的全部档案，里面装着各种各样的垃圾，比如广告传单之类的玩意儿，跟你毫无关系。”他拼命强调自己遇到的困难，竭力争取她的感激，她不停地点头微笑，鼓励他继续说下去。“不过，我找到了这个。”他把半张纸放在她面前，“当当当当！”

有人利用桌子边缘将这张纸裁开了，跟创时者公司的许多纸张一样，它看起来就像纳税申报表，印满了小格子。但是，表上的笔迹非常潦草，文字都超出了线条划定的范围，而且大部分格子还空着。波莉凝视许久，才终于读懂了其中的内容。对象：波莉·纳迪尔。被问询者：弗兰克·马里诺。结果：在途中。

“什么是被问询者？被打听的人？”

“不，是打听你的人。等等。”他趴在桌子上仔细地瞧了瞧，“我猜应该是拼错了[1]。反正，这张表格意味着有人在寻找你。”

1　拼错了：在英文中，“被问询者（inquiree）”和“问询者（inquirer）”只有一个字母之差。

“什么时候？”她紧紧地抓着这张纸，幸福在远方呼唤。

“你看，顶部有日期：一九九五年九月六日。”

“他们有没有告诉他我晚到了？有没有告诉他我会在一九九八年抵达？”

“具体年份应该需要保密，只有当你的老板办理雇用手续之后，相关的限制法规才会失效。你了解那是什么时候的事情吗？”

“他说是今年四月份。”

“那么，直到今年四月份为止，这一点都处于保密状态。不过，在一九九五年，他们至少会让他知道你还没有抵达。”

这一突如其来的好消息让波莉敞开了心扉，不再逃避先前发生的一切。

“还有其他情况吗？他是亲自去问询的吗？”她把那张纸翻过来，用手掌拂过空白的背面，在细腻的纹理之间感受着看不见的东西。她渴望触摸他曾经碰过的地方。

“不清楚。他们忘了记下他的地址，倒是没忘收取他的费用。”

她将纸张翻回正面，发现了一栏长长的空格，他们应该在那里写下他居住的街道。

“这是他最后一次寻找我吗？”

“很难讲。在你的档案里，这是唯一的问询表。但是，正如我刚才所说，那玩意儿简直就是一团糟，他们并未好好保管这些文件。也许他在四月份以后又去打听过，只是档案中没有记录。也许他此刻正在赶来的路上。起码通过这次问询，他知道了你身在何处，或者更确切地说，知道了你不在何处。”

流泪很容易成为习惯，所以，面对机场工作人员、老板、边境调查员、公寓的邻居和诺尔贝托，她一直都不敢哭泣，任凭他们带来一个接一个的噩耗。但是，她还没有准备好迎接如此温暖的善意。

她可以绷紧膝盖，屏住呼吸，咬紧牙关，极力控制自己的情绪。但是，她已经忍耐了太久太久，僵硬的下巴微微颤抖，而且，她终于在时间海洋的漂泊中望见了坚实的大陆，收到了来自避风港的信号。泪珠顺着脸颊滑落，眼眶里的洪水刚刚泻完又立即泛滥，啜泣震得身体轻轻晃动，她不想再压抑自己了。

诺尔贝托并没有忽视她，也没有打扰她，更没有安慰她。他只是陪她静静地坐着，他明白她的痛苦，却沉默不语。她感到郁结在胸中的空气都化作绵长的细流，渐渐淌干。

人们也许要说，整整十七年——太疯狂了！他不可能还在等着你。从绝对客观的角度来看，希望确实很渺茫。但是，在波莉的身体之中，埋藏着某种隐蔽的信念。波莉始终都知道，他一定会来的。如今，现实果真屈服于想象：弗兰克在寻找她，他曾经来过这里。那并非遥不可及的过去，而是触手可及的现在。

突然之间，她获得了无穷的勇气。

“我需要帮助。”她告诉贝尔德。

“拉扣垫脚凳的修复遇到了问题？”

“噢，不。我指的是私事。”她应该在开口之前先组织好语言，“我想问问，你是否有需要的东西？”

“什么意思？”贝尔德忙着工作，连头都没抬。他正在用寸镜[1]研究花丝绒座椅的针脚。

“我需要你的帮助。作为交换，或许我也可以替你办点儿事

1 寸镜（loupe）：珠宝匠和钟表匠常用的一种小型高倍放大镜，需要戴在眼眶上使用。

情。”

他并未起身，依然坐在凳子上，朝旁边迈开小碎步，不停地挪动，直到跟她面对面为止。他收起自己的寸镜：“继续说。”

“我的表哥即将来见我，但是我们在一九八一年选定的地点已经被划为管制区域，禁止劳工进入。”

“什么意思？”

“那里曾经是一栋旅馆，现在却成了第二十五街港口。如果看到我出现，海关的工作人员肯定认为我打算偷渡逃跑，他们会把我抓起来的。”

“你们干吗要选择这种地方？”

“那是一个地标，我们原本以为它应该不会改变。”

贝尔德哈哈大笑，幸灾乐祸的声音就像聒噪的乌鸦一样：“计划不如变化快，对吧？”

一阵可怕的冲动涌上心头，波莉恨不得扇他一巴掌。

“所以，你想让我去港口等你的表哥。什么时候？”

“就在本周六。”

“有意思。”

她保持沉默，屏住气息，生怕会坏了大事。

“我有一样需要的东西。”贝尔德说。

波莉点了点头。

“比较特殊。”

“噢。”

“我把那样东西落在某个地方了。它是属于我的，但我不能亲自去取，否则就会显得比较……吝啬。你可以替我拿回来吗？”

“究竟是什么东西？”

“一个信封。”

“里面装着什么？”

“一本书。不是违禁品。”

“你为何不能亲自去取？”

他没有说话，只是轻轻地咬着脸颊的内侧。

她希望其中的原因是单纯无害的。最近，她逐渐明白，这个世界的规则很不公平，许多事情听起来像是违法的行为，其实并非如此。于是，她主动给他提供了一种答案。

“是不是你在无意中把它送给了某个人，如果亲自拿回来，会显得比较尴尬？”

“对，”他说，“没错。”他拍了拍手：“周六的约会是几点？”

“恐怕你得在那里等上一阵子。也许你可以下午再去。”

“然后待到……”

“傍晚？待到天黑，行吗？”

“好吧，看来你也不清楚是几点。你们制定这个计划的时间是在……”

“一九八一年。”

“天哪——一九八一年？”

她不想听贝尔德说弗兰克很可能已经死了的话，正如他们刚见面的那天一样。她用拇指和食指捏住自己的下巴，使劲按压，隔着薄薄的皮肉，能够摸到牙齿的轮廓。

但是，贝尔德说：“多么激动人心啊！就像《金玉盟》[1]一样，只

1　《金玉盟》（*An Affair to Remember*）：1957年上映的一部美国爱情题材电影，在故事中，男女主人公在船上相识，约定日后在纽约帝国大厦的顶层重聚。

不过男女主人公换成了表兄妹。”他咯咯地笑了起来。

波莉并不傻。唐娜经常说，如果一切太过美好，显得很不真实，那就是不真实。贝尔德在奉承她，但是波莉也可以采取相同的做法。

“你的要求没问题。”贝尔德说，“我的信封在工地办公室，不过仅此一周。”

“可是，我怎样才能拿到它？”

“周六那里没人。你只要溜进去，抓起信封，接着悄悄出来就行了。”

倘若情况不妙，她就赶紧抽身。她可以算好时间，等到他前往沙滩以后再回来。

“成交？”他伸出自己的手。

“成交。”她握了握他的手。

周六，吃完午饭以后，贝尔德说：“你最好尽早出发。”

“去哪儿？”

“你忘了？那个计划还是你的主意呢！”

“你现在要走吗？”她问。

但是，他正忙着抛光一把安乐椅。

“不，一旦你带着我的信封回来，我就立刻动身。”

她拼命绷紧脸颊，努力保持面无表情。她该说什么？“我怎么知道自己回来以后你还会不会信守承诺？”不行，她绝不能撕开友好的表象，暴露出他们之间的猜忌。

“可是，那样的话，所有安排都得推迟了。在最后一趟班车离开之前，你肯定赶不回来。如果我等你回来，我就无法抵达公寓。”

“我还以为自己无论如何都得守到天黑呢。我可以去你的住处找你。”

他继续干活儿了，显得十分平静，仿佛毫不在意。面对如此冷漠的反应，她感到不知所措。他赢了。她无计可施，只能相信大部分时候的大部分人都是很诚实的，他也不例外。

“我马上出发。”

“很好，眼下办公室里应该没有人。那是一个深黄色的棉布信封，非常醒目，你绝对不会错过。它就放在橱柜顶上的一篮文件中，昨天我还瞧见了。”

“我要如何进去？”

“爬窗户。你的体形很小，肯定没问题。”

“万一别人发现了我怎么办？”

“既然担心，就不要被发现。”他压低声音，嘶嘶地说。他塞给她一个塑料桶、几块抹布和一罐醋水作为“伪装”，然后便将她推了出去。

工地办公室位于酒店后方的角落里，房门朝着一条公共设施专用道路[1]，远处是覆满野葛的街区，犹如翻滚起伏的绿色海洋。虽然周围空无一人，但是说不定很快就会冒出一名警卫，恰好看到她的双腿悬在窗户外面。然而，她也不能傻傻地站在原地，毕竟她的样子跟这里格格不入——梳向后脑勺的头发粗糙而蓬乱，身上套着廉价的工作服，袖口的位置已经褪色了，显然是一个不折不扣的外人。

她走向推拉式窗户，使劲推了推边缘，玻璃纹丝不动，似乎上锁了。一名警卫从墙角绕过来，她赶紧握住门把手，冲他点了点头。他放慢脚步，仔细观察她。她别无选择，只好转动把手，结果房门没

1　公共设施专用道路（utility road）：指为了让参与公共设施建设的车辆（如载重卡车等）通行而建设的特殊道路。

锁。直到迈进办公室以后，她才意识到屋里有人。

挤在工地上的劳动者们个头矮小，皮肤黝黑，佝偻着腰身，就像蹲在囚笼里一样，而面前的一男一女却截然不同。男人的肩背笔直而挺拔，脸庞散发着麦田般的光泽。女人留着干净利落的发型，穿着雪白的衬衣，布料崭新如初。

“有事吗？”女人说。

“我只是……”波莉张口欲言，剩余的话语却卡在了喉咙中。忽然，她发觉自己的腋下还夹着那个塑料桶。“来收拾垃圾。”她满怀感激地说。

“你可以顺便擦擦会议桌吗？”男人说，“上面黏糊糊的。”

他们俩回到刚才的话题中，继续交谈。

“那么，哈维·黑斯蒂。”

“对，哈维·黑斯蒂。”

“哈维·黑斯蒂来自得克萨斯州的阿马里洛[1]，在创时者公司担任高级顾问，他被指控利用时间旅行向过去的自己发送非法信息，即去年十月份大博彩[2]的中奖号码。”

波莉没有擦桌子的清洁剂，如果她用刺鼻的醋水来代替，他们肯定会牢牢地记住她。她掏出一块干抹布，假装在打扫卫生，实则偷偷地环顾四周，寻找那个深黄色的信封。

“他是怎么通过审查的？”

“他把中奖号码伪造成日期，企图蒙混过关。可惜一年没有十五个月，所以才暴露了秘密。真是个蠢货。”

1　阿马里洛（Amarillo）：美国得克萨斯州西北部的一个城市。

2　大博彩（Big Game）：一种美国的彩票游戏，创办于1996年，现已更名为“超级百万大博彩”（The Big Game Mega Millions）。

“我喜欢，太疯狂了！”

“这并不是最疯狂的部分。”

“是吗？”

“按照法律规定，我们很难处置他。”

“为什么？”

“他还没有犯罪。”

她看到了那个信封，黄色的布面在文件夹之中颇为显眼。她朝会议桌的尽头移动，渐渐靠拢目标。

“什么意思？”

“虽然他已经收到了中奖号码，但是他向自己发送号码是未来的行为，我们还没有到达那个时刻。”

信封近在咫尺，但是她要如何避开他们的视线，把它拿过来呢？

“哈！只有在美国才会这样，对吧？但是，他们不能逼他招供吗？”

“招什么供？”

实际上，她并没有做错任何事情，她仅仅是想化解一个尴尬的局面而已。就算她被当场逮住，贝尔德也可以帮忙解释，最坏的情况不过就是丢脸罢了。

“他们不能逼他说出他打算什么时候犯罪吗？”

“不行！他们做不到！你猜为什么？”

“为什么？”

“因为他自己也不知道！”

女人开心地放声大笑，男人用拳头猛捶桌子，趁此机会，波莉赶紧把信封扔进了桶里。但是信封很高，有一部分还露在外面。

“你听说吉纳维芙·西尔弗的事情了吗？”

不过，他们根本就没去看她，因为她一直拿着抹布和塑料桶，表现得安分守己。如果她能顺利地抵达门口，他们甚至都不会发现她走了。

“她涉足了投资领域，正在囤积土豆。”

波莉悄悄地把塑料桶塞到腋下。

“植物要怎么囤积呢？”

“对呀，问题就出在这儿！”

波莉关上身后的房门。

她原本以为，一旦回到劳动区，就算是脱离危险了。结果，安全之感并未降临。酒店的内部构造统统暴露无遗，犹如木头搭建的玩具屋，工人们从一根钢筋迈向另一根钢筋，跨越尚未浇筑的地板，就像长腿的鹳鸟一样，他们的防护帽底下还罩着遮阳帽，以免皮肤被炎炎烈日晒伤。无论是在入口处、楼梯井，还是在三层，她都觉得不够安全。只有当贝尔德接过那个烫手的信封时，她才感到如释重负。

他发出喜悦的尖叫。“我真不敢相信，你居然成功了！”他低声说。他打开信封，往里面瞥了一眼，接着又盖上了。

贝尔德十分坦率，一下子便揭开了隐藏的秘密。显然，不管信封里的东西是什么，它所带来的麻烦绝非朋友之间的小小误会。

但是，波莉无暇关心这些。“现在你可以去了吗？”她说。她很懊悔自己没有提前制定一个备用计划，以防他得偿所愿之后出尔反尔。

不过，他立即戴上草帽，拿起一份报纸，把深黄色的信封包裹得严严实实，将其夹在腋下。

突然，波莉觉得自己还没有做好准备。她应该替贝尔德编一个故事，倘若有人问起他为何出现在沙滩上，他可以做出合理的解释。她应该更加详细地描述弗兰克的相貌。她应该想办法亲自前往沙滩。

“如果你继续在我面前摇摇晃晃，我就不去了。”贝尔德说。

她站在窗边，目送着贝尔德，直到他变成一个米黄色的小点儿，消失在棕褐色的远方。楼下，闷热的大风卷起尘土，掠过残破的庭院。

今天早上，她洗了洗头，并且仔细地梳理了一番，但是肥皂的质量不太好，发丝依然十分油腻，紧贴在脑袋上。她知道，弗兰克肯定要说她多虑了，他根本不会介意，可她总是忍不住轻拍自己的双颊，抚摸未施粉黛的脸庞。有那么一会儿，每当听见外面传来呼喊，或者某处的房门敞开，她都会激动万分，以为是他来了。等待的感觉如坐针毡。

她必须得处理莫纳克亚山套房的柳条高背椅，它的座板上有一个拳头大小的窟窿。她挑出一卷跟椅子相配的苇条，剪下一段，浸入醋水中。当苇条泡好以后，波莉便席地而坐，将高背椅固定在两腿之间。以往，她都会使用锯木架，但是此刻她需要依靠与安慰，而椅子是唯一可以触碰的对象。她握住一对尖嘴钳，试图去除损坏的柳条。它们虽然破烂不堪，但是非常坚硬，某种难以辨认的物质将它们黏合在一起。椅子仿佛在竭力反抗，豆大的汗珠聚集在她的眉毛上，不过她还是把撕裂的部分统统清理干净了。她头枕着漩涡状的装饰花纹，休息了片刻。接着，她拿起崭新的苇条，打算填补缺口。然而，苇条不肯乖乖地弯曲，无法平滑地嵌入空隙中。难道浸泡的时间不够长吗？她端详着苇条，又瞧了瞧椅子。原来，这根苇条比最初的柳条宽了些。波莉通常都极为谨慎，一丝不苟。可是，她实在不愿守着令人窒息的寂静，等待另一根苇条接受醋水的洗礼。于是，她决定强迫手中的苇条屈服。她用尖嘴钳使劲地拉扯苇条，眼看胜利在望，都已经塞进去一半了，苇条却突然折断。波莉猝不及防，仰面摔倒。椅子往相反的方向翻滚，后背着地，四脚朝天，在弧形边缘的支撑下无助地摇晃，包裹着布料的小巧木腿悬在了空中。

她爬起来，找到合适的苇条，放入盆中，然后站在窗前等待。曾经，她看着大船停在海水变浅的地方，许多拖网渔船迅速地冲过去，迎接自己的货物，犹如一名巨人被困在狭窄的缝隙中，动弹不得，无数的小野兽一拥而上，狼吞虎咽，食肉啃骨。当时，她还不知道弗兰克将会在那里等待。而如今，她依然没有见到他们两个一起归来。

她搭乘最后一趟班车回到公寓，再过一个小时，诺尔贝托就要锁门了。她待在前廊上，侧耳倾听尘土在废墟中聚集的声音，目不转睛地凝视着远处的屋顶，直到建筑物的轮廓隐入朦胧的夜色中。她想象着弗兰克和贝尔德转过街角，一个身材矮小，一个体形高大。每当她翘首张望却看不到他们时，她都会重新想一遍刚才的画面，就像倒带一样。她相信，如果重播的次数足够多，脑海里的画面便可以代替周围的世界，成为触手可及的现实。

贝尔德转过街角，波莉期待着弗兰克在他的背后出现。她等了很久很久，甚至在贝尔德走过整个街区，站到她的面前以后，她还是不肯死心。

“你没有见到他吗？”

贝尔德摇了摇头。

“你是一直在四处走动，还是始终守在同一个地方？”

“我在停车场附近找到了一处绝佳的位置，能够俯瞰整片沙滩和全部的码头。下面没多少人，只有一些船坞工，想要看到所有人并不困难。”

“也许他就在海边，但是他不认识你。”

“那里是商业用地，大家都忙着干活儿，没有人在无所事事地徘徊。”

她无话可说了。当她不知道他是否来过时，一切都仅仅是猜测，而现在却截然不同了。但是，在两三年之前，他还打听过她的下落。可能他是上午去的，贝尔德刚好跟他错开了？

“我已经帮你完成任务了，你不会向别人提起拿书的事情，对吧？”

她没有反应过来：“什么书？”

“这本书。”他轻轻地摇晃了一下，外套敞开，露出深黄色的信封，“如果你说出去，你也会受到牵连。”

“我不会说的。”

她不愿谈论这些。对她而言，那本书微不足道。

“我觉得他一定会出现的。”贝尔德说。

“真的吗？”

“当然，为何不呢？”

贝尔德依然没有离开。

“你想看看里面的东西吗？”他打开信封，“不过，首先要戴上这个！”他递给她一双白手套，然后从信封里掏出一本薄薄的精装书。她接过来捧在手中，稍微倾斜了一下，借着大厅的灯光细细打量。灰色的封皮斑斑驳驳，犹如月球的表面，在飘扬的红丝带图案上印着“勇往直前一九五三”的字样。

“这是什么？”

“休姆斯高中[1]的毕业纪念册。”

1　休姆斯高中（Humes High）：位于田纳西州孟菲斯市的一所学校，现已改名为“休姆斯预科学院附属中学”（初中），在20世纪30年代至1967年间为高中。

“我不明白。”

他把那本书翻到中间，它平坦地摊开，这一页显然已经展示过许多遍了。圆珠笔留下的痕迹褪去了深蓝的颜色，一行题词写道：亲爱的挚友，祝你好运。埃尔维斯。

贝尔德咯咯地笑了起来。

“这究竟是什么？”

他翻到另一页上，指了指一张照片，画面中的少年肩膀狭窄，相貌英俊，额前垂着一缕鬈发。埃尔维斯·阿伦·普雷斯利[1]。擅长：采购，历史，英文。

“这是……这是……”波莉张口结舌。

“埃尔维斯·普雷斯利的高中毕业纪念册！喂喂喂——拿稳拿稳，千万别掉了。”

“你骗了我！”波莉低声咆哮，“这不是你的东西！这本纪念册价值连城！”

“它就是我的东西。”他收起笑意，“它就是我的！”他又指了指另一张学生照片，那名少年的眼睛和嘴巴就像平行线一样。莱纳德·鲁尔曼。“这是我的莱纳德。”

“他是埃尔维斯的高中同学？”

贝尔德耸了耸肩：“总得有人跟埃尔维斯一起上学吧。你瞧见他们对待这本纪念册的方式了吗？就是胡乱塞在每周的文件里。他们根本不配得到它。”

“它为何不在保险箱里？”

---

1 埃尔维斯·阿伦·普雷斯利（Elvis Aron Presley，1935-1977）：美国歌手及演员，绰号为“猫王”，被公认为20世纪最重要的文化偶像之一。他出生在密西西比州，后来搬到田纳西州生活，1953年毕业于休姆斯高中。

“他们正在给酒店的东翼重新铺设线路，需要恒温恒湿保存的所有物品都暂时寄放在工地办公室里。所以我告诉过你：仅此一周。”

“不过，如果它确实是你的东西，他们刚开始是如何得到的呢？”

“这……其实是我给他们的，我不该那么做。”他叹了口气，“在争取酒店设计资格的过程中，我把它列为自己出价的一部分。这是一个残酷的世界，狗咬狗，人吃人，我必须得有点儿特殊的筹码才行。所以，为了拉斯维加斯希尔顿[1]套房，我只能忍痛割爱。结果，我赢下了招标，你获得了工作，可见当初的决定对咱们俩都有好处。”

“万一他们发现它不见了怎么办？”

他没有回答。

“你干吗让我去偷它？”

“听着，你失去过所爱之人吗？你的表哥不算。”

“为什么不算？”

“他又没死！他依然可以回来。你还年轻，你不懂。”他把那本纪念册装进深黄色的信封里。“当爱人去世以后，便再也无人能分享你的回忆了。往事会变成尘封的秘密，除了你自己之外，没有任何人知道你经历过多少酸甜苦辣。我不想那样。”他敲了敲压在胸口的纪念册，“这就是证据。那些往事不是秘密，一切都曾经发生过。”他皱起眉头，“这听起来很傻，对吗？”

诺尔贝托用钥匙碰了碰玻璃门：“我得锁门了。”

“我们正在商讨工作上的问题。”贝尔德厉声说。

1　拉斯维加斯希尔顿（Las Vigas Hilton）：指位于内华达州温彻斯特的一家酒店兼赌场，始建于1969年，原名“国际酒店”，后改名为“拉斯维加斯希尔顿”，在2014年再次改名，现为“西门拉斯维加斯”（Westgate Las Vegas）。

“我还是得锁门。”诺尔贝托说。

波莉爬上楼梯，回到自己的房间。她换好衣服，吃了一碗豆子，尽管她并不饿。她刷了刷牙，去床上躺下了。

今夜不该如此，她的生活依然毫无变化，就像抵达一九九八年以来的其他夜晚一样。别人也会为爱疯狂，做出糟糕而愚蠢的事情，这一点倒是可以令她稍感安慰。但是，由于她自己的计划太过轻率，如今九月份仅仅剩下一个周六了。面对最后一次机会，她却束手无策，不知要怎样做才能突破重重阻碍，踏上那片近在咫尺却又遥不可及的沙滩。

人口统计中心位于防波堤最高处的一条商业街上，在炎炎烈日下承受着风沙的侵袭。周围空无一人，只有荒废的旅馆，脏兮兮的窗户粘着海盐与泥巴。波莉从外面经过了不止一次，如今才终于发现，原来这里就是她的目的地。因为班车不能在未经授权的地点停靠，所以她一结束工作就马上跑了过来，可是一块手写的牌子挂在污秽的玻璃内侧，上面明确地写着“休息中”的字样。

于是，她只得又等了几天。周四，贝尔德喝醉了，还不到下午四点就睡着了，她趁机早早地溜出酒店，赶在工作人员下班之前抵达了商业街。统计中心依然显得昏暗而冷清，不过这一次，伴随着刺耳的尖啸声，她推开了大门，迈进一间闷热的办公室，屋里摆着学校教室常用的椅子，地板上放着数盏台灯。

“表格在桌上。”一名看不出年龄的女士说，她正坐在办公桌后面阅读一本书，“在桌上[1]。”

“我有几个问题。”波莉说。

“嗯。”

“这项服务得花多少钱？”

“什么服务？”

“找人。”

1　在桌上：原文为西班牙语。

“一个人还是一群人？”

“一个人。”

“二百二十七美元。”

波莉转过身去，打算离开。她连寻找唐娜的费用都付不起，更别提还要打听弗兰克的下落了。

“你不想拿一张表格吗？”

“我过几个月再来，现在的生活资金不够。”

“你可以贷款。”

“是吗？”

“他们允许你透支生活资金。把你的身份证给我，咱们来看看是否能行。”

她拿起卡片刷了一下，机器发出悦耳的提示音：“好，钱已经交上了，恕不退款。”

“不，不，我还不想交钱，我只是想咨询一下。”

“抱歉，太晚了。填表吧，铅笔在那边。”

波莉难以置信地盯着她：“二百二十七美元几乎相当于我每月要偿还的全部旅行费用了。”

“真抱歉。交易无法撤销，你应该在我刷卡之前说。”那个女人不甘示弱地看着波莉。

“可是，你必须撤销，我负担不起。”

“我没有权限那样做。如果你有任何问题，可以联系本地区的财务室。”

“怎么联系？”

她指了指贴在办公桌上的一张便签：创时者公司财务室得克萨斯州西南分部。地址：得克萨斯州休斯敦市希尔克罗夫特大街7311号。

工作时间：周一至周五，10:00—16:00。

“有电话号码吗？”

“有，不过整天占线。我对这一点也很不满意，到头来还是给我添的麻烦最多。”

如果只能寻找一个人，她将选择唐娜。因为她一定会在周六见到弗兰克，除此之外，她不敢想象其他的可能性。她的身体启动了自我保护机制，把心痛和思念都隔绝在外，逃避着残酷的现实。她甚至都没有准备好亲手一笔一画地写下姨妈的姓名。她未曾料到，书面文件竟然可以让失去变得如此真切。

“最后的已知地址在布法罗？”那个女人用一支铅笔轻轻地敲着纸张，把表格都弄脏了，“所以，对方离开了领土，然后就杳无音信了？”

“领土？”

“对，领土。”

“不好意思，什么领土？”

“我们所在的领土啊，美国领土。”

“噢，不，她从未来过这里。”不过，波莉难以确定。

“如果她从未来过这里，那她是如何受雇于创时者公司的呢？”

“她没有受雇于创时者公司。”

“那么，我们也没有她的记录。你没瞧见门上的标志吗？这间办公室隶属于创时者公司。倘若你要找的人跟创时者公司没有关系，自然就没有记录。”

波莉低下头，凝视着便签上的地址。

“我能写信申请退款吗？”

“你可以试试。”

“我能借一张纸，记下这个地址吗？”

“拜托，难道你就没有其他要找的人了？”

弗兰克。弗兰克。弗兰克。

“我不清楚他是否为创时者公司工作过。但是，因为我的缘故，他享受过创时者公司的家庭健康福利。”

“噢，很好，那就行了。重新填一张表吧。”

“结果要等多久才会出来？”

“二到五周。”

“五周？你们不是在电话号码簿里查找吗？”

“我们可以办理加急，需要再交四十美元。把你的身份证给我，咱们来看看是否能行。”

“不用了，谢谢。”

波莉将弗兰克的姓名填入表格，感觉就像是获得了额外的保险措施，大大增加了她在周六找到他的可能性。这一次，她没有把幸运视为理所当然。类似的念头减轻了内心的痛苦，也削弱了巨额消费带来的不安。

回到公寓后，她按照从前的地址给唐娜写了一封信。铅笔在纸上转来转去，她不知道该说些什么。

姨妈，我终于来到了今年的九月份。我在这里过得还行。你能给我写信，讲讲你的情况吗？如果你知道弗兰克在哪儿，可以把我的地址给他吗？

爱你的波莉

正如许多家书一样，她的信很短，仅仅承载着基本的信息，因为其余的一切都难以用言语表达。

为了拥有寄件人地址，她还得向诺尔贝托购买一个邮箱。可是，她没有收到任何回复，尽管她从未放弃等待。

周六早晨，波莉坐上班车，把一个巨大的包裹放在膝盖上。里面装着一个睡袋、一支手电筒和一罐拌着番茄酱的白豆。前两样东西是她向琳达借来的，作为交换，波莉把自己从一九八一年带来的所有化妆品都送给了那位留着红色波波头的姑娘。她已经做好了准备，如果有人问起这个包裹，她就说是替老板带的杂物。可是，大家毫不在乎，就连贝尔德也无动于衷。整整一周，他都非常安静。他原本就是一个自我意识很强的人——当认错一把椅子的来源时，他都会激烈地纠正自己。而且，或许他现在很尴尬，不想跟她讲话。在这一点上，她倒是觉得很高兴。虽然他可以理解她的感受，但是她不愿意倾诉，那样太可怕了。只有冷漠的听众才能让她闭紧心扉，牢牢地关住悲伤。

尽管她始终在留神观察，企图钻空子早退，但是直到日暮时分，她才得以离开加尔维斯酒店。不过，她并未焦急烦躁，或者怨天尤人。这是最后的机会，也是仅剩的希望了，她绝不能有任何懈怠。她把手电筒和豆子放进兜里，抛弃了纸袋，独自踏上了两周前走过的路线。被海风卷起的纸袋飘过公路、岩石、沙滩与汪洋，所有事物都是黯淡的棕灰色。太阳正在某处缓缓坠落，可是云层太厚，什么也看不见，只能感受到光线从天空中慢慢退去。

公路变得笔直，她又一次看到了掩护着海关办公室的垃圾围墙，她迅速躲进道旁的杜松树篱，穿过浓密的枝叶继续前行，艰难地抵达了那片狭窄而荒废的建筑工地。施工停止的时间应该不长，轮胎留在泥径上的痕迹还没有被雨水冲掉。她放轻脚步，敏捷地跳过横七竖八的钢筋，冲进三层高的房屋框架里，就像钻入了巨型怪兽的体内，在混凝土的骨骼中寻找着藏身之处。她四下环顾，确保没有人发现她。

一层主要是堆积如山的泥土。她欣慰地发现，建筑公司在撤退之时已经搭好了楼梯。二层摞着几扇门板和酷似游戏棒[1]的木头柱子。三层空空荡荡，异常寂静，就连害虫都不屑光顾。室内凿出了四个窗口，占据了大部分的墙壁。两周前她就注意到了，面朝大海的那一侧没有任何遮挡，大概是为了安装阳台。她向外张望，一种不祥的预感在腹中翻涌，不过事实证明，她的计划是没有问题的：从这里看去，能够将停车场和第二十五街码头之间的区域尽收眼底。她的心跳恢复了平稳。

波莉仔细地数了数，总共有二十六个身影，基本都集中在岸边，簇拥着一艘小船卸下的货物。她屏气凝神，依次打量着每一个人。可是，他们要么太高，要么太矮，要么肤色不对，要么步伐不像，反正都不是弗兰克。于是，她重新开始，又观察了一遍。他们总是在不停地移动，有些脑袋反复出现了三四回。她目不转睛地盯着其中一个身影，他看起来跟弗兰克略微有些相似，当泛光灯照亮了他的脸庞，原来那也是陌生人。当她终于确定弗兰克不在那里以后，便将视线投向停车场和港口之间的通道。她绷紧肩胛骨，僵硬的后背隐隐作痛。天色渐暗，夜幕将至，忙碌的身影纷纷散开，他们自觉地排成数队，分别爬进了几辆皮卡的车斗里，扬长而去。

她忽然想起了《时间机器》[2]里讲述的故事。在十岁或十一岁的时

1　游戏棒（pick-up sticks）：又称撒棒或挑棍，是一种玩具，在游戏中经常散落成一堆。

2　《时间机器》（*The Time Machine*）：英国作家赫伯特·乔治·威尔斯（Herbert George Wells，1866—1946）于1895年出版的科幻小说。

候，她跟随母亲去过一家位于海滨小镇的二手商店，她们从破箱子里翻出一本《时间机器》，封面上画着绿色的食尸鬼，母亲给她买了下来。如今她只是记得，由于时间机器发生故障，旅行者被带到了遥远的未来。他见证了数万亿次的日出与日落，直到天地都变成红色。他抵达了时间的尽头。巨大的螃蟹在灰暗的沙滩上蜿蜒爬行，嘴巴不停地抖动，苍白的触须频繁地抽搐。除此之外，周围什么都没有。他回忆着自己的世界，怀念着鸟鸣声与下午茶。他暗暗思忖，那些美好的事物都已不复存在，时间机器坏了，此刻的诡异与恐怖将成为永恒。

不，她记错了。时间机器并没坏，因为在故事的结尾，旅行者回家了。只有她才会遭受这样的折磨。

她扶着窗台，面前没有玻璃。她早就养成了一个习惯，在惊慌来临之际，总会认真端详自己的双手，研究所有普通而又明显的特征：左手食指的伤疤，纤细短小的骨骼，指关节上的汗毛，沾着灰尘的皮肤。童年时期，在邻居家的厨房里，波莉曾经见过一块边缘斜切的木匾，镌刻的字样是“上帝会为你头上的每一根发丝负责”，她对“负责”一词的印象尤为深刻。可惜，波莉不信上帝，尽管她很想依赖神明。

现在，她几乎看不清陆地与海洋的分界线了。三名警官走出围墙，腰上佩着武器。波莉连忙后退，但是谁也没有朝她的方向看。两名警官径直往前走，晃动着手电筒，第三名警官停下脚步。铁链碰撞栅栏的噪音传来，接着是落锁的动静，清脆的声响在空地上回荡。

就这样，一切都结束了。夜风迎面吹拂，犹如潮湿而温热的呼吸。

可是，现实不该如此。她从一个窗口走到另一个窗口，想看看他是否在某条公路上迷失了方向，就像她最初那几次一样。她渴望呼唤他的名字，一遍又一遍，直到他在灯影斑驳的码头现身，迈入明亮的光束中。她从未有这么长时间不曾叫过他的名字。

在沿海公路的尽头，一团灯光远远地颤动着，不过，那恐怕只是虚假的幻象罢了——她的眼睛始终追随着手电筒，都出现了错觉。可是，守卫似乎也瞧见了。他刚才蹲在大门口，背靠着一座仓库，此刻却站起身来。那是一辆皮卡，车斗里空无一人，她无法判断车厢内究竟有几人。她急切地竖起耳朵，盼着听见引擎减速的叹息，然而波浪的声音太吵了。拜托，拜托，拜托。

皮卡开得飞快，完全没有停靠的征兆，很可能要跟港口擦肩而过了。车灯越来越近，照亮了守卫的脸庞。他是西伯德克斯，那个曾经让她面朝下趴在碎石上的少年。

她原本已经忘了当时发生的事情，现在又突然记了起来。恍惚间，她感受到他的膝盖抵在自己的后颈上，他的指甲抓挠着她的皮肤。她浑身冰凉，冷汗直冒，就像发烧了一样。唾液在嘴里不断地分泌，呕吐的冲动阵阵翻涌。她颓然跌坐在地上，仿佛有人在操纵她的肢体。但是，她必须看看公路，哪怕只是目送卡车远去。她低下头，竭力恢复镇定。片刻之后，她重新张望，发现皮卡驶入了停车场。

车门打开后，一名男子迈出驾驶室。皮卡和仓库之间的距离实在太短，难以看清他的步伐，糟糕的是，他的身体被车子挡住了。“转过来。”波莉说。男子正忙着跟西伯德克斯讲话，似乎是在询问什么，守卫摇了摇头，做出否定的答复。“我就在这儿，”波莉说，“转过来，转过来。”他要走了。

不。

如果一路狂奔，多久能冲过去？她绝对没法及时赶到。尽管如此，她还是迈开脚步，迅速地跑下楼梯。就算他们逮捕她，弗兰克也可以保释她。然而，在仅剩四级台阶的时候，她再次感受到西伯德克斯的膝盖顶住自己的脖子，圆形的骨骼猛烈撞击，她的口鼻贴在碎石地面上，呼吸十分困难。左右两侧没有栏杆，她摇摇欲坠，差点儿摔进堆积如山的泥土中。忽然，远处传来呐喊声，她赶紧手脚并用地爬上楼梯，回到三层的窗口。另一个守卫跑向仓库旁边的大门，那名男子仍旧站在原处。“转过来，转过来。”

第二个守卫抵达目的地，隔着栅栏递出某样东西。司机迎上前去，透过灯光，她终于瞧见了他的脸庞。

他显得比较胖，面色也颇为苍白，但是十几年的岁月总会留下些许痕迹，他依然有可能是弗兰克。

然后，她看清了他接过的物品：一个小小的筒状行李包。他不是为她而来的。

那名陌生人回到车里，尾灯发出红光，接着又变成了白色。守卫们倚在大门上聊天。皮卡往后倒退，拐向左边，沿着原路折返。

她面朝着墙壁上的洞穴，静静地站了很久很久，目不转睛地凝视着每一辆车，包括运货卡车、小型客车和旅行车，但是再也没有其他人停下了。从日期的划分上来说，午夜似乎是一个模棱两可的时间点，因此她并未放弃等待。一旦她离开自己的位置，多走上几步，弗兰克肯定就不见了，所以她纹丝不动，即便双脚传来尖锐的刺痛感，即便最后一辆车早就消失得无影无踪。天地之间空空荡荡，唯有一弯月牙在默默守候。

他来了，真的来了。就在黎明前，他驾驶着老旧的蓝色赛利卡[1]，停在泥泞的小径上。他摇下车窗，呼喊她的名字。他一步两级台阶，

1　赛利卡（Celica）：日本丰田汽车公司在1970年至2006年间生产的一种汽车。

跑上楼梯，棕色的鬈发一如往昔。在混乱的思绪中，她搭上早班车，跟夜班经理和洗衣工坐在一起，浮肿的脸颊上布满了泪痕。她一会儿觉得自己依然在等他，一会儿又觉得他已经来了。他把她从地上抱起来，轻轻地叹气，灼热的呼吸中掺杂着甜蜜而咸涩的味道。他没有生病，没有疲倦，也没有变老。一切都像回到刚开始一样。

波莉无法承受自己所料想的悲惨结局，她的精神在重压下弯曲，激发了心理防御机制。手中的证据越少，波莉就越相信弗兰克很清楚她在哪儿，而且他一定会带她回家。

她继续冒险前往港口旁边的废弃工地，直到九月份之后的第三、第四乃至第五个周六。接着，情况发生了变化，未来的各种日期都染上了神话般的色彩。弗兰克会在她母亲的生日之前找到她，或者在夏令时[1]结束之际找到她，或者在奶制品的保质期之内找到她。为了让预言成真，她需要拥有牛奶。于是，她来到楼下的服务社，等着诺尔贝托出门指挥别人。然后，她便趁机靠近盛满冰水的大桶，抓起一小块肆意漂浮的黄油，偷偷地塞进口袋里。牛奶的盒子太大了，很难藏在身上。这块黄油将等待的时长设定成了十天，她把黄油放入冰箱，以防过早地坏掉。她尽量待在自己的房间里，以免弗兰克会突然出现。她整晚都开着窗户，如果有人敲响公寓的前门，她可以立即听到。

母亲的生日来了又去，一如既往，钟表不停地转动，过期的黄油躺在冰箱里，无人问津。不过，一部电影的宣传广告出现了，铺天盖

1 夏令时（daylight saving time）：又称“日光节约时”，由于夏天日间时间长，为了节约能源和充分利用日间时间，许多国家到了夏季会将地方时拨快一小时，到了秋季再拨慢一小时。在1987年至2006年间，美国实行夏令时的起止时间分别为四月的第一个周日和十月的最后一个周日。从2007年开始，美国大部分地区的夏令时起止时间改为三月的第二个周日和十一月的第一个周日。

地的海报上印着醒目的放映日期，不仅在电梯和休息室随处可见，就连司机都在班车上贴了一张。这是新美国成立以来的第一部电影，梅尔·吉布森[1]从一九八三年的好莱坞穿越而来，完成了拍摄。诺尔贝托在公寓的大厅里放了一个募捐箱，打算筹款给大家租一台电视机，迎接影片播出的夜晚。

就是这一天，她苦苦期盼的就是这一天。在首映之际，弗兰克肯定会来的。她向诺尔贝托索取了一张海报。无论何时，只要她稍感内心动摇，觉得自己受到了欺骗，怀疑弗兰克早在十七年前便已经死了，她都会拿出海报，目不转睛地凝视着那些数字，从中获得安慰。

随着放映日期临近，穆迪公寓弥漫着欢庆的气氛。每天晚上，诺尔贝托都会停下手头的工作，激动地跟她聊上几句：募捐罐里的现金十分充足，说不定都可以准备薯片了；他担心他们的椅子不够多；她喜欢梅尔·吉布森吗？

电影播出的日子终于到了，她的左邻右舍涌入大厅，摩肩接踵地挤在黑暗中，将一层挤得水泄不通。尽管在过去的数月里，他们一直听着周围的伙伴打鼾、放屁和哭泣，但是此刻，他们显得幸福而羞涩。波莉用胳膊肘开路，艰难地走向楼梯。绝望在心中弥漫，她感觉到双手冰凉。

她关上房间里的灯，拉开窗帘。一艘扬帆起航的小船吹响了号角，天空的颜色就像刚刚熄灭的灯泡一样。电影已经开始了，楼下的观众们集体沉默，然后不约而同地大笑。弗兰克能够顺利穿过混乱的人群吗？

她静静地躺在床上，一动也不动，直到走廊上的房门纷纷敞

1　梅尔·吉布森（Mel Gibson，生于1956年）：美国演员、导演及制片人，因出演动作片而闻名。

开——租客们回来了，电影散场了。等到纷乱的脚步声消失以后，她才慢慢地起身，撕掉墙上的海报，对折了几下，扔进垃圾桶中。

诺尔贝托依然在大厅里收拾折叠椅。

“这部电影是不是很棒？”他看上去兴高采烈。

波莉迈出前门，来到外面，天气正在悄悄地变化。其实，她始终都知道，弗兰克不会出现了。那些迫切而宏大的行动全都是她自己的想象，到头来，她还是孤身一人，无依无靠。

1979

每逢周六，波莉总是在唐娜家醒来。她会清洗自己的衣物，等待钟表走到十点三十分，然后便动身去弗兰克家。有一个周日，波莉在弗兰克家醒来，看着他平稳地呼吸，胸口规律的起伏犹如潮起潮落。另一个周日，在他祖父的小屋里，他们俩同时睁开眼睛，瞧见一只小鹿站在窗外，温热的呼吸喷在玻璃上。早餐，他们享用吐司，他在面包片上涂满厚厚的黄油，仅仅留下半英寸的空白——那是手拿着的地方；有时，他们来到她家附近，在街角的小饭店里点两份熏肉和鸡蛋；或者，在前往某处的途中，他们坐在车里吃松饼；过了几个月，她忽然发现，座位的褶皱中还夹着胡萝卜的碎屑。

他们去食品杂货店，挑选大蒜、柠檬和金枪鱼，弗兰克亲自下厨做意大利面。他们去商场购买豆袋椅，给他的教女做生日礼物。他们去海滩上游玩，他舀起晒得滚烫的沙子，一杯接一杯地倒在她的手上。他们去电影院，欣赏《星际迷航》《太空城》《黑神驹》《诺玛·蕾》和《两世奇人》[1]，她的指尖被爆米花弄得黏黏糊糊，他却依然让她握住自己的手。他们开车去纽约，观看费城人队[2]和大都会

1　《星际迷航》（*Star Trek*）：1979年上映的美国电影，下文提及的《太空城》（*Moonraker*）、《诺玛·蕾》（*Norma Rae*）、《黑神驹》（*The Black Stallion*）和《两世奇人》（*Time After Time*）也均为同年上映的美国电影。

2　费城人队（the Phillies）：美国职业棒球队，主场设在宾夕法尼亚州费城，下文提及的大都会队（the Mets）同为美国职业棒球队，主场设在纽约皇后区。

队的比赛。他们开车去奇克托瓦加[1]的跳蚤市场，在古董花瓶周围，她找不到他了，不过他很快又在挂钩旁边出现了。他们交流音乐或者这周做了什么。他们谈论他的母亲，探讨波莉和唐娜为何表现得像同事一样。他们聊起他在酒吧里遇到的常客，以及她在工作中见到的老太太。他们研究各种生活技巧：如何更换轮胎，如何制作汤团，如何缝补袜子，如何倒立，如何砍柴劈木。他们互相倾诉自己多么爱对方、怎样爱对方，以及能够爱多久。她说：再给我讲讲你为什么喜欢我吧。他说：因为你很好。她想知道，哪方面很好？他说：你是一个很好的人。她笑着调侃：你是在委婉地夸我性感吗？她继续追问——“很好”到底是什么意思？他说：你并非愤世嫉俗的抗议歌手[2]，但是在面对选择的时候，你总能做出正确的决定。她又笑了，心里却感到十分困惑，因为这不是她想要的答案。然而后来，她觉得自己更喜欢这个答案。如果他说，“你是我命中注定的恋人”，那反倒无趣了。他的话非常理智，换作是她，大概也会这么说。

他们听唱片，喝咖啡，打扑克。他解开她的裙子，她拽开他的牛仔裤。他用脚趾脱掉她的袜子，她轻轻地咬着他的脸颊。两人的胸脯紧紧相贴，汗水在空隙中聚集。他们缠绵温存，可能在早上，可能在深夜，可能是整整一个下午。当喜悦到达顶峰的瞬间，时间爆炸成碎片，从过去到将来，他们在一起的分分秒秒突然呈现在眼前：第一天，第四十八天，第三千天，最后一天。太阳在五点下山，或者在七点十五分下山，或者一直闪耀到九点。黄昏，他们倚着厨房的

1 奇克托瓦加（Cheektowaga）：美国纽约州的一个小镇。

2 抗议歌手（protest singer）：演唱抗议歌曲（protest song）的歌手。所谓抗议歌曲，是指跟社会运动或时事政治有关的歌曲，如有关女性运动、反战运动、动物权利、环境保护等主题的歌曲。

料理台，喝着螺丝起子。日暮，油画般的光线照在挡风玻璃上，她为他放下遮阳板，好让他看清前方的道路。夕阳在超市收银台后面缓缓坠落，队伍里的中年男人拿着满满一篮的咖啡伴侣和速冻食品，刺痛了波莉的心。天色渐暗，弗兰克带领波莉迈入正常的世界，过上热闹的生活，周围的人们总是记得今天是周几，他们从来都不会在周日的夜里独自去麦当劳吃饭。晚餐，他们做炸鱼和土豆片，或者拌上一大盘沙拉，或者去黎巴嫩饭店，或者品尝他烤的比萨，或者到他的父母家做客，在层层叠叠的桌布底下，他偷偷地触碰她的膝盖。吃完晚饭以后，有时，他们躺在床上，看着车灯从天花板上闪过；有时，他们隔着墙壁侧耳聆听，猜测邻居家的《周日夜间电影》[1]在播放哪一部作品；有时，他清洗碗碟，她使劲擦净沾在炉子上的番茄籽；有时，他们一起泡澡，欣赏收音机里的美妙乐曲，数着地板上的瓷砖。她搂着他睡觉，手搭在他的大腿上。她摸进他的腰带里。她用拇指抚摸他的眼睛。他把她的手放进自己的口袋里。他给她解开缠绕住衣领的头发。他擦去她鼻尖的泪水。他摘掉她睫毛上的细绒。他帮她拽上连衣裙的拉链。他为她按摩后背。他亲吻她的肩膀，亲吻她的太阳穴，亲吻她的嘴唇，亲吻她的眼睛，亲吻她的脸颊，亲吻她的大腿，亲吻她的胳膊……

1　《周日夜间电影》（*Sunday Night Movie*）：美国的一个播放电影的电视节目，于1962年开播，中间暂停过一段时间，后来从1964年年底到1998年间持续播出。

“早上好！”

在十一月的一个周一，班车上没有空位了，玻璃内侧布满了清晨的湿气，变得朦朦胧胧，乘客们仿佛挤在一个大塑料袋中。波莉松开扶着柱子的手，准备把身份证放进衣兜里。她无法看清窗外的景象，不知道班车即将转弯，在惯性的作用下，她撞向旁边的一名女子，脸庞贴着对方的工作服。那名女子抓住她的肩膀，帮助她摆正姿势，波莉连声道歉，踉踉跄跄地后退，握紧扶手杆，扭过头去，面朝窗户。可是，在站稳脚跟之前，她感受到了另一个身体带来的温暖，莫名的欣慰在胸中流淌。这是与人接触的幸福，那一瞬间，她就像一株得到甘霖浇灌的植物，在泥土中挺直了腰杆。

“你去人口统计中心了吗？”米丝蒂问，她的姐姐正在过道对面打瞌睡。

在一九九八年，波莉已经迅速养成了一个习惯，那就是把所有的美梦都隐藏起来。这不是什么新鲜事儿，很久以前，她便跟唐娜学会了务实的重要性。但是，满头鬈发的米丝蒂性情随和，跟每个人都能成为朋友，并且积极乐观，怀揣着坦率而大胆的憧憬。波莉必须向米丝蒂倾诉心底的期盼，因为除了她自己之外，只有米丝蒂可以鼓励她，告诉她弗兰克会来，给予她唯一的力量。不出所料，米丝蒂说出了波莉最想听的话：“我敢肯定，结果绝对是好消息。”波莉凝视着米丝蒂乱糟糟的后脑勺，仿佛看到了一座在黑暗中闪耀的灯塔。米丝蒂相信她，相信弗兰克。

几天以后，在回家的路上，一名男子坐到她旁边，突然开口："对了，你就是那个新来的痴心姑娘吧。找到失散的情郎了吗？"

"你恐怕认错人了。"波莉震惊地说。

"不，就是你，我知道。米丝蒂跟我讲过你的事情。"他咯咯地窃笑起来，"当然啦，为了你，我会祈祷他出现的！"

她笑了。后来，她记起自己的反应，觉得十分厌恶。但愿她当时立即回敬一句，那是什么意思？——既作为愤怒的驳斥，又是一个真正的问题。

周日，桑迪说："你收到统计中心的答复了吗？你要抱最好的希望，做最坏的打算！"波莉无地自容，只想马上去死。

渐渐地，她开始发现，在大家的早安问候中，掺杂着浓厚的优越感。可怜的孩子，他们似乎在暗自思忖，怎么会有人如此年轻，却相信爱情能够禁得住时间的考验呢？所有人都认为她天真幼稚，毫无判断力，仿佛她的观点之所以跟他们截然不同，是因为她根本就没有认真地思考过。

如果她在那里待得再久一些，就会明白，他们总是关注身边的同伴能否找到自己的亲友，这并非由于他们不相信奇迹，而是由于他们很想相信。其实，每个人都在寻觅某个人。

在递交申请的五周以后，波莉重返人口统计中心，她做好了思想准备，以为自己还得再等上一个月或者一年。然而，办公室里的女人却掏出一个信封，标签上印着波莉的姓名和身份证号，她忐忑不安地听到那个女人说："估计不是好消息。"

"什么？"不管如何努力，波莉还是无法压抑失望的情绪。

"小信封一般都不是什么好消息。"

波莉慌慌张张地扯开信封，不小心把里面的东西撕成了两半，那原本是一张窄窄的纸条，大小仅够包含个人信息——弗兰克·马里诺：查无结果。

“这是什么意思？他死了吗？”

“不，如果他死了，报告会明确地指出来。‘查无结果’的意思是他不在国内了。”

“国内？”

“美国国内。”

“那他会死在国外吗？”

“目前看来，无法排除这种可能性。”

波莉绞尽脑汁地思索，企图换一个合适的问题，得到自己需要的答案。

“或许他没有登记在册呢？比如，他身在美国，但是他们不知道他的地址？”

“如果真是这样，报告上会写：‘并未登记。’说起来，我也不太清楚‘并未登记’和‘查无结果’的区别。不过，我可以确定，‘查无结果’就等同于‘超出管辖范围’，至少有百分之九十的概率相当于‘不在国内’。最起码，那表示他们对他一无所知。但是，我经常告诉大家，即便只是了解一下，也不算白花钱了。”

这就是一场骗局，毫无意义。她先前居然还愚蠢地相信他们，真应该为自己而感到羞愧，除此之外，她对报告的内容没有任何感受。不过，波莉还是向桑迪打听了前往布法罗的方式。

“你必须得坐船，票价很贵，超过一千美元。”

“放轻松，实际上是一千零五美元。”米丝蒂说。

等到米丝蒂在班车上跟别人聊起来，波莉才询问桑迪：“坐船？

为什么是坐船？你说的船是去哪儿的？”

“你又不能飞过去，”桑迪讥笑道，“太危险了。”

“为什么危险？”

“疾病就是那样传播的，‘嗖’地一下子。”桑迪弹了个响指，“而且，你也无法乘火车或者开车，铁路早就没有了，公路也变成了垃圾场。你必须走水路，从加尔维斯顿到迈阿密[1]，再从迈阿密到纽约，然后沿着哈德逊河[2]北上，穿过伊利运河[3]。”

“公路怎么了？”

“新人总是这样问，你们好像都认为灾后重建很容易。瘟疫仅仅是一个方面而已，想想国家的基础设施吧。大家都走了，维系世界运转的工人也消失了，接下来会发生什么呢？在十年以内，街道、桥梁和公路统统毁坏，要么被洪水淹没了，要么断裂或崩塌了。你为什么想去布法罗？”

“只是好奇罢了。”波莉目不转睛地凝望着窗外。

“他们找到他了，对吗？”

波莉试着在脑海里搜索合理的答复：我不知道；不关你的事；他就在这里。然而，她实在太过沮丧，不愿再编造借口了。“他们说：‘查无结果。’”

“但是，创时者公司对美国的一切都了如指掌。他肯定在别的地方。”桑迪的口吻像往常一样，斩钉截铁，理直气壮。波莉紧紧地抓住“他肯定”三个字，竭力汲取着安慰，以冲淡内心的震惊——他竟

1　迈阿密（Miami）：美国佛罗里达州南部的一座港口城市。

2　哈德逊河（Hudson River）：一条从北到南贯穿美国纽约州东部的河流。

3　伊利运河（Erie Canal）：美国纽约州的一条运河，东起哈德逊河与奥尔巴尼（纽约州首府）的交界处，西至布法罗和伊利湖的交界处。

然抛下她，独自离开了。

“他会去哪儿？布法罗？”米丝蒂重新加入她们的交谈。

波莉没有理她。

可是，米丝蒂很想讨论其中的细节。后来，在走廊上，她又冒冒失失地挑起这一话题：“结果真令人失望，对吧？”

“你不应该把我寻找他的事情告诉大家。”

“对不起，”米丝蒂惊讶地说，接着换上娇滴滴的声音，再次道歉，“对不起嘛！”

波莉依然面色凝重，不为所动。

“我不知道那是秘密。其实，美利坚合众国非常拥挤，而且气候寒冷，物价高昂，你留在这里，可以生活得更好。”

“请你不要把我收到的结果告诉任何人，拜托了。”

但是，她肯定已经说出去了，因为波莉看到其他人的态度都发生了变化：在跟她打招呼的时候，他们会稍稍歪一下脑袋，眼神中闪烁着柔和的光芒。那是深深的怜悯。

从此以后，波莉便开始回避所有邻居了。

在清醒的日子里，贝尔德和波莉一起工作，两人就像钟表的齿轮一样，默默地交换着扳手和钳子，用行动代替言语。他只有一张唱片，即《歌厅》[1]的电影原声版，每天至少要播放一遍，那也是唐娜最爱的专辑之一，所以她并不介意。他会跟着音乐轻轻哼唱，有时甚至还高歌一曲，彻底忘记波莉的存在，仿佛迈入了另一个世界，丽

1　《歌厅》（*Cabaret*）：1972年上映的一部美国歌舞片，改编自1966年的同名百老汇音乐剧。

莎·明尼里[1]千回百转的歌声，诉说着这一次注定比从前更好。

在喝醉的日子里，他流着眼泪喃喃自语，随手解开工作服的扣子，一直敞到肚脐为止。他漫无目的地讲述着过往的岁月，口齿含糊不清。有一次，他蹲在地上，仔细观察一把儿童摇椅。当他颤颤巍巍地向前探身时，她忽然瞧见一块汤匙大小的尿渍，渗透了包裹着他屁股的布料。这幅画面深深地烙印在她的脑海里，挥之不去。

再过三十速合约的进度。别人或许会懂得如何偷偷逃跑，如何食用野草，如何在沼泽中生存，根据星星辨认方向。但是，她无法做到。唐娜说不定能行，毕竟看了那么多动作冒险类的电视节目。不知道唐娜在这些年里经历了怎样的风雨，过得是否还好。

在一个美丽的周日，诺尔贝托送给了波莉一本填字游戏书。当时，她正站在公告板前，搜索着以物易物的新消息。

“你在寻找什么吗？”他问。

“没什么，我只是喜欢看这些广告。”

“我明白了。”他温和地说。

“你喜欢这种玩意儿吗？”他递给她一本书，在蓝橙相间的封面上，圆乎乎的字体印着“填字游戏（第一册）”。

超过一半的谜题都已经被解开了，空格中写着粗短的字母，笔迹显得很有自信。她选择了一个尚未完成的谜题，心不在焉地做了起来。填好以后，她又翻向了下一页，从此便一发不可收拾，当她抬头的时候，几乎已经是周一了。

到了下一个周日，她重返商店。诺尔贝托向排在她前面的女人解释蜡烛的制作方法，在等候的过程中，波莉下定决心，她愿意花钱

1　丽莎·明尼里（Liza Minelli，生于1946年）：美国女演员及歌手，曾在电影《歌厅》中扮演女主角，并因此荣获第45届奥斯卡金像奖的最佳女主角奖。

购买《填字游戏（第二册）》，就算她必须为此在加尔维斯顿多待几天，那也没关系。

“抱歉，亲爱的，”诺尔贝托说，“我只有这一册。你不该那么快就把它做完了。”

“噢。”她感到自己的嗓子绷紧了，就像一根拴着重物的绳索。她低头盯着手中的《填字游戏（第一册）》：“泰国有一个跟缅甸接壤的小镇，它的名字是三个音节、十个字母，你知道是什么吗？”

他使劲摇了摇头：“我讨厌谜题。”

孤独攫住了她，挤压着她，直到她喘不过气来。她坐在门廊的台阶上，脸颊贴着自己的膝盖，开始想弗兰克。她看到他出现在十字路口，跳过路缘石，摇摇晃晃地迈着可爱的步伐，穿越每一片街区。她不停地闭眼、睁眼，但是面前只有空荡而陈旧的街道。诺尔贝托走出来告诉波莉，她坐在这儿太危险了。

十一月下旬，贝尔德有整整一周滴酒未沾。再过数日，他们就要接受季度检查了，他满脑子都是这件事，情绪十分焦虑。“你不该表现得如此懒散。”他厉声训斥她，“我下班以后，你才能下班。”其实她都是到得比他早，走得比他晚。贝尔德的工作日志乱七八糟，有时几天都不写一条，有时却连续记上三条，大肆炫耀虚构的业绩。在季度审查的前一天，她原本准备像往常一样，中午不休息，继续干活儿，以此来逃避思考，防止自己没完没了地计算日子。但是，贝尔德忽然发现，按照规定，这是她的吃饭时间，而她还攥着苇条，蜷缩在角落里忙碌。他冲她大吼大叫，命令她赶紧出去，免得害他被公司处分。

她把自己的餐盒递进厨房的窗口，服务员给她盛满了黑灰色的豆子和苍白的西蓝花。食堂里昏暗而闷热，没人愿意在那儿吃饭。况且，如果他们在食堂里吃饭，离开之前都得接受检查，餐盒必须干干净净，不能有剩余的粮食，否则就得遭到惩罚。至于惩罚的具体内容，谁也不知道。

大家都在防波堤的边缘吃饭，岩石的颜色深浅不一，多种多样，犹如他们的皮肤。炎夏的炙烤退去，加尔维斯顿迎来一段温和而晴朗的日子。扁平的岩块非常适合堆叠，沙滩上摞着许多纤细的石塔，就像黄褐色的小人儿，庄严地凝望着大海。一群来自北卡罗来纳州[1]的年轻人正在热烈地讨论问题。

"假设你超级有钱，而且可以随便穿越时间，你会做什么？"

"还有，你会去哪里？"

"我会抢银行，然后逃往未来。"

"那样反倒给了他们破案的时间，不是吗？"

"我会一直穿越到波姬·小丝[2]的年龄合法为止。"

"那就是现在，你这个变态加白痴，连算数都不会。"

"我会永远活着。"

"什么意思？"

"倘若你真的很有钱，可以不停地前进，那么就算过了两百年，你也依然活着。以此类推，你能够见证今后的所有岁月。"

"但是，到了那边，咱们谁也不认识。"

时间旅行的发明让跨越空间变得容易，可是离开仍旧很难。同样

1　北卡罗来纳州（North Carolina）：美国东南部的一个州。

2　波姬·小丝（Brooke Shields，生于1965年）：美国女演员及模特儿，童星出身，在12岁时曾出演过一部颇受争议的电影，在其中扮演一名雏妓。下文中提到的"年龄合法"指的是达到性自主能力的最低年龄，在美国为16岁到18岁，但各州的相关法律规定不同。

地，时间旅行的发明让穿越时间变得容易，但是在穿越后依然度日如年。她还没吃完午饭，那群年轻的“哲学家”就纷纷四散而去。她没有了转移注意力的对象，只能盯着浩瀚的汪洋，思念唐娜。

在告别一九八一年的前一天，她打电话给唐娜，说自己要走了。公寓大楼里的一位租客有一架能用的电话，波莉拿卫生巾支付了长途费。电话就放在厨房里，粘着一层做饭留下的污垢。在交谈的过程中，她伸出大拇指，摩挲着塑料表面，油污滚成黑色的小卷一点点脱落下来。比起唐娜的回答，她更愿意记住那些脏兮兮的油脂。唐娜说：“你是一个坚强的姑娘，肯定没问题。”语调十分欢快，隐藏了所有的情感。那是她俩最后一次听到对方的声音，唐娜没有说自己想讲的话，而是说了波莉想听的话。

回到工作室，她发现贝尔德又喝醉了。虽然他背对着她，但是她能够判断出来，因为他松松垮垮地坐在星光厅的绿皮椅子上。他翻阅着一本书，发出沉重的叹息。她不予理睬，继续打磨香格里拉套房的桌子。

大约一小时后，他陷入沉睡，那本书顺着大腿滑落，“啪”的一声掉在了地上。她这才看清，原来那并非酒店设计杂志，而是埃尔维斯·普雷斯利的毕业纪念册。

“你不能把它带到这儿来，”她大喊道，“你疯了吗？”

他猛然惊醒，险些从椅子上摔下来。他匆匆忙忙地俯身，抓起那本书，仿佛有人要跟他争抢。

“我可以。”他说。他的表情充满了恨意，她不禁愣在原地。

她面色铁青，怒不可遏。更重要的是，在这一刻，他整日萎靡不振的表现忽然令她觉得难以忍受。

“你对他已经仁至义尽，别再沉溺于过去了。”

他是她的老板，她不该顶撞他。

但是，他并不在乎。他摇摇晃晃地站起身来，踉踉跄跄地走了几步，然后靠着一个椅架，竭力保持平衡。

“不，我没有。”

“什么意思？你又不能救他。”

“为何不能？你觉得我做不到吗？”

“不，因为他们不允许你救他。”

“纳迪尔，你在说什么呢？”他重新坐下来，把胳膊肘搭在锯木架上，声音中带着孩子和醉鬼常用的抱怨语气。

“你说过，他们不让你为莱纳德做时间旅行，因为你们是两个男人。你忘了吗？咱们第一次见面的时候，你就告诉我了。”

“我没有说过。”他哈哈大笑，“谁告诉你了？根本不是那样，创时者公司才不管呢。就算我戴着水果做成的头冠，他们也会说：‘这边请，先生。’反正那只是生意罢了。”

在强烈的震惊下，她僵住了，犹如裹着厚厚的胶水。

“但是，我没有救他！因为我不想做时间旅行。我不想，仅此而已。我就是这种人。如果莱纳德对我生气，我还会觉得好受一些。可是，他却说可以理解。太糟糕了！真是太糟糕了！”

她转向桌子，接着干活儿，仿佛他从未开口，她的整个身体都在燃烧。

贝尔德一直面朝着波莉。她能够感受到他的渴望，他在无声地哀求，需要她给予一丝安慰，或者至少见证他的痛苦。但是转眼之间，她对他的同情就变成了愤慨，她拒绝扭头。

他站起来，小心翼翼地走到沙发跟前，默默地躺下了。

她何必要在乎他做过什么？况且，他很可能已经记不清自己的所作所为了，真正的往事早就永远地消逝在岁月中了。但是，莫名的眩晕感却挥之不去，脚下的大地似乎在倾斜。如果她还住在唐娜家里，一如既往地上下班，到厨房里给烤箱定时，晚上八点收看《拉维恩和雪莉》，那么这一切都无关紧要。可是，她失去了从前的北极星，再也找不到生活的方向了。在这个世界里，除了贝尔德，她不认识任何人，而事实证明，她完全不了解他。她原本以为他是一面镜子，结果他却是另一个房间。

是的，她跟他一样，都遭到了抛弃，困在扭曲的时空里，寸步难行。

她甚至都不敢看他。在离开之际，她并未叫醒他。第二天上午，她会提前过来收拾一下，以免他把这个地方弄得乌烟瘴气。

可是，第二天早晨，一辆抛锚的班车堵住了辅道，大家都得绕路而行，波莉也迟到了。她一路狂奔，从车站跑向工作室，希望自己能在审查委员抵达之前赶到。

她还没爬到三层，就听见了他们的声音。对方竟然是办公室里的那两个人，女子衣着整洁，男子昂首挺胸，当初她就是在他们眼皮底下偷走了毕业纪念册。

“如果你可以让协调会改期，我们就能早点儿申请许可令。”

“好，没问题。”

波莉停下脚步，站在最后一段楼梯的中间，原地不动。他们没有发现她，现在转身还来得及。但是，她不能旷工。

贝尔德从塑料帘布后面冒了出来。

“凯西，迈克尔，咱们又见面啦！”他径直走向他们，像魔术师一样伸开双臂，“快来瞧瞧我重新修复的镜子！”

波莉连忙闪躲，不知该如何是好。

“波莉！过来！”贝尔德高喊。

“那就是你申请到的助手吗？”

“没错，”贝尔德说，“创时者公司有求必应！”

她别无选择，只得壮着胆子迈进房间，尽量保持神态自然。她不敢随便乱动，不敢吞咽口水，生怕露出破绽。

然而，他们注视着她，却毫无反应。

凯西说：“咱们去看看你的工作日志吧。”

贝尔德置之不理：“波莉的故事非常有趣，她来自一九八一年。”

她看得出来，他用沾了水的梳子整理过头发，曾经乱糟糟的头发暂时趴在脑袋上，显得服服帖帖。

“你穿越了多少年？”迈克尔说，“在真实的时间里，你多大了？”

“真实的时间？”波莉说。

“就是你的真实年龄。你出生于哪一年？”

“一九五八年。”

“那是多少？”凯西说。

“今年正好四十岁！”迈克尔宣布。

“你看起来好像才……二十岁？”

“二十三岁。”波莉说。

“不，”迈克尔说，“你已经四十岁啦！”

“这种事情总是让我忍不住想笑，”凯西说，“创时者公司——对抗衰老的奇迹。我们应当改变一下营销策略。”

“她比我还大，”迈克尔说，“可是看起来却像是我的女儿！”

“我不是四十岁。”波莉坚称道，但是语气非常平静。

“好了，去工作室吧，”凯西说，“咱们得速战速决。”

“她甚至还有一个老式的名字。”贝尔德说。

“波莉，波莉，”迈克尔说，“你知道那首儿歌吗？怎么唱的来着？你肯定知道。”迈克尔的脸上闪过困惑的表情，然后，他说，“‘波莉波莉烧壶水！’对，就是这个！下一句是什么？”

“好像只有这一句，来回地重复。”

“曲调是怎样的？”贝尔德说，“快给我们唱唱。”

“不用了吧。”波莉说。

“唱几句嘛！那个曲调非常可爱。”他说。

直到此刻，她才反应过来，他在拖延时间。但是，她想不出其中的原因。

“那个曲调真的非常可爱。”贝尔德强调道。她意识到，继续抵抗会更加尴尬，还不如妥协。

她张开嘴，用尖细的声音唱了起来：“波莉波莉烧壶水。”

“这就完了？”贝尔德说。

“波莉波莉烧壶水。”她再次唱道。

贝尔德敲打着桌子，就像乐队指挥一样。凯西打开一个文件夹，给迈克尔看。波莉的声音微微颤抖。

“波莉波莉烧壶水。”

凯西和迈克尔拿起一张纸，开始讨论。波莉停了下来，但是贝尔德皱起眉头，疯狂地打手势，命令她接着唱。

“大家一起喝茶吧。”

贝尔德使劲鼓掌。“太棒了，”他说，“再来一遍。”

“波莉波莉……”

“可以了。”凯西说着，抬起一条胳膊，表示制止。

“好！”贝尔德嚷嚷道，“让我带你们参观一下我修复的古董镜子吧。”

波莉出了一身冷汗，感到自己十分可悲。如此无理取闹的要求，她为什么要同意？

贝尔德正在介绍镜子：“你们会发现，尽管玻璃像崭新的一样，但是我保留了框架上的磨损痕迹。毕竟，磕磕碰碰也是生命的一部分，我们必须予以尊重。”

其实，这些镜子都是波莉独自一人修复完成的。

他领着他们在屋子里兜圈，展示了男士衣帽架上的袖珍抽屉、帕帕森椅[1]的圆形底座和数十年前的灯架。他以一种非常古怪的方式讲着话，故意拖长了所有的元音，就像贵族一样。他详细地解释如何用藤条编织花纹座板，但是最后，凯西又一次说道：“现在，咱们该看看你的记录了。”

“好吧。”贝尔德说。他转向塑料帘布，凯西和迈克尔立即跟上，“噢，你们在这儿等我就行，工作室里乱七八糟，很容易碰到危险的东西，我可不希望你们绊倒。”

“我们必须要进去瞧一瞧，你应当遵守工作室的安全协议。”迈克尔说。

他们掀开塑料帘布，迈入工作室。看样子，贝尔德好像在同时进行着五项大工程。地板上堆满了碎布条，锯木架散落在各处，清漆罐敞着盖子。从沙发的状态上，波莉能够判断出来，他昨晚就睡在那儿。

1　帕帕森椅（papasan chair）：一种碗状的椅子，角度可以调整，在菲律宾和日本等地十分常见，第二次世界大战后被美军士兵带到美国，并由此在美国流行。

“天哪！”迈克尔说，“这下我得复习一遍安全检查的十七条规定了。”

“我自己去看日志。”凯西说。

“我给你拿吧。”贝尔德说。

“不用，我已经瞧见了，就在那边。”她穿过房间，来到他保存记录的架子跟前。

终于，波莉明白了他为何一直在阻挠他们：那个装着毕业纪念册的深黄色信封就跟日志记录簿躺在一起。

波莉什么都做不了。如果她冲过去，把毕业纪念册抽出来，凯西肯定会察觉到异常。贝尔德假装在认真聆听迈克尔所说的每一个字，然而实际上，他非常紧张，始终捏着胸前的纽扣，不停地解开又系上，晾干的头发变成了垂直的绒毛。波莉靠着一张绘图桌，呼吸急促。他们俩目不转睛地盯着凯西，谁也不敢移开视线。凯西朝那摞日志弯下腰，从口袋里掏出一个黑色的笔记本，但是没有迹象表明她是否看到了毕业纪念册。

然后，一切都结束了。凯西“啪”地一下合上了自己的笔记本。

“这些数字远远没有达到目标的要求。而且，你自己写的工作日志和独立工作日志之间有许多差异。我们原本以为，在雇用了助手之后，你会比现在的进度快上好几周。”

“噢，嗯，”贝尔德用脚跟支撑着身体，来回摇晃，“抱歉。”

“我们需要开个会，讨论一下。”迈克尔对贝尔德说，凯西把日志放回原处，“你等通知吧。”

凯西将那本日志摆正，让它跟架子上的其他记录簿对齐。她伸出手指，扫过黄色的信封封口。屋子里鸦雀无声，就连空气都凝固了。接着，她转向迈克尔：“午饭准备吃什么？你跟苏珊聊过了吗？”

波莉和贝尔德目送着凯西和迈克尔穿过庭院。

“不要紧，”他说，“她没看见。”

“她碰了它！”

“胡说八道！倘若她发现了，她肯定会讲出来的。”他坐在一把柳条高背椅上，咬着自己的大拇指。

“万一她忽然想到了对付我们的主意呢？”

“不，我了解她。她肯定会当场质问我们的。”

但是，波莉无法控制自己。如果她遭到逮捕，那该怎么办？恍惚间，她又记起了西伯德克斯的大手，粗鲁地撕扯着她腹部的衣服，她忍不住哭了起来。

“闭嘴，纳迪尔。”

“接下来会发生什么？”

“我不知道。什么都不会发生，你先去冷静一下。”

她走向水槽，打算洗洗脸。结果，她却把脸埋在掌心里，低声啜泣起来。

“拜托，纳迪尔！你究竟是怎么了？”

悲惨的经历化作巨大的重量，压得她抬不起头来。她哽咽着向他提起弗兰克，告诉他那不是她的表哥。她说，他们原本计划在九月份的一个周六相见，而且她已经拼命努力，尝试了所有的办法。她讲述了自己希望的结果，以及实际发生的事情。

贝尔德挺直了腰板，全神贯注地聆听，他的身体逐渐前倾，胳膊肘放在膝盖上。

“他死了吗？”他说。

“我不知道。他们说他在另一个国家。”

“只要他没死，就还有希望。如果他离开了美国的领土范围，应该会留下出境记录。”

“在哪儿？记录在哪儿？我四处打听，但是一无所获。”然而，她从未问过诺尔贝托，他们是否有出境记录。

“真有意思。”贝尔德说。他又开始摆弄胸前的纽扣了。

“是吗？”

“你应该去斯特兰德[1]。”

“斯特兰德？”

“红灯区。你住在穆迪公寓，对吧？转过街角就到斯特兰德了，这也是它的诱人之处。它不在岸边，而在内陆，位于贫民聚集的地方。斯特兰德名声很大，吸引了不少追求刺激的度假者和美国人。”

“我为什么要去那儿？”

一直以来，她都在对他隐瞒自己的悲伤，然而实际上，他能够从这种故事中获得难以言喻的满足。

“斯特兰德就像一个黑市。劳工们出售自己拥有的东西，换取度假者的现金。那里充斥着肉体交易和赌博，但是也不乏各种信息。有些劳工在运输系统干活儿，他们能够搞到旅客名单或者住宿名单。只要付钱，就能浏览相关的内容。比方说，如果你知道他是在一九八三年七月离开的，你就可以查看加尔维斯顿港口当月的出境记录。你想去吗？”

“当然。”

1　斯特兰德（the Strand）：通常指斯特兰德古城区，即加尔维斯顿第二十街至第二十五街之间的五片街区，那里有不少维多利亚时期的建筑，主要围绕着斯特兰德大道而建。最初的斯特兰德区划定于19世纪30年代，当时这片区域包括与加尔维斯顿湾平行的B字大道，有一位德国移民在B字大道上经营珠宝店，他不喜欢“B字大道”这个名字，于是就将其改为“斯特兰德”（strand，在德语中意为“海滩”），并且劝说街坊邻居都使用这个名字，后来这片区域也因此而得名。如今，“斯特兰德”可以指这片区域，也可以指当初的B字大道。

“咱们今晚就去！我会到那儿跟你见面。八点，怎么样？”

“需要很多钱吗？”

“你是说进去？”

“不，购买信息。”

“废话，肯定需要很多钱。你傻了吗？那得花费一大笔现金。”

“但是我没有钱。”

“那就想办法弄点儿钱，小姑娘！你总不能放弃吧。现在的人们总是不肯坚持，所以眼看都到一九九八年了，整个国家还是一团糟。如果我是你，我会抛下一切，立即出发去找他。”

“我不能那样做。”

“不能，还是不想？”

“不能！我必须完成合约！”

“什么？”贝尔德说，“什么合约？”

波莉搭乘晚班车回到穆迪公寓，但是她没有进门。遵照贝尔德的指示，她径直向北方走去。十几年前迎面相撞的两辆汽车还堵在交叉路口，在它们的左侧，也就是西边，坐落着斯特兰德。古老的建筑物鳞次栉比，陈旧的电车轨道贯穿大街，人行道上铺满了鹅卵石，就像昔日西部片的电影场景，而配乐则是乡间小酒馆里演奏的钢琴曲。在一九八〇年，她来过一次。当时，这里保持得非常干净，两旁的树木也修剪得十分整齐。

她坐在路边，挨着一个缺了脑袋的停车收费器，背后的铸铁店面便是贝尔德提到的会合地点。一块招牌挺过了艰难的岁月，饱经风霜的字迹写着：布比上校斯特兰德剩余军资处理中心[1]。所有的拱廊和窗户都用砖块堵上了，只有一扇刷成黑色的玻璃门，光线透过门框和玻璃之间的缝隙照射出来，随着天色变暗，显得越发明亮。

他们约定的见面时间恐怕已经过去十分钟了。波莉站起身来，感到焦虑不安。马路的尽头矗立着一栋装饰艺术风格[2]的大楼，雄伟的建筑拔地而起，犹如巨轮的船艄。成群结队的黑鸟栖息在人行道、台阶和遮阳篷上，七嘴八舌地叫个不停。她靠得太近，外围的鸟儿突然发出尖利的叫声。波莉吓了一跳，赶紧逃往北边的渡轮码头，它们转动小小的脑袋，朝她的方向投来视线。她又多跑了几步，与它们保持距离。在这里，海洋割裂了城市，虽然仅仅是一片狭窄的灰色水域，对面的土地与此处相隔不足四分之一英里，但那依然是海洋，远处浪潮翻涌，闪烁着粼粼波光。空气中弥漫着独特的味道，闻起来就像尘封在抽屉里的旧物。

在波莉的心目中，过去并非另一段时间，而是另一个地方，至今依然存在。她只是拐错了弯，有朝一日，她必将踏上正确的路线，回到自己曾经居住的房子。墙壁没有崩塌，屋顶也没有凹陷，岁月的洪流无法击垮她的家园，一切都跟当初一样，仿佛她刚刚离开。她会站在外面，抬头凝望，看到卧室里灯火通明。

她重新回到布比上校的店铺，但是贝尔德还未出现。再过四十分钟，诺尔贝托就要锁上公寓的大门了。其实，她并不需要贝尔德的陪

---

1 布比上校斯特兰德剩余军资处理中心（Col. Bubbie's Strand Surplus Senter）：一家专门出售剩余军资的店铺。所谓剩余军资，就是军队不再需要的物资，商人经常会购进这些东西（主要是衣物、装备、工具等），摆在店铺里出售。

2 装饰艺术风格（Art Deco）：一种视觉艺术、建筑和设计的风格，最早出现于一战前的法国，影响了建筑物、家具、珠宝、时尚、汽车、电影院、火车、远洋班轮及各式各样日常事物的设计。在20世纪20年代和30年代，美国的许多摩天大楼都是按照这种风格建造的。

伴。一直以来，答案就在这里。她夜夜辗转反侧，痛苦不堪，却没料到希望近在咫尺。

波莉打开店门，迈进前厅，墙上挂着士兵的头盔和水壶。一名身材魁梧的女子在角落里守候，似乎是门卫。波莉盯着她，不知道该如何开口。

“你要进来吗？”门卫问。

“我没有……”波莉欲言又止，她也不知道自己需要什么才能顺利通行。她的穿着打扮很不得体，她甚至都没钱在城里过上一夜。

“第一次？”

“不。嗯……对。”

“第一次免费。”门卫从高脚凳上起身，掀开后面的黑色帘布，“酒吧在一层，娱乐在二层。祝你玩得愉快。”

穿过帘布，眼前并非大厅，而是一条长长的走廊，充斥着军用装备，挤满了浪荡酒徒。天花板上没有灯具，只有夹在衣架顶端的手电筒，纤细的光束之间十分昏暗，她必须格外小心，以免绊倒。大家的服饰崭新而整洁，脖颈也非常干净，她能够判断出来，他们基本都是美国人。当她说“借过”的时候，他们充耳不闻，并未稍作闪避，幸亏两侧都是防弹衣和迷彩服，能够腾出些许空隙。波莉沿着边缘前进，走廊的尽头是一个吧台，货架靠墙而立，放着锡杯和没有标签的玻璃瓶，里面装着清澈的液体。吧台后方有一道通往二层的楼梯。

她在人潮中随波逐流，任凭他们把她推向一个摇晃的展示架，上面摆满了防毒面具。她打算怎么办？即便能找到一份旅客名单，或者贝尔德所承诺的任何信息，她也没有现金。不过，她这个年纪的姑娘倒是可以提供其他东西。

她困在乱七八糟的面具之中，感到四肢的汗毛都竖了起来。她只想穿过马路，回到自己的房间里。

可是，距离她最后一次见到弗兰克，才过去了几个月——其实，仅仅是数周而已。算起来，时间并不长，他们依然能够重新在一起。这一切不过是糟糕的插曲罢了，不值得放在心上。现在还为时不晚，如果她肯努力，他们的故事将拥有截然不同的结局。

也许她会找到一个好人，也许只要牺牲一次就行，那样还做不到吗?

她可以先去看看，不必急着做决定。

她踏上灯光照亮的楼梯平台，一步一步地向前挪动。一名男子和他的朋友踉踉跄跄地转过拐角，迈下楼梯，径直朝她走来。

“你好呀，”那名男子说，“咱们去喝一杯吧。”他伸出胳膊，揽着她下楼，他的朋友贴在她的另一侧。两个男人都长着圆滚滚的脑袋，牙齿雪白。他们的手臂挡在她的背后，犹如一条警戒线，唯一的出路就是从底下钻过去。

到了楼梯脚下，她企图摆脱最初那名男子的束缚。可是，在她准备逃离的瞬间，他突然加大了力道，使劲地搂住她。

“别怕，”他冲着她的脖子说，“我会付钱的。”

刚刚下定的决心转眼便消失得无影无踪。在另一段人生中，这种可怕而荒谬的事情绝不会在她身上发生。两个男人领着她走向吧台，点了饮料，拿着锡杯痛饮，他们一左一右，始终把她夹在中间。她可以逃跑，但是万一他们追上来，那该怎么办?母亲的教诲在她的脑海中若隐若现：遇到不想要的异性关注，应该礼貌而坚定地拿开对方的手。她环顾四周，渴望寻求帮助，但是没有人迎上她的视线。

她盯着那名说要付钱的男子，试着想象跟他上床的情景，几秒钟之前，她还以为自己能够做到。他大口地吞咽着酒水，闪闪发亮的嘴唇就像鼻涕虫一样。她感到浑身的肌肉都绷紧了。

吧台的另一边出现了骚动，服务员想让一位喝醉的顾客离开，保安缓步上前，准备实施驱逐。涌动的人群碰倒了一个展示架，陈列的头盔纷纷滚落。大家连忙抱着脑袋，四下散开。波莉正打算趁机逃跑，忽然发现那位制造麻烦的顾客就是贝尔德。

他趴在吧台上，右侧的脸颊压在一摊液体中。从这个角度，他瞥见了波莉。起初，他似乎没有认出她来。然后，酒精的迷雾渐渐退去，他看到了她身边的男人和她脸上的表情。他挺直腰板说："你们俩，离她远点儿。"

在一片喧闹声中，那两个男人一直稳稳地守着吧台，对周围的混乱视而不见。现在，第一名男子望向贝尔德。

"你不是在跟我说话。"他并非提出疑问，而是貌似在陈述一个事实。

"别再骚扰我的员工。"

男子的朋友显得十分困惑："我们不知道她在为你工作。"

贝尔德眯起眼睛，凝视着他们，仿佛在观察桌子腿上的裂缝。接着，他毫无预警地扑过来，顺手抓起一个酒瓶，砸在那名男子的大脑袋上。

尖叫声此起彼伏，酒水和玻璃碴四处飞溅。那两个男人迅速消失了，贝尔德靠在吧台的边缘，一名服务员试图把他拽开。

"他喝多啦！"一位顾客举杯高呼。

贝尔德虽然身形瘦削，但是腰板很结实。无论服务员多么用力地拉扯，他都纹丝不动，显得毫不在意。服务员扇了他一巴掌，波莉大喊："他是老人家！"然而，贝尔德却愉快地仰着头，眼神中充满了喜悦。

“你认识他？”服务员说，“趁我还没把他揍成肉泥，赶紧带他出去。”

波莉挤进人群，拖着贝尔德往外走。温热的鲜血顺着他的脸庞流淌，滴在她的胳膊上。顾客们陆陆续续重返吧台，就像一股逆流迎面而来，她不得不扶着墙壁，劈波斩浪，艰难前行。

前厅里的门卫原本正盯着天花板的一角，当波莉和贝尔德闯入她的地盘时，她不禁收回目光，悲伤地看着他们。

“在外面稍等片刻，我给你们叫一辆车来。”她说。

他们迈下门廊，踏上漆黑而宁静的街道。贝尔德软绵绵地倒在路边，她坐在他身旁。店门完全隔绝了室内的嘈杂声响，但是吵嚷声依然在她的耳畔回荡。过了好几分钟，她才感受到夜晚的沉寂。

她在屋里最多待了半小时，却累得精疲力竭。她一想到自己差点儿做了什么，就觉得好像吞下了一袋玻璃弹珠。

“我不是坏人，纳迪尔。”

突如其来的嗓音十分柔和，她不禁吓了一跳。他的脸庞隐没在建筑物的阴影中。

“当然不是。”她说。

“可我总是把自己放在第一位。请你原谅我，纳迪尔。”

氧气慢慢地回到了她的肺里。

“今晚，你救了我。”她说。

令她惊讶的是，他轻轻地握住了她的胳膊。

“莱纳德之所以会生病，都是我的错。以前，我经常让他出去买东西，因为我一直都很害怕细菌。”

到头来，她还是忍不住想善待他。他很可怜，又很傲慢，就像一个趾高气扬的小孩子。

“我相信，你已经尽力了。”

灯光突然亮起，一辆汽车开过来，停在他们面前，就像来自深渊的生物。

“对不起，真的对不起。”

“去哪儿？”司机问。

波莉帮贝尔德坐进去，关上车门。贝尔德从敞开的窗户中伸出手来。

“再见，波莉·纳迪尔。”他冲着站在人行道上的波莉高喊。

“明天见。”

但是，他不停地重复着道别的话语，他的诚挚让她觉得心神不宁。出租车开走了，他的手仍旧在窗外挥舞，仿佛想抓住她的手。两名穿着高跟鞋的美国女人与她擦肩而过，迈进了酒吧。

云朵悬在夜空中，犹如神秘的幽灵。她转过街角，穆迪公寓的前门映入眼帘，她感到如释重负，险些流下欣慰的泪水。

这一刻，她突然清楚地意识到，这就是她的生活。她的家不再是唐娜的住处，不再是河滨区的粉色小屋。她的家是公寓四层的一个房间，位于渡轮码头旁边，来来往往的小船会吹响号角。痛苦令她寸步难行，她静静地站在原地，仿佛只要停止所有的动作，就能够回到片刻之前。那时，弗兰克才是她最真实的生活。

她拽了一下玻璃双扇门，发现上锁了。

她轻轻地敲了敲门，希望有人可以听见，悄悄地放她进去，不让诺尔贝托知道。可是，诺尔贝托的脸庞出现在玻璃后面，又大又白，就像月亮一样。

“你还要向我收取晚归的费用吗？”她说。

“抱歉，没办法。”他说。

他花了很久才填完各种表格，好不容易结束以后，他又重新写了一遍，以便给她一份副本，尽管她坚称自己用不着。

“相信我，任何文件都得保存一份副本，这种档案根本就不可靠。”

“什么？”

“我觉得这些规章制度都很不公平。难道你以为我愿意遵守它们吗？开什么玩笑！我一直在对抗公司的剥削，减少大家的压力，但是我也会受到许多限制。我不能失去这份工作，我已经快要为下一个目标存够钱了。每天，我都在上级主管和下层劳工之间拼命挣扎，平衡自己与他们的利益。”

当他终于为她打开楼梯井的大门时，她已经累得快要站不住脚了。

“明天又会是崭新的一天。”他说。

“早上好！今天是一九九八年十二月四日，星期五，现在是上午六点四十五分！气温为六十九度[1]，并且仍将持续攀升，所以别忘了拿出遮阳帽和凉鞋！波莉·纳迪尔的今日任务是去加尔维斯酒店向亨利·贝尔德报到。你的时间安排是：七点三十分前往大厅，搭乘班车。”

贝尔德并未来上班，直到午休时分，他都不见踪影。她怀疑他昨晚恐怕没有顺利到家。但是，在吃完饭以后，她从岩石堆返回酒店，忽然看到他的轮廓出现在工作室的窗户里。

她跟随大家排队，门卫照着名单核对他们的身份证。

1　六十九度：此为华氏度，约相当于二十一摄氏度。

“好了。好了。好了。”他让工人们一个接一个地通过，声音单调而低沉。他拿起她的身份证：“慢着，这上面说我必须先打个电话。”

“什么？谁说的？”

“你去那儿等一下，”他指着警卫室旁边的一小片阴影，“站着别动。[1]”

她很想说：你每天都会放我进去啊。用餐归来的工人们陆续迈入酒店，队伍越来越短。她一直盯着窗户，盼望贝尔德再次出现，那样她就可以朝他挥舞胳膊，示意他下楼为她担保。

然而，凯西出来了。她大步流星地离开主楼，在距离波莉几米远的地方，边走边打开笔记板的弹簧夹，取下一张粉色纸条，拿在手中摇晃。

关于解雇波莉·纳迪尔的通报

波莉·纳迪尔犯下了重大盗窃罪，现施以开除处分。据监督人亨利·贝尔德报告，当事人从工作地点偷走了一个价格高昂的人工制品，并且将其藏匿起来，打算私自出售。这种行为公然违反了创时者公司的道德规范条例。经委员会裁决，当事者将不再以O-1身份受雇。即日起，当事人降为H-1级别，须尽快前往新住处报到。

“这不是真的。”波莉用颤抖的声音说。

1　原文为西班牙语。

“我们在你的工作室里找到了那本毕业纪念册，难道不是你把它从管理处办公室拿出来的吗？”

“不。好吧，是我。但那是贝尔德先生让我拿的。”

“到斯特兰德出售毕业纪念册，也是他的主意吗？”

“我没有这么做。”

“你没有去过斯特兰德？”

波莉停顿了一秒钟。“没有。”她撒谎道。

“可是，我们有一张你在那儿出现的照片。昨晚，你独自走进店里，恰好被监控摄像头拍到了。”凯西从笔记板上拽下一张打印的黑白照片。在画面的前景中，有一个模糊的深色污点，波莉花了片刻工夫，才认出那其实是酒吧的门卫。接着，她看到了通往前厅的入口，并且瞧见了自己的身影。她的腰部扭曲得颇为严重，打印机似乎发生了故障，把她的双腿印到了身体的旁边。

“事情不是你想的那样，是贝尔德叫我去斯特兰德的。”

“刚才你还说自己根本就没有去过。”

波莉抬起头来，仰望着工作室的窗户，玻璃后面空无一人。她感到浑身冰凉，仿佛血管中流淌着冷水。“噢，天哪！”她说，“他陷害我。”

凯西从笔记板上收回视线，将敏锐的目光投向波莉。

“你可以对此提出质疑。”这是凯西第一次正眼看她，“说实话，贝尔德先生的表现早就引起了公司的担忧。如果你有情报，我们绝对不会置之不理。”

波莉斜靠着警卫室，软绵绵的双腿再也支撑不住。

“不过，我们必须正式起诉你，让法庭来判断究竟谁对谁错，”凯西继续说，“而你将被转移到拘留中心候审。”

“那得花费多长时间？”

“我并非这方面的专家，无法确切地告诉你。总之，不会太久。几个月吧，反正不是几年。”

“如果他们认定我无罪，我可以离开吗？”

“当然。不过，前提是你要完成自己跟创时者公司的合约。”

以前的她可能会奋起反抗，踹开大门，跑上楼梯，一步三级台阶，抓住贝尔德的衣领，拉扯他的头发，不停地尖叫呐喊，直到他坦白为止。可是现在，她除了顺从之外，别无他法。她料想到他们将会怎样对待自己，那些自由之身的工人尚且还要住在集装箱里，既然如此，他们会怎样对待囚犯呢？

波莉用手掌按压自己的眼窝，试图让虚幻的光斑隐入黑暗中。她放下双手，一切都还是原样：门卫面无表情，凯西穿着白衣，大海波涛翻涌。她已经失去了正常生活的资格，对她而言，就连愤怒也变成了一种奢侈。

“算了，”波莉说，“都是我的错。”

1979.08

弗兰克请了两天假，打算帮助波莉搬到马萨诸塞州[1]。当初是他先发现伍斯特的大学开设了家具修复专业，她看起来有许多不能去的理由：那里距离布法罗有六个小时的车程；她马上就要加薪了；唐娜；弗兰克。尽管如此，她却悄悄地递交了申请。她一向如此，做事总是留有余地。结果，当她告诉弗兰克自己被录取时，他不得不赶紧调整心态，把沮丧重新变成骄傲。

他们摆弄车载音响，吃掉奇巧[2]威化，播放磁带录制的故事，聆听阿加莎·克里斯蒂[3]的最后一部作品。在现实面前，他们渐渐明白了六小时的路途究竟有多远。他们把她的行李放进租来的单间小屋里，她去买肉球三明治作为晚饭。他主动提议代替她出门，但是她说："我必须习惯自己解决问题。"

厨师花了很久才做好三明治。刀具和面包在柜台的两头，芝士在后面，包装的锡箔纸还用完了。从明天开始，他们就不能再像过去那样生活了，最后的夜晚在一分一秒地流逝。她去了四十分钟，不过当她回来时，弗兰克已经铺好了床。他还在门前的野草丛里搜罗了金银

1　马萨诸塞州（Massachusetts）：美国东北部的一个州，简称"麻省"。下文提到的伍斯特（Worcester）是该州中部的一个城市。

2　奇巧（KitKat）：创始于1935年，主要生产巧克力威化，于1988年被瑞士雀巢公司收购。

3　阿加莎·克里斯蒂（Agatha Christie，1890—1976）：英国作家，一生创作了66部长篇侦探小说，另有14部短篇小说集，被誉为"推理小说女王"，代表作有《东方快车谋杀案》《尼罗河上的惨案》等。

花、吊钟花与蕾丝花，把它们插在汽水罐、咖啡杯和卫生纸卷筒中。他坐在地上，旁边摆着一张用纸板箱做成的餐桌。

“你可真是个浪漫的傻瓜。”说着，她跪下来，拿起一枝蒲公英，别在他的耳畔。

他没有说话，只是抓住她下落的手，把她的掌心压在自己的嘴唇上，目不转睛地凝视着她。

“怎么了？”她感到很紧张，不知该如何是好，“你在看什么？”

“在你成为我的恋人之前，我总是不敢盯着你。”

“你想盯着我吗？”她追问道，不过口气却像是在调侃。

“每到下午五点，如果我觉得你可能要来店里，我的心跳就会开始加速。我想整天都盯着这双棕色的眼睛，这对樱桃般的脸颊。”

她咯咯地笑着，移开了视线。

“看着我。”他说。

她看着他的睫毛和嘴唇的优美弧线。

“能看着彼此是多么幸运的事情啊！”她说。

“我以前从未充分利用过这个优势。”

他伸出手指，钩住她的衣兜，拽着她滑过地板，将她揽入自己的怀中。他们的动作从容而慵懒，仿佛剩下的时间还有很多很多。他拽开她的外套拉链，金属齿一点点地分离。她细数着他肚子上的汗毛，它们汇聚成了一条小径，她跟随着它们的轨迹，不停地往下探索。他们抱在一起，缓慢地摇晃。沙发垫子四处散开，他们躺在了空隙中。

他开口询问，她希望在他们的婚宴上吃到什么。

别人或许会大喊：你是在向我求婚吗？接着发出兴奋的尖叫，给他们的母亲打电话。这些都是合理的反应。然而，波莉却说：“肉球三明治。”她半睁着眼睛，显得十分狡黠。

“还有什么？”

“芝士球。”

“真的吗？芝士球？”

“对，芝士球。”

“甜点呢？”

“柠檬蛋糕。”

“听起来不错。”

她会拜托卡洛去陪伴唐娜，以免唐娜孤零零地站着。他们会让约翰尼在接待处弹吉他，这一点没得商量。他们的宾客以吹泡泡来代替扔大米[1]，因为大米会招来鸟儿。他们会给每一张桌子摆上野花，不过并非插在卫生纸卷筒里，而是挺立在漂亮的花瓶中。他们会在现场放一样她母亲的遗物，比如自行车或者安乐椅。他们会在九月份举办婚礼，那么他们的纪念日就不会改变。他们会生一个女儿，长着胖乎乎的小短腿和卷曲的头发，然后再生一个宝宝——这就像是成套的计划，如果你有了一个孩子，必须再要一个才行。他们会住在一栋温馨的房子里，墙壁是黄色的，地板是木制的，室内灯火通明。

在另一个宇宙中，所有的梦想都实现了。但是，在他们的宇宙中，药瓶摔碎，病毒蔓延，州界封锁，弗兰克生了病。起初，他说自己仅仅是过敏，都怪得克萨斯州的花粉太猖狂。他把自己关进隔壁的房间里，只是为了不打扰她睡觉。可是，在短短十二小时之内，他的皮肤就变成了截然不同的颜色，强壮的肩膀似乎也萎缩了。这一切肯定是她的幻觉。在他停止咳嗽的间隙，她总是暗暗祈祷，请让此刻的平静持续下去吧。但是紧接着，刺耳的声音重新响起，每一次喘息都

1　扔大米：是西方婚礼上的一个习俗，据说这样做是为了驱赶魔鬼，因为人们认为吃饱的魔鬼是不会诱惑新婚夫妇的。

像是一记鞭子，狠狠地抽在她的脸上。他不允许她碰他，他们隔空投掷纸团，在纸上交流，讨论如何使用家里现成的材料制作防护服和面具，她偷偷地留下了一张他写的字条。她动手做了两套装备，他们穿在身上，显得非常滑稽。她很想调侃几句，但是说不出口。弗兰克说：当我们到达诊所以后，他们肯定会笑话我们，仅仅是过敏而已，居然还搞得如此夸张。诊所周围环绕着围栏，里一层，外一层。全副武装的警卫命令她在围栏之间等待，并且告诉她，如果他的化验结果是阴性，他就会原路返回；如果是阳性，医院的护工会亲自来见她。

在这片空空荡荡的区域里，还有一个人在守候，那是一位白发苍苍的老奶奶，名叫尼娜。尼娜说，你的男朋友看起来还好，我觉得应该没事儿。一个人影迈出诊所，尼娜说，乔治，谢天谢地。然而，走向波莉的却是一名护工。波莉开始哭泣，尼娜握着她的胳膊说，别怕，亲爱的，很快就会有治疗的方法了。但是，护工连忙冲过来，把她们俩分开，因为波莉曾经暴露在病毒环境中。他们进行了好几个小时的检查，才宣布波莉没有受到感染。身着青绿色防护服的护士向她介绍了创时者公司的健康福利。当波莉终于见到弗兰克的时候，他的眼珠已经变成了可怕的黄色。她不得不承认，他瘦了很多，他的骨骼正在萎缩，仿佛要回到他出生以前，回到没有他的世界。她曾以为要花很长时间来决定是否要踏上时间旅行，但是在看到弗兰克的那一刻，她立即就做出了选择。肉球三明治，风中的泡泡，婴儿的小短腿。那些爱不能消逝，必须继续前行。未来可能会跟他们的想象迥然相异，但是从另一个角度来看，一切并没有发生变化——她把自己的生命献给了他。

在傍晚的蓝光之中，在地上的垫子之间，波莉和弗兰克一起坠入梦乡。

波莉是新来的，所以她必须睡在上铺。铁皮天花板距离脸颊只有一英尺，害得她连续数日都难以入眠。为了躲避蟑螂，她把脑袋藏在枕头底下。尽管夜晚越来越寒冷，蟑螂也几乎不见了，但是触须探进嘴里的威胁依然存在，她不敢掉以轻心。

4A1号集装箱住了二十名劳工，每个边上都摆着一张床，从上到下五层铺位，没有一刻听不见说话声、呼吸声或吐痰声，属于自己的唯一隐私就是头上的墙壁。她们曾经将被单吊在床铺之间，犹如划分区域的隔板。大家都很喜欢这种做法，甚至有人不惜以毯子充当帘布。可是某一天，她们下班归来，却发现被单都被撤掉了。一张通知上写着，在天花板上悬挂东西会造成火灾发生。

每个人都把寥寥无几的衣物、寝具和牙刷装进口袋里，系在床铺的栏杆上，但是带子经常断开，里面的东西便掉在地上。仔细收好的物品一转眼就会消失得无影无踪，没有人能够保持整洁。空气中弥漫着刺鼻的味道，闻起来像是某种金属。她们极力忍耐，却已憔悴不堪。

普通人可以在集装箱里熬上一两日，有些人格外坚强，比如唐娜，或许能撑过一周。关键不在于环境恶劣的程度，而在于苦难持续的天数。这就像是一根绳子反复摩擦肌肤的同一个位置，直到皮肤统统剥落。

4A1号集装箱紧挨着公路，承受着无情的风吹雨打。位于深处的集装箱条件相对较好，为了住得舒服一点儿，不少劳工都愿意跟创时者公司再签订数月或数年的合约。虽然集装箱均未安装水管，但是有些铺设了电线，可以开灯，也可以听收音机来消遣。只要肯付费，你就能改善自己的生活，获得电、更长的洗澡时间、床上用品或小型取暖器。一条又长又宽的壕沟横卧在普通集装箱和通电集装箱之间，以防止想占便宜的劳工靠近宝贵的灯光与音乐。

在步行十二分钟的距离以外，有一座废弃的酿酒厂，石棉占据了部分空间，室内潮湿得就像地洞一样，陷落的狭窄通道和坍塌的巨型管道纵横交错。女工们在这里生产瓷砖，运往世界上其他美丽的地方，供给泳池底部、路面装饰和浴室地板所用。大多数人都忙着制作崭新的瓷砖，她们在曾经的糖化间里干活儿，守着长长的桌子，各个部门分别负责流程中的不同环节：搅拌，上釉，切割。她们发现波莉既不会讲西班牙语，也无法迅速服从各种指令，于是她们便派她去完成定制的订单。她单独待在过去的冷冻库里，周围没有窗户，也没有钟表。她的任务就是将老旧的盘子切割成袖珍的瓷砖片，原材料包括印花盘、玻璃盘、蓝白盘和纪念盘。首份订单来自珍珠湾度假村，他们打算为新建的房屋增添一丝姹紫嫣红的波西米亚风情。

第一天，她不得不花费六十美元，购买了两个钳子和一对卡尺，以便把瓷砖切割成完美的样式——圆形、正方形、长方形，以及不规则的形状。大瓷砖还好，但是许多小瓷砖的直径才四分之一英寸，这令她非常绝望。有一次，就连很少经过的领班都不禁停下脚步，看着她跟难缠的碎片做斗争。“顾客们以为，我们是用专门的机器来进行操作。”他说。在完成切割之后，她还得按照形状、颜色和尺寸分类，把细碎的瓷砖放进箱子里。

她宁可做最低级的工作，去收割空心菜，在冰冷的水田中跋涉，任凭蛇虫贴着她的膝盖蠕动，即便她明白，倘若从污浊冒泡的液体中突然钻出一条短吻鳄，她就再也回不去了。她宁可去给牡蛎剥壳，双手鲜血淋漓，带着海水的腥臭回家。波莉宁可做任何事情，除了孤零零地坐在瓷砖切割间里。她总是在想，合约结束以后该怎么办？未来的生活是一道深不见底的峡谷，等待她独自填平。

对波莉而言，唯一的慰藉就是找到干活儿的节奏。抓起盘子——“不”，捏紧钳子——“要”，进行切割——“想”，扔进箱子——“了”。四百次的重复构成一小时，H-1的工作无穷无尽。

女人们互相鼓励着。“别担心，再过几周就到四月份了。”“还好我们不在密苏里州[1]。”寒冷的天气持续了很久，被窝冰凉如铁。在洗澡的时候，她们赤裸着身子，湿漉漉地站在二月份的黑暗中，瑟瑟发抖。她们只能感觉到自己的骨头、肉体仿佛早已不复存在。但是，真正的问题并非寒冷，而是波莉曾经从外面瞥见过浴室的内部。

在她的想象中，最可怕的情景莫过于米丝蒂或桑迪发现她站在露天浴室里，她们居高临下地俯瞰着她，张开嘴巴感叹，太丢脸了！她宁愿在深夜洗澡，可是桶里的清水每天才补充两次，一旦没有了，仅剩的选择就是裹着糨糊般的汗液睡觉。波莉总是这样做，直到她的皮肤开始刺痒难耐。于是，她尽量快速地洗澡。如果班车来了，她便立刻撒腿狂奔，甚至来不及冲洗，肥皂水从发际线上流下来，淌进眼睛里。她会站在床铺的梯子旁边，静候班车离开。她不能躺下，否则被单将变得黏黏糊糊，而清洗衣物的价格又异常昂贵。

有一天傍晚，类似的情况又发生了。她匆匆忙忙地躲进集装箱里，眼睛在肥皂水的刺激下泪流不止。刹那间，她恍然大悟。以前，

1　密苏里州（Missouri）：美国中西部的一个州，跟得克萨斯州相比，气候比较寒冷。

每次在班车上看到浴室里的女人，她都会想，她们真可怜。另外，她也暗自庆幸，谢天谢地，那种事情不可能发生在自己身上。但是与此同时，浴室里的女人也在不停地思索，这一切怎么可能发生在自己身上？期望与现实的差距竟是如此滑稽，她不禁放声大笑，躺在旁边的女人竭力不去看她。

待到波莉重返浴室，水桶已经空了。她用毛巾使劲蘸了蘸内壁，但是残留的水分不够，无法擦去皮肤上的污垢。

“给你，”有人说，“别客气。”

面前站着一个同样住在4A1号集装箱的女人，她递过来一瓶水。

“我总是在上床之前装一瓶水，拿着吧。”

波莉谨慎地倒了一点儿。

“你可以都用掉，没关系的。”女人说。

当波莉迈入集装箱时，那个女人正坐在床上等她。

“你想看看我的笔记簿吗？”女人掏出一本练习册，“我在收集励志的名言。”

波莉小心翼翼地翻动泛黄的纸张，以免练习册散架。每一页上都写着一句名言，还配有插图。比如，人生有许多章节，遇到一个糟糕的段落，并不意味着故事的结束。再如，人生的真谛并非等待风暴平息，而是学会雨中起舞。旁边画着乌云与彩虹。

“很棒。”波莉说。那个女人看起来像中国人，个子比她矮，眼间距很宽，脖颈上布满了皱纹。

“这句怎么样？很适合新来的伙伴。”她把笔记簿翻到中间：每一个结束都是崭新的开始。“如果你有喜欢的名言，可以写下来。”她递上一支铅笔。

“不，谢谢。”

“别害羞，拿着吧。”

“不！”波莉高喊道。波莉讨厌这个女人，讨厌她认真地收集各种名言，用愚蠢的大字写在纸上，还傻乎乎地把它们展示出来，跟其他可怜的劳工分享。

结果，那个女人只是耸了耸肩。

“真是遗憾。”说罢，她回到了自己的位置。

波莉的铺友一直都非常和蔼可亲，此刻却嘟囔着：“傲慢的臭丫头。”

波莉爬到自己的床上，浑身都在颤抖：这不是傲慢，倘若你经历过我遭遇的事情，你也会跟我一样。

可是，她似乎经历过波莉所遭遇的一切，情况甚至更加严重。现在，她却安然地睡着了，波莉能够听见她规律而平稳的呼吸声。

波莉感到不知所措。她开始怀疑人生，不是因为时间旅行机器，也不是因为住在船运集装箱里的劳工，而是因为才过了短短数月，她和弗兰克之间的纽带就彻底断裂了。爱情居然可以干净利落、毫无征兆地戛然而止，这比穿越时间还要恐怖。

以前的那些早晨，当她准备去上班的时候，如果她坐在床边穿袜子，弗兰克便从她背后爬过来，搂住她的腰部。“我的身体好重，不能动了，”他会说，“我就是藤壶[1]，绝不松手。”

为了上班，波莉需要步行十二分钟，沿着教堂大道，从第四十一街的集装箱走到第三十三街的酿酒厂。日落时分，她可以望见度假村在地平线上闪耀，中间隔着长达数英里的垃圾堆，那里基本上都是坏

1　藤壶（barnacle）：指附着在海边礁石上的一簇簇灰白色、有石灰质外壳的节肢动物。

掉的房门和肮脏的泥土，犹如一条无法逾越的鸿沟。而她只能守着黑暗的深渊，仰望光明的城堡。

她们在工作的地方享用一日三餐，包括豆子和腌菜——通常是卷心菜，偶尔还有一片咸得舌头发麻的鱼干。“这仅仅是暂时的。”她们彼此安慰着。有时候，住在南瓜地或者黄瓜秧附近的女工会带来蔬菜，跟众人分享。在她发脾气的第二天，大家传递着一袋胡萝卜，她们一人拿了一根，惊叹于那种干巴巴里的脆甜。波莉决定将自己的胡萝卜留给收集名言的女人，她把它包在一块旧布中，放进口袋里。

她们每周都要清理一次浴室，用粗毛刷子刷墙壁和地面，除掉皂垢与头发。波莉瞧见收集名言的女人提着一桶刷子走进浴室，她立即转向自己的铺友。

“戴安娜，这周轮到你打扫浴室了吗？”

“嗯。”

“我替你做吧。”

戴安娜已经穿上了橡胶套鞋，她狐疑地盯着波莉，然后耸了耸肩。

“随便。”说着，她脱掉靴子。

“你好。”当波莉迈入浴室时，那个女人说。

波莉掏出胡萝卜，递给她。

“这是干吗？”女人把它塞进衣兜里，“我叫曲奇。”

“我叫波莉。”

“很高兴认识你[1]。你是做什么的？”

“切割瓷砖。你呢？”

1　很高兴认识你：原文为西班牙语。

“刚刚被提拔为灌木修剪工。你是什么时候抵达的？”曲奇打开软管，汩汩的水流淌过浴室的地面。

“九月。你呢？”波莉问。

“一九九七年十月。”

“那你的合约快完成了吗？”

“将近一半了，再过二十四个月就能结束。你还有多久？”

“我的合约本来是三十二个月。但是后来，我犯了错误，结果被降级了，他们把我的合约重新设定为四十四个月。”她讲这番话的语速很快，就像在吞咽不想品尝的东西一样，“我的时间倒退了。”

“太糟糕了。”曲奇递给她一把扫帚，“你离开的时候是哪一年？”

“一九八一年。”

“一九八一年！我还没遇见过从那么早的年代出发的人。你肯定非常喜欢冒险。”

“也许只是愚蠢罢了。”

“才不是呢。你来自什么地方？”

“布法罗。”

“布法罗离墨西哥很远。”

“没错，”波莉困惑地说，“你来自墨西哥吗？”

“不，我来自一九八五年的俄克拉荷马州[1]。”

她们开始用力擦洗，地面上的小孔中充斥着陈旧的肥皂，在毛刷的摩擦下泛起灰色的泡沫。

“你为什么会提到墨西哥？”波莉问。

1　俄克拉荷马州（Oklahoma）：美国中南部的一个州。

“我以为你来自墨西哥。不是吗？”

“不是。”

“危地马拉[1]？”

“布法罗。你不是来自墨西哥吗？你会说西班牙语。”

“那都是跟其他姑娘东一句西一句学的。你不是拉美人吗？”

“不是。我看起来像拉美人吗？”

“大家恐怕会这么认为。”

“我不是拉美人。”

“那你是什么人？”

“高加索人。”

“纯种高加索人？”

“我父亲是黎巴嫩人，但是我对他的过往也不是很清楚，而且谁也没说过我像高加索人以外的种族，我不知道为什么这里的每个人都对我讲西班牙语。”

“每个人？比如，其他的拉美人？”

“我不知道。”她想起了瓷砖厂的女工们，接着又想起了诺尔贝托，“不，其他的高加索人。”

曲奇笑了起来：“那是因为你是一名劳工。”她已经到达了浴室的边缘，靠在自己的扫帚上。“在接受时间旅行之前，你是做什么的？”

“我是一名家具修复师。”

“那是什么？”

“我会修理家具。”

---

1 危地马拉（Guatemala）：中美洲的一个国家，位于北美洲大陆的南部，其北面与墨西哥接壤。

“哦？你能制作家具吗？”

“差不多吧。我主要是把旧家具翻新。”

“那是很高级的工作吗？你赚得多吗？”

“我才刚刚开始，不过这个工作还行。”

“所以，在你破产之后，他们看你就不像白人了。真有意思。”

“我觉得并非如此，”波莉说，“可能是因为我晒黑了。”

曲奇意味深长地点了点头，使劲擦洗着顽固的污垢。一条粗粗的金链子从领口晃了出来，卡洛也曾经佩戴过类似的饰物。她注意到链子悬在外面，连忙把它塞回工作服里。

“这是我儿子的东西，”她隔着衣领，拍了拍那条宝贵的项链，“我们是一起从一九八五年过来的，可是他立即就被派去了墨西哥湾沿岸的建筑工地。为了靠近他，我想方设法地调到这里，但是我找不着他。当然，也许他并不在加尔维斯顿，也许他在科珀斯克里斯蒂[1]。”她摸了摸下巴的底部，“人人都有一个这样的故事。”

“关于他的下落，你一点儿线索都没有吗？”

曲奇摇了摇头：“我能去哪儿打听呢？”

“你试过人口统计中心吗？”

“那是什么？”

波莉惊讶得挺直腰板，她没想到自己居然还可以给别人提供情报。

“你得背负债务，合约也会延长。”她总是先说坏消息。

曲奇耸了耸肩：“给我详细讲讲吧。”

波莉解释了人口统计中心的运作方式。

1　科珀斯克里斯蒂（Corpus Christi）：美国得克萨斯州南部的一个城市，跟加尔维斯顿一样，也在墨西哥湾沿岸。

"这太棒了！"曲奇说。

她又提到了人口统计中心的办公时间，表示曲奇必须请假才能去。

"太棒了，太棒了！"曲奇说。

"这不是什么大事儿。"波莉说。

波莉从曲奇的名言记录簿中撕下一页纸，在背面给她画了一张地图，以免她迷路。

"真的是太棒了！"曲奇说，波莉不由得感到惴惴不安。她会害得这个女人陷入怎样的失望呢？

"他们也可能什么都找不到，我就没有得到任何结果。"

话音刚落，她便后悔了。这种口气听起来酷似桑迪，她不想变得保守而苛刻。

但是，曲奇的喜悦之情很快就恢复了。

"咱们必须摆正心态。你可以努力寻找，并且期待失去的人回来，但是你不能把生活完全建立在这上面。你得交朋友，做计划，往前看。如果你暂停生活，直到失去的人出现，那么你永远都不会幸福。"

"你不打算去人口统计中心吗？"波莉很沮丧，她的情报恐怕根本没用。

"我当然要去！不过，只有傻瓜才会为了昨天而牺牲明天[1]。"

"那是谁说的？"波莉很不情愿地问道。

"狄昂·华薇克。"

---

1 出自前文中曾经提到过的歌曲《我再也不会如此爱一个人》，原句为：只有傻瓜才会为了昨天而牺牲明天，如果你离开，我不会沉浸于悲伤。

一周后，波莉正走在教堂大道的最后一段路上，忽然望见一群女人簇拥着曲奇。她们站在4A1号集装箱的旁边，沐浴着一抹斜阳的余晖。大家轮流传看人口统计中心给曲奇开具的收据，用西班牙语和越南语七嘴八舌地交谈着，不过波莉还是听到了几句英语。

“只要等上三五周，他们就能告诉你他在哪儿？”

“这么快！”

“但是那得花费你两个月的薪水。”

“如果咱们办一个互助会[1]，我也可以去找人了。”

“她来了！”曲奇高喊，“这就是教我打听消息的那位姑娘！”

“哇！”女人们异口同声地说。当波莉来到跟前时，她们开始一起鼓掌。

波莉尴尬地笑了，突然觉得非常害怕。空中弥漫着浓厚的期待，她们目不转睛地凝视着她，仿佛在盼她说些什么。她不愿一开口就讲出消极的话语，但是又忍不住想提醒她们，结果未必尽如人意。

“瞧瞧你的表情！”曲奇嚷嚷道，“她在担心我们会失望呢。朝着月亮前进吧！就算无法到达，你也会降落在繁星之中。[2]”

她们开怀大笑，将她拽进圈子里，拍着她的肩膀。她们把收据递给她看，在兴高采烈的气氛中，那张纸条确实像一个幸运的征兆。

周围环绕着温暖的身体，她从自怨自艾的悲惨状态中解脱出来。正如在寂静降临的瞬间才能意识到曾经的喧嚣，当热闹开始的时刻才会察觉到先前的孤独。世界豁然开朗，多么幸福，多么美妙！

“那是谁？”曲奇说。

1　互助会：原文为西班牙语。

2　“朝着”三句：美国作家诺曼·文森特·皮尔（Norman Vincent Peale，1898—1993）的名言。皮尔的作品以宣传积极、乐观的思想而闻名，其代表作为《积极思考的力量》。

一名男子站在集装箱门口，摆弄着手里的棒球帽。

“那是诺尔贝托。”波莉说，尽管她不敢相信自己的眼睛。

“你好。”诺尔贝托说，“最近过得怎么样？我可以跟你谈谈吗？”

“见到你很高兴。”波莉说，她惊讶地发现，自己是真的很高兴。看到这张熟悉的面孔，一股暖流涌入心中。

“咱们能去别的地方吗？”他问，因为其他女人都在好奇地盯着他。

她带着他离开4A1号集装箱，来到那条壕沟旁边，在一棵树下停住脚步。他把棒球帽扣回脑袋上，挠了挠帽檐底下的额头，帽子变得歪歪扭扭。

“我想到了一个主意，应该对咱们俩都有好处。”他说，“我有一个提议。我住在玻利瓦尔半岛。”

心中的暖流渐渐化作不安。

诺尔贝托没有再说话，他仰望着一只硕大的黑鸟，它栖息在附近的树枝上，叫声极为刺耳，犹如一台小型机器启动了。

“你的提议是什么？”她说。

“我觉得你可以搬过来跟我一起住。”

“我？”

“我觉得那样你能过得比较舒服。”

当波莉受到惊吓时，她一般不会发泄出来，而是躲在礼貌的面具背后。“谢谢你的好意。”

“这不是施舍。我会代替创时者公司来收取你的租金，就像房东一样。”

她想知道条件是什么，但又不敢直接发问。

“那我的工作呢？我要为你干活儿吗？”

“不，你将保留这里的工作，你只是住在我的房子里。”

他几乎不跟她产生任何眼神交流，但是她记不清他是否一贯如此。那只黑鸟继续发出引擎般的噪音。

“你打算拒绝吗？”诺尔贝托说。

“我得考虑一下。”

“我还以为你会马上答应。你能拥有属于自己的房间，跟现在的处境相比，难道那样不是更好吗？”

“我需要想一想。不过，见到你很高兴。”然而，这已经不再是真心话了，因为他重新变成了陌生人。“穆迪公寓的情况怎么样？”她问道。

“不错。如今租客更多了，我的任务也更多了。”

“那太糟糕了。”

“不，这会让我保持忙碌。你还好吗？”

“嗯，大家都很善良。”

她朝人群后退了几步，准备结束交谈。

“我还没说完，让我把真相告诉你。”

他招手示意她回来，仿佛要告诉她一个秘密。

“我需要你的帮助。”说着，他环顾四周，“到这棵树后面来。”

“干吗？”

“我只是想提一个问题。”

她摇了摇头。在她的印象中，他的个子跟她差不多，然而实际上，他至少比她高出半英尺。她待在原地，纹丝不动。

他并未选择放弃，而是主动出击。他靠近她，低声说：“有一种东西叫做家庭津贴，明白吗？如果我有一个孩子，我就会获得巨额奖金，每个月都能领钱。美国人可以享受政府提供的生育补助。”

她深深地吸了一口气。

他看到了她的反应，赶紧补充道：“你不必跟我发生关系，不是那样的。”

“那是怎样的？”

“咱们只要假装组成一个家庭就行了。”

“假装？”

“不会很困难的。你我之间还算有些好感，不是吗？”他开始滔滔不绝地解释，“而且，你也用不着真的怀孕。为了证明怀孕，你只需要给他们一份尿液样本。我能够搞到孕妇的尿液。”

“你疯了。那是行不通的，最后根本就没有孩子。”

“这样做对咱们俩都有好处，可谓互利双赢。你可以好好考虑一下。”

“你为何要找我？”她想让他意识到自己的请求是多么的不合理，“这里有成百上千个绝望的女人，我听说你甚至可以在斯特兰德买下她们。”

他的双脚并未挪动，但是显然在尽量远离她，脸上露出一丝悲惨的苦笑。她知道自己得逞了。

“你长得很像某个人。”他说。

“什么意思？”

他再次摘下帽子，拿在手中摆弄着。他拽得太使劲，险些把缝合线扯开。

“我以前的爱人玛尔塔。你长得很像她。我有许多她的照片，咱们可以利用它们来证明彼此的关系。”

“我不懂你的意思。”

“你瞧，没有人知道玛尔塔的名字，没有人知道她不是你。他们正在限制生育补助的发放，因为骗子太多。但是，如果咱们结婚了——只是走个过场而已——而且还有老照片和尿液样本，肯定就稳操胜券了。

“想想看，当他们来核实你怀孕的情况时，咱们可以向他们展示那些照片，就说画面上的人是你和我，而非我和她，你我早就认识，后来失散了，接着在机缘巧合之下，你搬进了我管理的公寓，于是我们便结婚了，一切都是命运的安排。这么浪漫的爱情故事，肯定能够顺利通过审查。”

“你已经全都计划好了。”

她连连后退，可是他紧紧相随。他的声音仍旧很轻，语气却越来越急迫。

“如果我能得到政府津贴，再加上你的租金，我就可以凑齐首付，买下一个店面。在完成合约以后，许多劳工都会留在这里继续干活儿，创时者公司的服务社无法满足他们的购物需求。多年以来，我始终在积累存货，我将开设加尔维斯顿的第一家凯马特[1]。”

波莉转身离开。

“等等，”诺尔贝托说，“我愿意给你一部分利润。咱们各过各的，互不干涉，甚至不必睡在同一个房间里。咱们可以像室友一样相处。”

“我一直都蒙在鼓里，你打算什么时候把真正的意图告诉我？在

1　凯马特（Kmart）：美国仓储式连锁商店，总部设在伊利诺伊州，创办于1899年。

我无处可去以后吗？”

“是我不好，我向你道歉。不过，我并没有故意隐瞒你，现在我讲的都是实情。”

“我原本以为，你很在乎身处下层的劳工，不想利用他们来获得自己的利益。”

他立即变得激动起来：“没错！所以这才是最完美的计划。它不会伤害任何人，对我有好处，对你也有好处。你能够拥有一个房间！一个带门的房间！”

从头到尾你都表现得如此腼腆，结果却是个不折不扣的疯子。但是，波莉没有把这句话说出来，她只是默默地朝人群走去。

“你在找人。”诺尔贝托在她的身后大叫，“在你刚来的时候，你总是在寻找某个人。如果你帮我，我就会帮你找到他。把他的名字告诉我！”

“我已经不再寻找了。”她高声喊道。

在浴室里，曲奇让波莉插队了。

“怎么回事？他想干吗？”曲奇说着，把波莉推到自己前面。

“他想让我搬到他家里。”

在曲奇身后，一名女子摇了摇头，嘴里啧啧作响，仿佛她也在参与这场交谈。波莉发现，她就是先前那个圈子中的一员。

“他是你的男朋友吗？”

“不是。”

咂舌的声音又响了起来。

“这位是玛丽。”曲奇介绍道。玛丽是黑人，看起来四十多岁，凹陷的面庞就像新月一样。

“他为何想让你跟他住在一起？”

“他设计了某种骗局。”

“千万别答应。你必须独立，不能依靠男人。”

“我不会答应的。”

“嘿，”曲奇说，“夜里不要睡得太熟。”

“好。”其实波莉并不知道曲奇在说什么。

可是几天以后，她就明白了。日出之前，曲奇打开手电筒，径直照在她的脸上。

“醒醒，”曲奇轻声说，“快醒醒。”

“几点了？”周围似乎比平常起床的时候更加黑暗。

曲奇用手捂住波莉的嘴巴：“跟我来。”

在4A1号集装箱的门外聚集了四个人：曲奇和玛丽，以及两名波莉不认识的女子。

“我不可以跟你们走，”波莉说，“我必须上班，我绝对不能再被解雇了。”

“嘘。现在才五点，你几点上班？”

“七点半。”

“还有好久呢，我们只是想散散步而已。”

“可是，你们要去哪儿？”

“别多问了，跟上就行。”

她们横穿教堂大道，迈出波莉熟悉的地盘。她们排成一列，朝南边行进，很快，就来到了荒无人烟的城市里，浓密的丛林和破损的建筑占据了岛屿的大部分区域。其他女人都拿着手电筒，光束不停地跳跃，波莉紧随其后。

起初，她感到忐忑不安，然而曲奇频频扭头对她微笑，令她逐渐恢复了平静。恍惚间，她觉得自己暂时摆脱了千篇一律的日子，又走进了能够自由生活的未来。

刚开始的五分钟，她们跨越了焦糖色的荒原，脚下的小径犹如流星扫过的痕迹。接着，环境突然发生改变，她们踏上了老旧而残缺的水泥地。大家停下脚步，使劲捏紧手电筒。在每一个集装箱里，最先从应急包中消失的物品总是手电筒。

“这是百老汇大街，曾经的主干道。”玛丽说，“咱们前面是一片墓地。”

波莉无法望见远方，一台联合收割机挡在马路中央。它撞上了一棵棕榈树，多年以来，那棵树已经绕着它长大了。粗壮的根部掀开坚硬的混凝土，枝干横七竖八。站在这里，只能观察到十英尺以内的景象。她们经过了一处废墟，看起来就像宇宙飞船的残骸。

“那是以前的雪佛龙[1]加油站。”玛丽解释道。

她们拐下百老汇大街，道路越来越狭窄，直到茂盛的丛林包围了四周和头顶，完全遮蔽了天空。唯一的动静就是手电筒摇晃的咔嗒声，偶尔还有几只老鼠窜过，伴随着“吱吱”的尖叫，犹如一道道灰色的条纹在她们的鞋子之间穿梭。波莉始终缩着脑袋，生怕某种毒虫会从上方掉进衣领里。小径基本都淹没在臭烘烘的污水中，仅仅留下一丝边缘，她们只能趟过去。波莉牢牢地抓着旁边的树枝，双手沾满了黏黏糊糊的植物汁液。

波莉忍不住猜测，小径的尽头肯定存在着非常奇妙的事物：一座自给自足的地下城市，居民都是逃跑的劳工；一处隐藏的港口，船舶开往世界各地；一个神奇的储物柜，里面装着她怀念的所有东西，比

1　雪佛龙（Chevron）：美国的一个能源公司，总部位于加利福尼亚州，创始于1879年。

如花生酱、橙汁、排骨和电视。她努力压抑着那些疯狂的幻想，以免自己会失望。

结果，这条叶子构成的隧道竟然是死胡同。

“小心，小心。”有人悄悄地说。走在队首的女子敏捷地拨开枝杈，大家依次钻了进去，等到全体成员都通过以后，她们便轻柔地松开手，让树枝回归原位。

她们来到了一片空地上，左边堆着枯枝败叶，犹如一堵笔直的墙壁，右边是许多废弃的豪宅。在头顶上方，槲树就像体形硕大的巨人，伸展出无数条胳膊，交织成天然的华盖。

第一栋房子的雨篷支撑在一块胶合板上，那块胶合板倚着外墙，显得摇摇欲坠。接下来的两栋建筑都没有屋顶。第四栋房子的前廊不见了，一道原本属于室内的楼梯通往门口。她们踏上硬纸板和锡铁皮铺就的人行道，踩着颇具弹性的路面前进。第五栋建筑曾经有四层，如今屋顶塌陷，变成了平房。

曲奇向波莉打了个嘘声。

“别吵醒他们。”她说。波莉恍然大悟，原来有人住在这儿。

一只晾干的拖把从一个窗台上垂下来，另一扇窗户挂着印有鲍勃・马利[1]头像的毛毯作为窗帘。空地上还有三栋房子，但是都不适宜居住：一栋房子的屋顶垮了，另一栋房子的外墙没了，最后一栋房子的侧面爬满了青苔，就像患了皮肤病一样。

“咱们可以透过五号房子的窗户往里看看，他们刚刚收拾完，还没有人住进去。”

她们纷纷把手电筒的光束投向窗户。在楼梯两旁，分别有一条

1　鲍勃・马利（Bob Marley，1945—1981）：牙买加唱作歌手，对西方流行音乐产生过巨大的影响。

走廊延伸到深处。地上矗立着形态各异的柱子——排水管、捆在一起的钢筋、一根粗壮的树枝，它们都被用来防止天花板塌陷。屋里没有门，因为门框都倾斜得非常严重，无法容纳门板。她们能够看到一间卧室，衣柜蒙着塑料薄膜，墙上覆盖着许多好东西：几块褪色的印花壁纸，一条高高悬挂的旧床单，数张从二十世纪七十年代的杂志上撕下来的页面。

曲奇说话的语气激动万分，仿佛这个地方是富丽堂皇的宫殿。

“你真应该瞧瞧它原先的样子。现在简直太棒了！”

她晃动手电筒，扫过那些房子的前院。在此居住的人们开辟了菜园，用椅子腿搭起小小的棚架，上面爬满了圆鼓鼓的瓜类。也许她们在工作时吃到的南瓜就来自这里。

曲奇招手示意她们走近六号房子，膨胀的门板闭得严严实实。部分屋顶不见了，整栋房子显得歪歪扭扭，很不牢固。此刻天色发白，她们关掉手电筒，站在起居室的窗户跟前，向里张望。油漆已经从墙上剥离，就像伤口脱落的痂皮一样。大片大片的灰尘堆积在地板上，犹如本子里拆下来的活页。唯一的扶手椅好像被酸液侵蚀了一样。不过，天花板依然坚守在高处，有一扇窗户甚至还镶嵌着玻璃。晨曦透过屋顶上的小孔照进室内，洒下零星的斑点。

“家具上都长满了霉菌，而且……天哪，进门肯定很麻烦！估计得把门板彻底卸下来才行。不过，如果大家齐心协力的话，应该没问题。”曲奇说，“你们觉得怎么样？我的朋友开发了这片区域，她说只要我们愿意，就可以搬进这栋房子。”

“为何要住在这儿？”波莉问，“免费吗？”

“不，你依然要向创时者公司支付租金，那是不可避免的。”

“但是，为什么？这也是创时者公司的房子吗？”

“假设我们真的搬进去，并且不打算继续交租金了，那我们就得正式通知创时者公司。然后，创时者公司就会把这栋房子夷为平地。你必须支付租金，就像是定期缴纳保护费。那样一来，创时者公司才能放过我们。”

“我们为何要住在这儿？”

“那不是显而易见吗？”玛丽说，“为了自主权！”

“仔细思考一下，你将拥有属于自己的空间，”曲奇说，“我们可以用桶来收集雨水，想洗澡就洗澡，想睡觉就睡觉，你甚至能够亲手做饭！”

“你为什么邀请我？”波莉说。

“你知道很多事情，比如人口统计中心。况且，你还会制作家具。”

一直以来，她什么都不是，因为谁也不认识她。可是，她们给了她一个崭新的身份，她绷紧脸颊，压抑着哭泣的冲动。她抬起头，看到寄生藤从树枝上垂下来，随风飘荡，犹如美丽的蓝色幽灵。

“所以，你们觉得怎么样？加入还是退出？”

“加入。”玛丽说。

“加入。”另外两名女子说。

她们齐刷刷地看向波莉。

“其实，搬到这里没什么大不了的，”曲奇说，“咱们经历过多少磨难啊！上帝使我们身陷绝境，不是为了杀死我们，而是为了唤醒我们，让我们去迎接新生活。这是赫尔曼·黑塞[1]说的。”

波莉端详着面前的房子。起居室的远处有一个出口，通往她们看

1　赫尔曼·黑塞（Hermann Hesse，1877—1962）：德国诗人、作家及画家，曾于1946年荣获诺贝尔文学奖。

不见的房间，也许是厨房，也许是卧室。波莉想象自己坐在那个房间里，聆听着悦耳的鸟鸣声和女人的口哨声。她想象自己站在这栋房子里，透过玻璃放眼远眺。望着窗外，却不再期盼弗兰克，会是什么感觉？望着窗外，却丝毫没有想到他，又是什么感觉？

“咱们试试吧。”波莉说。

“真的吗？”曲奇攥紧波莉的双手，“你绝对不会后悔的！”

曲奇不该用那个词语。转眼间，波莉的内心就充满了后悔与恐惧。她不能住在这儿，万一他找不到她呢？

她们回到了那条丛林隧道，迈上凸起的树根，就像踩着垫脚石跨越沼泽，她紧紧地跟随。她们猛然偏向左边，躲避一只低飞的蝙蝠，她和她们一起摇晃。她们用双脚将泥巴踩实，她沿着她们开辟的道路前进。现在她不能退出，她们已经把她视为自己的同伴了。

百老汇大街上，天空越来越亮。如果她坚持等他，而他却让她失望，那她肯定活不下去了。谁不愿意提前为自己打算，预防这样的痛苦呢？

其他女人边走边轻声歌唱，当她们抵达第四十一街时，波莉也稍稍提高了嗓音，跟着她们哼起《椰林飘香之歌》[1]。

“今日贵如黄金，所以人称‘如今’。”曲奇说。她们穿过教堂大道。

“这是谁说的？”

“无名氏。”曲奇说，“我！”

“那个男人是谁？”玛丽说，“咱们被发现了吗？”

1　《椰林飘香之歌》（*The Piña Colada Song*）：英裔美国歌手鲁珀特·霍姆斯（Rupert Homes，生于1947年）于1979年发行的歌曲，其中“椰林飘香”指的是一种由凤梨汁、朗姆酒和椰汁或椰奶调制而成的鸡尾酒。

“发现咱们在干什么？”曲奇说，“散步？”

即便隔着一段距离，波莉也能通过弓腰驼背的身影看出诺尔贝托的紧张。

“这家伙是波莉的跟踪狂，”曲奇说，“让我来对付他，你们进去吧。”

“不用了。”波莉说，可是曲奇已经跑到土路的对面，高声呵斥诺尔贝托。

“滚开！快滚开！”

“我只是想跟波莉谈谈！我有话要告诉她！”

4A1号集装箱的女人们聚在门口围观。曲奇抬起胳膊，似乎准备要推诺尔贝托。她的个子太矮，双手几乎都举到头顶了。

“别跟他吵架，我没关系的。”波莉连忙走上前去，诺尔贝托端起臂弯，像拳击手一样摆好姿势。

“你给我滚开！”曲奇嚷嚷道，“不许再骚扰单纯的姑娘！”

接着，诺尔贝托做了一件匪夷所思的事情。他突然大喊：“弗兰克·马里诺！纽约州布法罗市，葡萄大街一百一十三号！”

刚才，波莉一直拽着曲奇的胳膊，阻止她扑向诺尔贝托，然而此刻她却松手了。曲奇往前趔趄了几步，险些摔倒。

“你说什么？”波莉说。

“弗兰克·马里诺，纽约州布法罗市，葡萄大街一百一十三号。”

波莉冲向诺尔贝托，他拿着一摞文件。她低头扫了一眼纸上的内容，看到了自己的名字。不知为何，她扇了他一巴掌。

玛丽赶紧抓住她的手。“不行！不行！”玛丽说，“如果他是美国人，你会遭到逮捕的。”

诺尔贝托的帽子掉了，他一屁股坐在草地上。

“弗兰克·马里诺不正是你在寻找的男人吗？我为你找到他了。”

“谁把他的名字告诉你的？”波莉也在草地上坐下。

曲奇稍作犹豫，然后便转身走了。她开始招呼其他女人进门。

“我从未把他的名字告诉过任何人，”波莉说，“除了在联系表上写过，而你说那个东西根本就不存在。等等，你是通过我在人口统计中心留下的资料查到的，对吧？”

“他的名字就在你的档案里。你还记得那张表格吗？他曾经在一九九五年打听过你的下落。”

她感到极度困惑，不由得提高了声音，以此来掩饰内心的惊恐。

“但是，你从哪儿弄到了这个地址？是你编造出来的吗？”

“不，他又找过你一次。在一九九七年十月，他重新提交了申请。”

“你明明说过，一九九五年九月的问询是唯一的一次。你想骗我。”

“千真万确，我不会骗你的，我不是那种人。你自己看吧。”他把回形针夹住的文件递给她，顶部别着波莉的黑白照片，她的眼睛在闪光灯下瞪得很大。这张照片拍摄于一九八一年，就在她离开的那一天。

“我觉得如果我能帮你，或许你也会帮我。我可以让你明白，我们的利益是一致的。我有一个战友在创时者公司的管理处工作，我拜托他搜索你的问询者，把名字输进去，看看能否找到地址。结果出现了三条匹配记录，其中一条咱们早就知道了，在一九九五年，但是他在一九九三年和一九九七年也分别找过你。”

“他找过我三次？”

“问询已提交。弗兰克·马里诺。下面是他的地址。申请一次的价格非常昂贵，要花费三四百美元。但是，他总共申请了三次。”

“为何我的档案里只字未提？”

“因为他们懒得维护记录，可我不一样。”

“他们打算什么时候告诉我？”波莉高喊道，“他们什么时候才会告诉我，他一直在努力寻找我？”

“我也不清楚，可能你得主动去问吧。”

“我完全不了解这些情况的存在，要怎么问？”

“我不知道，我不知道！不过，我已经帮助你了，你瞧见了吗？即便你并未替我做任何事情，我还是帮助你了。我没有理由向你隐瞒信息，我又不是创时者公司。”

大家都回到集装箱里了，草地上仅仅剩下了他们两个人。

“千万别弄皱了，”诺尔贝托说，“这是创时者公司的财产，如果纸上出现褶子，会显得很可疑。”他把文件从她手中拿走了。

“为什么你可以招租客？曲奇说我们只能住在创时者公司的房子里。你在撒谎吗？”

“我有创时者公司在早年间颁发的房东证，当时他们还没建好工人宿舍。我会给你看的。”

波莉想起了曲奇的本子。她多么期盼那些积极乐观的名言都能成真，多么希望自己可以学会放手。可是，那些名言就像没有说明的指示。它们告诉你该做什么，却并不解释要怎么做。

“如果继续待在这里，你永远都走不了。你想想，现在跟当初相比，你的合约延长了多少个月？情况只会越来越糟。”

她沉默不语，他把文件重新放回她的大腿上。照片中是她自己的脸庞，凝望着一九八一年的镜头，停留在时间的另一端。表格在她手中颤抖，上面是她的名字，下面是弗兰克的名字。

“如果我跟你住在一起，我是不会交房租的。我要把房租存在生活资金里，以便早日完成合约。”

“行。”诺尔贝托长长地舒了口气，就像乐手在吹奏小号一样。

“好吧，我答应你了。”她说。

在准备婚礼的过程中，他们翻出了玛尔塔的旧衣服。波莉试来试去，打算挑选适宜在正式场合穿的裙子。波莉看起来越像玛尔塔，他们的计划就越能成功。

波莉套上一件黄底紫色碎花的连衣裙。当她走出来以后，诺尔贝托递给了她一条棕色的腰带。

“在照片里，她用这条腰带来搭配那件连衣裙。”他说。

波莉瞥向他手中的照片，玛尔塔靠在餐桌上，身体后仰，斜着脑袋，笑得无比灿烂，仿佛她想让自己的所有牙齿都出现在画面中。

“歪歪头。”诺尔贝托说。

波莉照做了。

“把手放在腰上。”

她单手叉腰。

“你能微笑一下吗？”

她使劲咧嘴，尽量模仿玛尔塔。

他站在她的面前，就像往常一样。他抬起胳膊，手掌悬在半空中，好像在调整相框。

当他第一次下达这种指令时，她感到胸腔不断地收缩，犹如逐渐握紧的拳头，她暗暗鼓起勇气，准备迎接他的触碰。可是，他什么都没做，只是静静地站在原地，伸出手掌。他凝视着她，看到的却又不是她。

有时候，他会说：“不妨试试……”然后，他便让她拂开长发，或者站到不同的光线下。然而到头来，他总是说：“不太像，但已经不错了。”最终，就连她都觉得十分沮丧。她也希望世界上能存在某种魔法——只要学着故人的样子，把发丝别到耳后，就可以让时间倒流，追回失去的东西。

诺尔贝托坐在床上。玛尔塔的手提箱尘封了许久，锁扣都生锈卡住了，他们不得不用锤子把它敲掉。现在，玛尔塔的生活物品四下摊开，就像爆炸现场一样：深浅不一的牛仔裤、园艺短裤、笔记本……诺尔贝托心不在焉地抚摸着一个绿色的塑料背包，接着又把它推到旁边。如今，波莉已经跟他同居了一个月，婚礼就定在后天。

“玛尔塔是拉美人吗？”

“智利人。”

“我长得像拉美人吗？”

“你是吗？”

“不是，但我的父亲是黎巴嫩人。在这里，大家常常觉得我是拉美人。”

“从外表来判断，你也可能是拉美人。”

“他们一直对我讲西班牙语，”她稍作停顿，“我的朋友——就是在集装箱周围遇到的那位小个子女士，你还记得吗？她说，他们之所以认为我是拉美人，是因为我的……处境。当我有社会地位的时候，我看起来像白人，可是现在，我看起来像拉美人。”

“这话是谁说的？”诺尔贝托皱起眉头。

“曲奇。”

“听起来她似乎是种族主义者。”他说。

“我觉得她的意思是，其他人才是种族主义者，美国人认为我……”

诺尔贝托依然眉心紧蹙，他跷起二郎腿，摇晃着自己的脚，仿佛在勾勒圆圈。波莉的声音渐渐消失了。

“你是怎么冲洗这些照片的？”她说，“柯达[1]还在吗？”

“附近有一个伙计，这是他的爱好。他从加尔维斯顿的各个照相馆搜罗了不少设备，在自家后院的仓库里弄了一间暗房。”

“为什么？”

“打发时间呗。而且，他还可以利用摄影相关的服务来交换食物。”

“所以，你能找人冲洗照片，但是无法寄信？”

“没错，我都跟你讲过一千遍了。”

诺尔贝托坚称邮政业已经消亡了。当初，她曾经给唐娜写信，而他也向她出售过邮票和邮箱，现在他却说那其实是假的，一切都是骗局。“否则，你为何从未收到过回复呢？”

波莉觉得难以置信。“这种骗局究竟有什么意义？”她问，“难道就为了赚取一封信五美元的费用吗？”

“再加上邮箱的租金。劳工们会往世界各地寄信，寻找自己的家人，”诺尔贝托说，“创时者公司就能趁机牟取暴利。”

无论如何，波莉还是决定写一封信，寄到葡萄大街。

“这样做纯粹是浪费钱，你的合约又要无谓地延长好几天了。”诺尔贝托显得十分不以为然，嘴里“啧啧”作响，不过他仍旧把她的信件都拿到服务社去寄了，并且在穆迪公寓给她注册了一个新邮箱。

每天晚上，他们都乘坐摩托艇穿越海湾，回到玻利瓦尔半岛。这

1　柯达（Kodak）：美国一家创办于1888年的提供摄影产品及相关服务的技术公司，总部位于纽约州罗彻斯特市。

里的景象谈不上荒废破败，也不算精致完美。“这里原本就没有多少人居住，”诺尔贝托解释道，“所以在他们离开以后，并不会发生太大的改变。”

诺尔贝托的房子建在高高的木桩上。第一天，波莉摸黑爬上前廊，险些失足掉下去。可是，在他开门的瞬间，落日的余晖倾洒进来。这栋房子挡住了地平线，阳光绕过一摞摞精心堆叠的货物，照进室内。

“这是衣服，”诺尔贝托说着，指向一排行李箱，“这是柴火，显而易见，必须得放在屋里，因为仓库漏雨。这是报纸。”那捆包裹跟沙发差不多大。“我在一座图书馆里找到了所有重大事件的报道：越南战争的结束，尼克松辞职，第一位女性首相当选。有朝一日，它们会变得非常值钱。”此外还有风扇和灯具，尽管他的房子并未通电。“我曾经在穆迪公寓里出售这些东西，但是被创时者公司发现了。如今，我打算把它们留给自己的商店。”

沙发看起来像是自己动手制作的。厨房的水槽中堆着收音机，冰箱里塞满了玩具，但是窗户跟前毫无遮挡，可以透过玻璃，看见广阔的天空。周围没有色调柔和的度假小屋，也没有割裂海面的港口码头。放眼望去，没有人类雕琢的痕迹，只有生长的植物、绵延数里的黄沙与幽暗深邃的汪洋。

当波莉坦言自己无法跟她们一起搬家时，曲奇说她可以理解。“不过，你千万要小心，亲爱的。”她说。波莉许诺要去她们的房子里做客，并且依然帮助她们修理家具。曲奇说她会告诉波莉哪天过来，但是至今她都只字未提。波莉责备自己，这是由选择带来的悲伤。

在创时者公司的总部，工作人员咨询了三名不同的主管，求证诺尔贝托收取一美元的租金是否违反相关章程。他们仔细地翻阅手册，企图找出一条规定，阻止诺尔贝托。然而最终，他们只得承认，他有权这么做。他们重新计算了她的合约，期限变成了十三个月。诺尔贝托说，完成合约后，她仍旧可以住在他的家里，直到她挣够坐船去北方的旅费为止。也许她能够赶在他们的纪念日之前抵达布法罗。对波莉而言，那是第五个纪念日；对弗兰克而言，却是第二十二个纪念日。

此刻，诺尔贝托点亮煤油灯，燃起木柴灶，开始烧水。波莉又换回了自己的工作服。

“你愿意给我讲讲你的人生吗？比方说，你是如何来到这里的？”她问他。

诺尔贝托抿起嘴唇，仿佛在吃某种很酸的东西。

“用不着吧。”他说。

“我需要对你有所了解，万一他们问起来怎么办？”

“他们在婚礼上什么都不会问的。”

“那之后会问吗？”

诺尔贝托舀起一勺黑色的粉末，倒进壶里，他称之为咖啡，其实是碾碎的菊苣[1]根。至于过滤器，则用一只羊毛袜来代替。他总是直接喝，省下牛奶和糖，但是他会往她的杯子里加一些糖。在闪烁的灯光下切割细小而可恶的瓷砖片时，她几乎要忘记自己是人类了，除非想起傍晚，想起那一杯有着淡淡甘甜的咖啡。

“玛尔塔发生了什么事？”她坐在一把厨房的椅子上，他窝在对面的沙发里。虽然她才搬来不久，但是在此期间，他们已经习惯了这

1 菊苣（chicory）：多年生草本植物，其根含菊糖及芳香族物质，可提制以代替咖啡。

种相处模式。

“这是一栋很大的房子，对吧？”

“没错。”实际上，波莉难以判断，大部分房间都放满了日常用品。

“这栋房子有五间卧室。创时者公司甚至主动提出要买下它，他们打算将它改造成乡村度假屋。总之，在穆迪公寓或集装箱区域建成之前，我们都会把空卧室租出去。”

“噢。”

“你看到房子和大海之间的那些沙丘了吗？”

“嗯。”

“看起来像天然的吗？”

“当然。”

“它们都是人造的，属于飓风防范措施的一部分。我们的一位租客是负责这个项目的工程师，玛尔塔爱上了他。”

“她是什么时候离开的？”

“应该是两年前吧？噢，不对——现在都一九九九年了，那就是三年前。谁还会计较这些呢？”他苦笑道。

“邻居们知道吗？他们也能把我当作玛尔塔吗？”

“别担心，我跟他们关系很好，没有人会告密的。”

黑色的大鸟轻叩着屋顶，如今她认得了，它们是拟八哥[1]。

“你是怎么来到这里的？”她问。

“哪里？”

“这里啊。你是本地人吗？”

---

1 拟八哥（grackle）：一种常见于北美地区的鸟类，羽毛多为黑色，偶尔呈紫色或青铜色。

“我是坐船来的。”

“你来自什么地方？”

“厄尔巴索[1]。”

“你愿意给我讲讲你的经历吗？从头开始。”

“从头开始？比如，我的曾曾曾祖父在阿拉莫之战[2]中跟得克萨斯人打仗，然后……”

“不，跟我说说瘟疫爆发之后的事情就行。”

“你应该顺着门前这条路走下去，找霍华德夫人聊聊天。她会没完没了地谈论生存的艰难，告诉你如何搜寻菌菇、蕨类、花朵和叶子来充饥。哎呀，好烫。”说着，他吹了吹自己的咖啡，“你干吗不给我讲讲你的故事？”

“我没有故事。目前的故事就是，我始终跟你在一起，直到一九八一年，接着我便踏上了时间旅行，如今我们又在一起了。等你说完自己的经历以后，咱们俩必须要编一个合理的故事。”

“确实。”他凝视着手中的杯子，“当他们撤离的时候，我才十八岁。我们被遣送到阿尔伯克基[3]，可是刚刚抵达就走散了，我失去了父母和弟弟妹妹。”

“你们是怎么走散的？”

他咬紧了牙关。

“没关系，不想说就算了。”她说。

他微微颔首：“我参加了军队。士兵们经常四处走动，我以为自

---

1 厄尔巴索（El Paso）：美国得克萨斯州最西端的一座城市。

2 阿拉莫之战（Alamo）：发生于1836年2月23日至3月6日，是得克萨斯独立战争期间的关键性事件，交战双方为墨西哥军队和得克萨斯州护卫队。

3 阿尔伯克基（Albuquerque）：美国南部新墨西哥州中部的一座城市。

己也能趁机找到家人。但是，政策突然从撤离变成了隔离，我们开始封锁州界。那段日子真是糟透了。人们拼命跨越州界，去寻找亲朋好友，可是我们又不能放他们过去。

“在中央政府垮台之后，一些战友依然努力维持秩序。即使军队已经解散了，他们也没有放弃。但是，我不喜欢这份工作。最后，我倒是遇到了一位表兄，他想跨越边界。他知道我家人的情况。”

“他们怎么样了？”

他摇了摇头。

“请节哀。”

他再次摇了摇头，就像一只企图摆脱枷锁的野兽。

“当时是八十年代中期，我在阿拉巴马州[1]。其实，一切原本不必如此。过去，在几百年以前，人们曾经跟自己的同类和周围的动植物和谐相处。”

“他们能够平衡彼此的利益？”

“没错。你知道新加坡为何能安然无恙吗？”

“新加坡？”

“瘟疫几乎没有对他们造成丝毫伤害。第一，他们向全体公民发放高级药物，并且统统免费。第二，他们在船上装满药物，无偿送往附近幸存人口最多的岛屿——斯里兰卡和中国台湾。”

“他们是共产主义者吗？”

“恰恰相反！他们需要贸易伙伴，所以得让自己的邻居活下来。自私也能成为合作的出发点，可惜这里的情况却截然不同。在八十年代，人们为了求生，甚至会掠夺尸体身上的衣物。那种场面太恐怖

1　阿拉巴马州（Alabama）：美国东南部的一个州。

了，根本无法用言语来形容。”他停顿了许久，才说出下一句话，“因此，我想离开。大多数人都向东走，朝着聚居地前进，而我则选择南下，花费了好几年的时间才来到这里。”

“好几年？”

“我主要依靠步行，有一段时间，也为‘大南方公交’开过车。”

“那是什么？”

“一群恶棍创办的公司，他们囤积汽油，并且提供公交服务，票价十分昂贵，就像抢钱一样。”

“你为什么要替他们干活儿？你不是想离开吗？”

“为了离开，我必须替他们干活儿，这就是我的人生故事。那份工作让我们最远抵达了圣安东尼奥[1]。”

“你是怎么来到这里的？”

“先是步行，然后我帮助一个家伙修好了小船，他带我们来到这里的。”

“‘我们’是谁？”

“我和玛尔塔。我们一起发现了这栋房子，不知道前任屋主发生了什么事。如果这是我家，我肯定会留下来。住在这种地方，谁还能向你传染病毒呢？”

“你是如何遇到玛尔塔的？”

“在公交车上，一见钟情。”

“当时是哪一年？”

“你还有多少问题？我应该打断你才对。我们相识于一九八八

1　圣安东尼奥（San Antonio）：美国得克萨斯州中南部的一个城市。

年，来到这里是一九九一年。创时者公司在一九九三年接管了这片地区，玛尔塔将其视为我们回归‘文明生活’的契机。从那时起，我们的关系就开始变得越来越糟。”

“为什么？”

“我们对创时者公司的看法完全相反。我不知道她不喜欢我们的生活方式，实际上，那是我人生中最幸福的日子。可是对她而言，好像又重新回到了原始社会，于是她走了。你觉得这张沙发怎么样？”他突然说，“从专家的角度来评价。”

那张沙发用宽约二英尺、长约四英尺的木材和一块床头板制成，坐垫是手工缝制的。

“非常巧妙。”

“这是玛尔塔做的。”

“玛尔塔走了以后，你为什么没有辞去创时者公司的工作呢？”

他喝了一大口咖啡：“你知道我讨厌什么吗？”

“什么？”

“贫穷。没有选择的余地，只能唯唯诺诺地服从命令。况且，让我来管理公寓，总比交给某些虐待狂要好，对吧？唉，其实未必。不过，如果我接受这份工作，我就可以买下一家商店，获得自主权。

“我还记得有钱的感觉。身上的味道很好闻，食物尝起来不像泥土，厕所也不是地上的坑洞。”他把杯子重重地放下，单薄的桌子剧烈摇晃，“当她离开的时候，她就是这么说的：‘我再也无法忍受在地上拉屎了。’我从不介意这一点，直到她说出来为止。”然后，他故作轻松地笑了，仿佛从前的一切都无关紧要。

波莉帮助他转换话题：“那些唱片是要拿去卖的吗？”他用塑料布盖着一排高约三英尺的唱片，边角很整齐，以便让侧面的字迹显露出来。

“我刚刚抵达的时候，它们就在这里，很可能已经损坏了。”

“你试着放过吗？”

“怎么试？这里没有睿侠[1]。”

单单找到这块塑料布就很不容易了。她能够想象得到，他跪在地上，小心翼翼地包住唱片，每当塑料布滑落之时，他都会低声咒骂。

“你把它们保存得很好。”她说。

他似乎非常骄傲：“我打算在商店里开辟一个怀旧纪念区。将来，人工制品肯定会大受欢迎。嘿，你可以跟我合作呀！通过修复家具来满足顾客对过去的思念。”

她走到沙发的尽头，查看那些唱片的侧面。诺尔贝托侃侃而谈，描述着自己准备如何安排商店的布局。收银机必须放在前门附近，他曾经去过一家凯马特，收银机摆在后部，害得整个地方的感觉都不对了。

“等到你拥有自己的商店以后，你会住在哪儿？还住在这里吗？”

“天哪，当然不了。我要住在商店的楼上，使用自来水洗漱，盖着羽绒被睡觉。”

那些唱片是严格按照字母顺序排列的，甚至精确到第二个字母：琼尼·米歇尔在猴子乐队的前面[2]。有一张专辑的脊部朝着墙壁。

“这个放反了。”她试图在不弄乱塑料布的情况下把它翻过来。

1　睿侠（Radio Shack）：美国的一家零售公司，经营一系列连锁的电子产品商店，创办于1921年。

2　琼尼·米歇尔（Joni Mitchell，生于1943年）：加拿大唱作歌手。猴子乐队（Monkees）：美国摇滚及流行乐队，由四名成员组成。米歇尔和猴子乐队的英文原名均为M开头，但按照第二个字母的顺序，米歇尔应排在猴子乐队的前面。

“那是玛尔塔最爱的托托乐队[1]，我不愿意看见它。”他叹了口气，“你知道我经常想什么吗？那些没能写完的歌曲，或者不曾拍摄的电影。所有计划中的作品，转眼间便荡然无存。许多音乐家原本打算创作属于一代人的金曲，结果却永远也做不到了。柏兹·史盖兹[2]，马文·盖伊[3]。他们还可以东山再起吗？”

“你喜欢想这种事情？”

“并非‘喜欢’，就是经常想罢了。不过，我喜欢拥有这摞唱片。我喜欢想象他们的续作会到来，现在依然是一九八〇年，一切都还来得及。”

她忽然记起当初他多么期待梅尔·吉布森的电影，他多么渴望跟她谈论那部电影。

“也许确实来得及，”她说，“末日并未降临。”

木柴炉砰然作响，里面的火焰熄灭了。她抚摸着指尖的割痕，那是盘子和玻璃的碎片在皮肤上留下的永久伤疤。

“咱们去沙滩上走走吧，”他说，“情侣们都会这么做，对吗？”

“好呀！”波莉说。

他握着她的手，帮助她跨过房子和仓库之间的泥潭，免得靴子被吸进去。他提到自己在橡胶套鞋上涂抹动物油脂，以此来延长它们的使用寿命。

1　托托乐队（Toto）：美国摇滚乐队，成立于1976年，乐队的名字取自《绿野仙踪》中那只名叫“托托”的小狗。

2　柏兹·史盖兹（Boz Scaggs，生于1944年）：美国歌手、作曲家、吉他手，在1976年至1981年间活跃于歌坛。

3　马文·盖伊（Marvin Gaye，1939—1984）：美国歌手、作曲家、唱片制作人，在20世纪80年代获得过格莱美奖。

在干燥的土地上，她抽回了自己的手。可是他说：“你不觉得咱们得学着适应肢体接触吗？”他再次牵起她的手。

他们经过六边形网格的铁丝栅栏，从其残骸来看，它似乎很久以前就被狂风刮倒了。他说，这排铁丝网一直延伸到水晶沙滩路，对它进行清理会是一项麻烦的大工程。波莉努力把他想象成别人或者其他东西，将他的手当作空手套或者一本杂志。她甚至想象自己的手不属于自己的身体。她的胸口刺痛难耐，就像拼命压抑咳嗽的时候会引起窒息一样。

“好了，”他说，“我数到了一百二，应该差不多了。”他松开她的手。

他们迅速向两边分散，彼此相隔好几码。在绵延数里的沙滩上，只有他们两个人。大海通常都散发出咸腥的刺鼻味道，可是今夜闻起来却有所不同。潮水的涨落十分规律，仿佛具备催眠的力量，令人精神恍惚。片刻之后，她回过神来，发现诺尔贝托在自己身旁，不禁吓了一跳。

“我和玛尔塔一直都想早起看日出，然而总是有其他事情要做。况且，我觉得没关系，反正日出就在这里，下次看也行。”

“等我再休息的时候，咱们可以一起看日出，如果你愿意的话。”

“明天，我会带你去玛尔塔最喜欢的地方，重温一段过去的时光。周一，咱们将登记结婚。你请了下午的假，对吗？”

“嗯。领班让我接下来每天都多工作一小时，直到补完为止。”

远处空无一物，只有永恒的地平线，就连飞鸟都不见踪影。

“登记之后，再过六周，咱们就递交家庭补助的申请。”

“但是，明明没有孩子，你要如何证明有孩子呢？”

他停顿了一会儿。

“我可以雇用别人来完成整个流程，就像中介一样。他们会告诉我等待多久，帮助我处理文件，提供我需要的东西。”

“你是怎么找到这个中介的？”

“是他找上了我。他是一位朋友的朋友，他觉得我是这项计划的完美候选人。”

真希望自己什么都没问，她早该知道他不可能自己想出这些。

“不过，这是一笔非常划算的交易。大多数中介都要抽走每月补助的百分之一，而他只收取固定的费用，一次性偿清。”

“你怎么知道大多数中介都要抽走百分之一？”

“因为他就是那样告诉我的。”在答案脱口而出的瞬间，他变得十分烦躁，他听出了自己的天真与幼稚。

波莉沉默不语。如果现在停止讲话，他们或许就能忘记这场交谈，那么一切依然可以顺利进行。

“试试这个。”他说着，把双手放在她的肩膀上。她看着他，竭力掩饰着躲避的本能。

“往前走，停。”潮水在她的靴子周围聚集，她迈出了海浪冲刷的范围。

“不，别动。”他退向旁边，右腿绕到左腿后面，就像跳舞一样。

“你在干吗？”她高喊。

“不要看我，望着前方。你瞧见了什么？”

她想跑回屋里，假装睡觉，那样她就可以独处了。

“你究竟在说什么？”

“你看到周围有什么？不，别扭头，望着前方。”

“什么都没有，只有海水。”他们必须得使劲嚷嚷才能盖过嘈杂的浪涛声。

“没错。如果你离海水很近，就看不到身后的世界了。你可以想象自己在其他地方的沙滩上。任何地方都行。”

天色已经十分阴暗了，波莉调整眼睛的焦距，让视野中的夜空、海水和土地都变得模糊起来。她感受得到，诺尔贝托正在盯着自己。于是，她目不转睛地凝望着地平线，好让他满意。

但是，他说得对。她有可能在任何地方。

曾几何时，波莉和母亲每年夏天都去加拿大度假，住在湖畔的小屋里。母亲和自己的朋友坐在阳台上，而波莉则跟别的孩子在水中玩耍。不过，他们非常吵闹，而且十分粗暴，总是有人被踢中脸庞。所以，波莉更愿意独自游泳，独自来到写着“禁止前进”的标志牌旁边，四周空空荡荡，唯有粼粼波光，就像太阳给水面镶嵌了无数的珠宝。最美妙的时刻莫过于母亲带着一根黑色的橡皮管，游到她身边说：“上来吧，我是一辆出租车，你想去哪儿？”

波莉任凭身后的世界渐渐消失，一幅画面慢慢从背景中浮现出来。她在脑海中抹掉了诺尔贝托的房子和细长的木桩，添上了灿烂夺目的阳光、参差不齐的树木、绿色玻璃的小屋和条纹图案的帆布椅。然后，她开始想象自己的母亲，穿着圆点花纹的泳衣，将那根管子高举在头顶上，踮着脚尖跨过铺满鹅卵石的堤岸，朝她走来。母亲的皮肤，母亲的声音，湖水的波浪。

但是，波莉无法把零星的碎片拼凑在一起。如果她勾勒出母亲的肢体、肌肉和腿上的雀斑，她就看不清母亲的面容。如果她聚焦于面容，肢体就消失了。

她忍不住转过身去。那栋房子仍旧矗立在木桩上，诺尔贝托依然腼腆地站在旁边。

“怎么了？”他说。

“好像不太管用。”她含糊地说。

他捏住她的肩膀，正是从这一刻起，她不再害怕他了。

她问他想到了什么。

“还是同样的地方，却是不同的时间，”他说，“我猜，那大概会让这里变成一个不同的地方吧。”

第二天傍晚，下班以后，他们来到加尔维斯顿靠近玻利瓦尔锚地[1]的码头上，准备一起搭乘摩托艇回去。在炎热的日子里，天空沉沉地压向地面，就像一块浸满氯仿[2]的棉布。可是今天，微风习习，天空高远而晴朗，显得格外清新。

诺尔贝托带着波莉踏上一条土路，沿着海岸线行走，两边都是茂盛的田野。一座小山出现在面前，外表非常奇怪，底部没有跟平地衔接的斜坡，仿佛是从别处空运到这里的。原来，那根本就不是小山，而是一栋宽阔的双层建筑，外壁生满了浓密的灌木丛、常春藤和野草，犹如长及脚踝的毛发。

“金布尔炮台[3]，”诺尔贝托介绍道，“第一次世界大战期间的枪火堡垒，表面覆盖着泥土作为伪装。”

1　玻利瓦尔锚地（Bolivar Roads）：指加尔维斯顿岛和玻利瓦尔半岛之间的带状水域。所谓锚地，是指供船舶在水上抛锚以便安全停泊、避风防台、等待检验引航、从事水上过驳、编解船队以及其他作业的水域。

2　氯仿（chloroform）：即三氯甲烷，一种无色透明的液体，有麻醉性。

3　金布尔炮台（Battery Kimble）：美国于第一次世界大战期间修建的炮台，以爱德华·金布尔少校的名字命名。金布尔少校曾在美国陆军工兵团服役，于1918年在法国北部的行动中牺牲。

被军队遗忘以后，这座堡垒反倒变成了生机勃勃的花园，惬意地享受着第二次生命。它的背后便是海洋，大地就像一个盛满污水的鱼缸。诺尔贝托抵达海洋开始的地方，径直迈出边缘，跳到下面的一个平台上，踩着滑溜溜的水藻，踏入了一艘小船。

“来吧，”他说，“趁着天还没黑。”

她上了小船，船身摇晃而倾斜，不过她还是想办法坐了下来。掉进海里的枯枝败叶都聚集在周围。诺尔贝托拽着船桨，搅动浓汤般黏稠的海水，小船起航了。他们两个面对着面，朝东边前进，跟海岸平行。

“咱们不能往南去，”他说，“否则大浪会把船掀翻的。”

世界在她的左边铺展，海水在她的右侧绵延。

“你瞧，”诺尔贝托说着，指向她的身后，“南方的明珠。”

她扭过头去，凝望着加尔维斯顿，在岛屿的东面，大地凹成一个钝角，与北岸相接。棕榈叶编织的屋顶和雪白的细沙星星点点，不知都是从何处弄来的。透过海上的薄雾，远处的土地呈现出腐烂般的棕色。

“在正常情况下，重建一个这么大的岛屿需要花费几十年。但是，多亏了劳工，我们四年就做到了，而且成本非常低廉。”

波莉忽然想起了班车上的男男女女，想起了他们皮肤皲裂的双手，想起了寻找儿子的曲奇。弗兰克从未搬运过沉重的建材，也从未在烈日下爬上卡车，系紧一捆长度跟身高相当的钢筋。一九九三年，他就在布法罗了。他递交了申请，打听过她的下落，但是当初他为什么会离开呢？

“咱们可以停下了。”诺尔贝托抛出一条绳子——它在空中划出一道完美的弧线，拴住一根弯曲的柱子。在此之前，那根柱子显得毫不起眼。

“这就是玛尔塔最喜欢的地方吗？”他们在绳子的末端上下浮动着。

“对。”

夕阳渐渐坠落，天空染着各种各样的蓝色，水面十分平静，甚至不像是在海上。

“倘若我要向她求婚，我会把地点选在这里。以前，她经常说：‘这是美国的尽头。’尽管加尔维斯顿就在那边。”

“你们没有结婚吗？”

“没有。”他艰难地吞咽了一下，“没有人为我们主持婚礼。如果我们结婚就好了，也许那样她就不会毅然决然地离开，也许复杂的离婚手续可以让她放慢脚步。”

“你们打算要孩子吗？”

“嗯，我真的以为我们会有一个孩子，到现在他肯定已经长大了。”

她几乎能感受到悲伤在他胸中荡漾。于是，她换了个问题，帮助他平复心情。

“所以，咱们的故事呢？咱们是怎么相遇的？”

“你觉得怎么相遇比较好？”

“在公交车上？”

“不行，一九八七年我才开始在公交车上工作。而一九八一年之前，我还在索科鲁[1]。”

“索科鲁？是在新墨西哥州吗？好吧，那咱们是高中情侣。”

1　索科鲁（Socorro）：美国新墨西哥州的一座城市。

“但你当时在布法罗。”

“反正他们又不知道。”

“是吗？”

“他们从来没问过。他们只在乎我的家族遗传病史、精神健康状况和疫苗接种经历，根本不关心我来自哪儿。”

“哈！好，咱们是邻居，从小一起长大。”

“经常隔着篱笆聊天。”

“嗯，越过我弟弟的兔笼。”

“后来咱们失散了，你加入了军队，我决定做时间旅行。”

“在休斯敦机场接到你的那一刻，我简直不敢相信自己的眼睛。”

“你第一次见到我的时候，我穿着什么？”

“我先在公交车的窗户里看到了你的影子。小巧玲珑的脸庞，老旧的绿色外套。”

“我在第一次约会时穿了什么？”

“威格[1]牛仔裤，布料上有一条折痕。我很想知道你是怎么弄出那条折痕的。”

“咱们是在哪儿碰面的？”

“在老水塔旁边的树桩。我穿着什么？”

“海军蓝的外套，鬈发。”

“咱们做了什么？”

“去公园散步，你带来一罐啤酒。当你拥抱我的时候，差点儿跟我的脑袋撞上。”

1　威格（Wrangler）：美国的一个服装品牌，创办于1904年，曾用名“哈德逊工装公司”，后于1947年改为现名。

诺尔贝托笑了："听起来似乎是非常糟糕的初次约会。"

"不，我觉得很好。"

"啤酒就免了吧，那会儿我年纪还太小。"

波浪偶尔推动小船，绳子绷得笔直，发出轻微的声音。

"我有东西要给你。"他说。

"什么？"

他从口袋里掏出一个盒子："我扔过去，你能接住吗？"

她想象着它掉进墨西哥湾里："你还是递过来吧。"

他们小心翼翼地倾身向前，他把盒子放在她的手上，里面装着一枚金戒指。

"我在玛尔塔的箱子中发现了它，估计应该是她母亲的遗物。没想到那个箱子里还有值钱的东西。总之，我觉得你应该戴上它，这样会显得更加合理。"

她不知道该说什么，只好默默地捏起戒指，套在手指上，费了一番工夫才让它通过凸起的关节。

"妈妈曾经告诉我，珠宝界的金子都是循环使用的。"诺尔贝托说。

"什么意思？"

"珠宝匠们购买金子，将其打造成戒指。但是，为了得到金子，材料供应方有时候必须把老珠宝中的金子熔化。因此，世界上的金子都在循环，从一个人手中转移到另一个人手中。就拿你那枚戒指的金子来说吧，第一个佩戴它的人早在千年之前便已经死了。"

"好诡异。"

"没人能够真正地拥有金子，对吗？它属于宇宙。如果这么想，我就不会对破产耿耿于怀了。"

“水也是一样。”

“水显然属于宇宙。”

“不，世界上的水都在循环，也许你见过这里的水。”

“我明白了。比如那片水，也许我在五岁的时候喝过。”

“或者这片水，”波莉捧起旁边的水，“也许玛尔塔用它洗过头发。”她是不是越界了？然而，诺尔贝托只是向后靠去，伸出自己的手，捞起一些水，看着闪烁的微光。

“也许这是弗兰克·马里诺尿出来的。”他嘟囔道。

“真恶心。”她倒掉手里的水，“现在它消失了，就连下落的位置都分不清了。”

她以前也做过完全相同的事情。在讲出最后几个字的瞬间，她忽然意识到自己曾经谈论过水的神秘踪迹——但当时是跟弗兰克在一起。如今，她却对另一个人说了一模一样的话语。

她不由得大为震惊。她背叛了弗兰克，而且在整个过程中，她居然毫无察觉，直到酿成大错才反应过来。她呆呆地盯着船体，玻璃钢[1]形成的图案犹如窗户上冻结的冰花。

然而，她又能怎么办呢？她仰望天空，脑海里浮现出可怕的念头。又恍然醒悟，在暮光中放声大笑。谁也无法暂停生活，在悲伤中沉浸片刻。每分每秒，世界上都有一半的人在拼命挣扎，忍受着灵魂与现实的割裂。所以大家才说，生活总要继续，而最糟糕的是，你也渐渐变得麻木，跟着生活前进，亦步亦趋。

波莉换上那条丑陋的紫色碎花裙，诺尔贝托也打扮起来，穿上白

1　玻璃钢（fibreglass）：一种以玻璃纤维或其制品做增强材料的增强塑料，所以也称作玻璃纤维增强塑料。优点包括轻巧、耐腐蚀、抗老化、防水及绝缘等，因此多用于造船。

色的短袖衬衫，下摆勉强能塞进工装裤里。“抱歉，”他说，“我找不到长袖衬衫，最底下的衣箱拽不出来。”透过薄薄的布料，她能够看见他那小小的乳头。片刻之间，她竟然对他产生了一丝温柔的怜爱之情，她感到惊恐万分，不禁怀疑自己是不是生病了。

办理结婚手续的地方就位于斯特兰德的尽头，设在那栋像船艄一样的建筑物里。他们顺着指示牌七拐八拐，来到一条双人宽的狭窄走廊上，墙壁和地毯均为棕色。所有的房门都贴着创时者公司的标志。“如今，创时者公司代替政府部门提供婚姻登记的服务。”诺尔贝托解释道。

工作人员说：“如果只有你们两个，我们可以在这儿完成。如果还有宾客，我们就去会议室进行。”他们在一间没有窗户的办公室里，大小仅够摆下一张桌子和两把椅子。她暗暗思忖，不知他们是否应该带几位宾客来，好让情况显得更加真实。

“不必麻烦了，”诺尔贝托说，“在这儿就可以。”

波莉忽然意识到，他们真的要结婚了。她把指甲掐进捧花中，直到绿色的汁液从茎干中渗透出来。那束花是他们在等待摩托艇时采摘的。

“我没有合适的表格了，你们稍坐一下，我马上就回来。”工作人员不得不侧着身子挤到门外。

诺尔贝托转过脸来看着她，仿佛要做一番鼓舞士气的演讲，可是她说：“我没事。”她拍了拍他的手：“咱们俩都没料到结婚会是这样。”

她原本打算逗他一笑，他却低沉而严肃地说：“这一切都毫无意义，不过是走个形式罢了。”好像怕她会有其他想法似的。

她点了点头。现实中的婚礼太过冰冷，强烈的失望感席卷而来，她紧紧地闭上了眼睛。

昨天，当他们在墨西哥湾上漂浮时，她问他想要重温什么回忆。玛尔塔以前经常给他唱托托乐队的《乔治·波吉》[1]，但是他只记得几句歌词：我不是唯一拥有你的人，我不应该告诉你，你是我仅有的世界。他不再说话，默默地把桨收进船里，并拢膝盖，握拳的双手压着大腿，肩膀高高耸起，每一块肌肉都在竭力抵抗着悲伤与泪水。她竭尽所能地安慰他，到了第二天，他可以假装自己是跟玛尔塔结婚，他甚至可以管她叫玛尔塔，他们就说那是他对她的昵称，她会配合他，让他感觉就像在迎娶玛尔塔一样。落日的余晖照进波莉的眼睛里，他突然失声痛哭，浑身都在抽搐。小船剧烈地晃动，她不敢凑过去揽住他，生怕一站起来就会导致翻船。他喃喃地念叨："在我的心里，我始终都跟她在这条小船上。时间永远地停止在这一刻。此后发生的所有事情，我都无法相信是真的。"

工作人员推门进来，房门撞上了他们的椅子，发出震耳欲聋的巨响。他们俩吓了一跳，互相抓住对方的手，就像小学生一样。他们同意了条款，在纸上签下名字。工作人员说："你们想接吻吗？"

他看着他们小心翼翼地把嘴唇贴在一起。

"二位，"他分别跟他们俩握手，"衷心祝你们好运。"

他们搭乘摩托艇回家，诺尔贝托靠着右舷站立，在不惹恼船夫的情况下，尽量把身体向外倾斜。

"当你坐在小船上的时候，你能看到什么？过一会儿，如果你又看到自己在小船上见过的景象，别忘了告诉我。"

---

1 《乔治·波吉》（*Georgy Porgy*）：托托乐队发行于1978年的歌曲。

“为什么？”

“以前我总是背对着玛尔塔能看到的景象。”

船夫开得飞快，远处的风景不断变化，崎岖的陆地代替了平坦的汪洋。她拼命回想，昨天，在他哭泣的时候，她越过他的肩膀看到了什么。海滨幻化成浅滩，衔接处天衣无缝，前方只有茫茫海水，没有悬崖峭壁，左边的海岸弯弯曲曲。接着，摩托艇陡然右拐，划出一个突兀的弧度，驶入了墨西哥湾。

“快到了。”她说，“快了，还差一点儿……”

当小船只靠一根绳子维系，随意漂浮在波浪上时，她看到了玛尔塔所说的尽头。折向右侧的海岸彻底挡住了其余的国土，即使她住在另一边的沙滩上，如果有人说海岸后面什么都没有，只有漫无边际的太空，她可能也会相信。你或许以为美国的尽头是一个孤独的地方，其实那里广阔而美丽，超凡脱俗，绵延铺展，仿佛沙滩正在伸出双臂，准备热情拥抱前来的每一个人。

摩托艇到了恰好跟陆地平行的位置，波莉把手放在诺尔贝托的胳膊上，说：“这儿，就是这儿。”

他们站成一排，望着世界的尽头跃入眼帘。那幅画面仅仅停留了一秒钟，然后地平线的模样又改变了，玛尔塔见过的景象也消失得无影无踪了。

1980.04

弗兰克一直都很喜欢收集东西，比如棒球卡片、邮票和硬币。有一次，他担任历史代课老师，给每一位学生都发了一枚硬币，让他们看着硬币上的日期，回忆那一年他们遇到过的重要事情。他们的个人历史是什么?

大家都想不起多少来了。他们说：“我不知道，当时我才四岁。”他努力启发他们：“这是你学会阅读的那一年吗?”学生们闷闷不乐，陷入沉寂之中。下课以后，他们小心翼翼地归还自己收到的一分钱硬币。“不，不，留着吧。”弗兰克说，但是他们都不愿意收下。

弗兰克认为，收集物品犹如撰写日记，也是一种铭刻时间的方式。波莉和弗兰克经常玩一个游戏：波莉拿出弗兰克的棒球卡片收集簿，翻开某一页，任意挑选卡片，然后问：“你是从哪儿得到这一张的?”无论波莉尝试多少次，弗兰克总能讲出卡片背后的故事。

“这一张是我跟约翰尼换来的。”

“这一张是爸爸给我买的，他第一次带我去体育纪念品商店，我感觉就像走进了美妙的天堂。”

“这一张是罗利·芬格斯的新人卡呀！咱们一起买的，你不记得了?就在奇克托瓦加的跳蚤市场，那天你在头上别了一个巨大的条形发卡。”

除此之外，弗兰克还会收集许多古怪的东西。他依然保存着自己喝过的第一瓶啤酒的盖子，那瓶啤酒是跟卡洛分享的。有一天夜里，弗兰克和波莉去一家比萨店吃晚餐，弗兰克将敞开的钱包放在红色格子的桌布上，一张票根从内衬的夹缝中露了出来。弗兰克还没来得及把它塞回原处，波莉就顺手拿了起来。

“这是当初咱们去看《超人》[1]的票根吗？”

“对。”他不好意思地说。

“两年前的老票根，你为什么还留着？”

“哪有两年，连十八个月都不到呢！况且，这是咱们俩一起看的第一部电影。”

“你可真是个傻瓜。”

后来，他们挽着胳膊，在冬末初春的街道上散步。波莉说：“你怎么知道自己应该留着那张票根？”

“什么意思？”

“你怎么知道咱们一起看的第一部电影不会成为最后一部电影呢？你还不清楚是否值得，就先把物品保存起来了。万一咱们下周分手呢？”

“那我便扔掉这张票根。”

“可是，想想看，假设咱们明天分手，你得扔掉多少东西呀！你必须翻遍每一件外套的每一个口袋，寻找票根、铅笔和我的头发丝，简直是自讨苦吃嘛。”说罢，她笑了一下，好让他明白她仅仅是在调侃而已，但她感觉到他的身体僵住了。

“咱们明天要分手吗？”

“当然不是，笨蛋。”她应该就此罢休，可是她控制不住自己，

1　《超人》（*Superman*）：这里指的是1978年上映的超级英雄电影，由英国、瑞士、巴拿马和美国四方联合制作。

她真的很好奇，“不过，你怎么知道不会发生某些坏事，将美好的回忆变成痛苦的过往呢？”

他们并未把结婚的计划告诉任何人，她想暂时保密，等到明年毕业再说。她以为这样更加浪漫，然而最近她才意识到，自己的选择似乎产生了截然相反的作用。倘若是在过去，他可能会回答，就算没有结果，我也将永远爱你。但是，自从波莉搬走之后，他们的关系便紧张起来，一改往日的轻松愉快。

“既然你的态度这么糟糕，那我也无话可说了。实际上，有些姑娘会觉得我收藏物品的做法很可爱。”

“也许你之所以跟我在一起，只是因为此刻你被困住了。你要花费很久才能把我从你的生活中清除出去。”她原本打算逗逗他，可是他突然抽走了自己的胳膊。

“知道有人对你如此死心塌地，感觉肯定很好。”

接下来，波莉努力挽救这个夜晚，她相信自己依然可以让一切回归正轨，就像迈出饭店之前一样。但是，当他们躺在床上时，她把指尖滑进他的裤腰里，他却推开了她的手。他们再过两周才能见面，她想趁着裂痕还没形成，赶紧采取措施修复，然而弥补的机会已经消失了。为此，她感到闷闷不乐。可是在他看来，她仿佛对他的离开漠不关心。

“我们表达爱意的方式好像不同。”唐娜询问他们俩闹别扭的原因，波莉在电话里解释道。

“什么意思？那你为何不干脆用他的方式来‘表达爱意’呢？”

波莉倒是希望，他们之间能有一个实实在在的具体矛盾，而不是这种虚无缥缈的青春期烦恼。

“在他面前，我想做自己。”

“不要吹毛求疵，”唐娜说，“你会把他逼走的，难道你不明白真爱难寻吗？”

波莉和弗兰克决定利用周末假日出门旅行。眼下冬日将尽，但是尚未入春，波莉想去温暖的佛罗里达州。可是弗兰克说，他们应该去哥伦比亚特区[1]赏樱花。佛罗里达州在任何季节都很漂亮，而樱花一年只开一次。他小时候曾经跟外祖父去过，波莉肯定会非常喜欢。她不知道他为什么会这样推测。

制定计划的过程充满了波折。波莉想早点儿回来，在复活节[2]后的周一探望唐娜，弗兰克却抱怨他们相处的时间太少了。

“可是，咱们以后还会一起度过许多节日呢。”波莉说。

“是吗？”弗兰克的语气十分伤感，波莉觉得莫名其妙。

“你必须哄着男人，”唐娜说，“他们都很脆弱。”

“咱们找个小店吃晚餐吧。”波莉说。

“现在没工夫闲逛，否则抵达宾馆就很晚了。”弗兰克说。

“咱们一起躺到中午吧。”波莉说。

“可是我已经做好了日程安排，应该充分利用时间。”弗兰克说。

周六早晨，他们坐在床上，一边喝咖啡，一边收看《大力鼠》[3]，宾馆的棉被裹着赤裸的脚丫，波莉终于感到弗兰克放松下来了。“这

1　哥伦比亚特区（DC）：指华盛顿哥伦比亚特区（Washington, D. C.），美国首都，以美国第一任总统乔治·华盛顿（George Washington，1732—1799）的姓氏命名。

2　复活节（Easter）：庆祝耶稣复活的节日，通常为自春分起第一次月圆之后的第一个周日。

3　《大力鼠》（*Mighty Mouse*）：又名《太空飞鼠》，美国系列动画片，分别于1955年至1961年间和1979年至1987年间在电视上播出。

样真不错。”他说。波莉轻轻地回答：“嗯。”她没有扭头看他，也不敢大声讲话，以免打破美妙的魔咒。可是，动画片中忽然插播了一段广告，弗兰克把他们的杯子拿进浴室里，接着便开始穿鞋。

“你在做什么？”波莉问。

“咱们得走了，我预订了九点半的观光巴士。我告诉过你，难道你忘了？”

“咱们就不能歇一会儿吗？”

“你总不想浪费整趟旅行，待在宾馆里睡大觉吧？”

话音刚落，弗兰克便后悔了，波莉看得清清楚楚，仿佛他把内心的感受说了出来。她毫不留情地发起了攻击。

“你干吗这么着急？搞得就像世界末日一样！我错过了什么？是不是咱们俩之中有人得了绝症，你没告诉我？”

“你为何要如此冷嘲热讽？你住在六小时车程以外的地方啊！当初，我全力支持你搬家的决定，现在我却成了坏人，就因为我想好好规划咱们在一起的这点儿时间，而不是无所事事地虚度光阴吗？”

“我受不了这种高度紧张的生活状态，仿佛每天都是咱们在一起的最后一天。”

他们俩同时开口。

“这就是最后一天，咱们没法天天见面！”

“这不是最后一天，这仅仅是开始罢了！”

“咱们在一起的时间是有限的，你为什么不愿意承认？”

“好。很快，我和你就会结束，世界也会消失，大家都会死去。你满意了吗？”

床头柜上的电话响起，突如其来的铃声吓了他们一跳。

“喂。”波莉说。

“温馨提示，请您在五分钟内前往大厅，搭乘观光巴士。”

“拜托，”波莉挂断电话，“你到底在害怕什么？”

弗兰克颓然坐了下去，旁边摆着一个行李凳，正好能够接住他，然而他只是自顾自地坠落，不管那里是否有东西。他看起来好像快要哭了，她的愤怒变成了羞愧。

她想起了一句可以安慰他的话，但一时又不知道该如何确切解释那句话的含义。

在波莉的母亲去世以后，一大群成年人排着队告诉她，她的母亲将永远活在她的心中。每天，她都会逃学去树林，仰面躺在大地上，松松垮垮的毛线外套沾满了叶子，清冷的天空离得很近很近。守护另一个人在世上的存在是一份重大的责任，肩上的负担压得她喘不过气来。弗兰克唤起了那段逝去的岁月。他总是小心翼翼地收集各种物品，仿佛若非如此，一切就会消失。他害怕遗忘，当年的她也是一样。

连续好几周，她都顶着一头缠满细枝的乱发回家，唐娜对她说：“如果你和男孩子在树林里鬼混，并且怀孕了，那我就只能祈求上帝保佑了。”波莉哭了起来。这种情况很常见，所以唐娜并没有理会她，而是摆好餐桌，使劲地搅拌菜肴。可是，直到碗里的汉堡汤[1]都凉了，波莉还在抽泣。终于，唐娜说：“怎么了？究竟怎么了？”

唐娜对愚蠢的事情毫无耐心，然而波莉还是告诉她了：“如果我忘了妈妈，她就会消失了。”

令波莉惊讶的是，唐娜握住了她的手，讲话的声音十分低沉，饱含着难以言喻的情绪：“事情一旦做了，就无法抹去。不管你是否记

1　汉堡汤（Hamburger Soup）：一种由碎牛肉和蔬菜制成的汤羹。

得，你的母亲都曾经活过。”

这个念头给波莉带来了深深的安慰，无论发生什么，过去永远都在。过去是安全的。

波莉也很想对弗兰克说，事情一旦做了，就无法抹去。但是，她又怕他会产生误解，在他听来，这句话也许显得很悲观。

窗外，观光巴士开始鸣喇叭了。

在上车时，波莉和弗兰克依然面红耳赤，他们尴尬地坐着，犹如两个陌生人。他们途经华盛顿纪念碑、白宫、国家广场和林肯纪念堂[1]，始终沉默不语。当巴士从波托马克河[2]上方驶过时，她伸出胳膊搂住了他，努力安慰他，化解刚刚的不愉快。在抵达阿灵顿公墓[3]之前，巴士钻到一座桥梁底下，趁着穿越黑暗的瞬间，弗兰克举起相机，拍下了他们俩映在玻璃上的影子。

来到公墓，他们匆匆忙忙地跳下车，因为几分钟后，观光之旅仍要继续进行，而弗兰克答应过自己的母亲，会在墓地前面拍一张两人的合影，寄给外祖父。相机的胶卷用完了，弗兰克在包裹里翻找新胶卷，波莉打开了相机的后盖。她不由得尖叫一声，赶紧又关上了，眼泪汪汪地盯着弗兰克。

“怎么？你忘记倒胶卷了？”

---

1 华盛顿纪念碑（Washington Monument）：为纪念乔治·华盛顿而建的一座方尖碑，高约169米，是世界上最高的石质结构，也是世界上最高的方尖碑。白宫（White House）：美国总统居住和办公的地方。国家广场（National Mall）：又名华盛顿国家广场，是一处开放型的国家公园。林肯纪念堂（Lincoln Memorial）：为纪念美国第十六任总统亚伯拉罕·林肯（Abraham Lincoln，1809—1865）而设立的纪念堂

2 波托马克河（Potomac River）：美国中东部最重要的河流，从波托马克高地流往切萨皮克湾，全长约652公里。

3 阿灵顿公墓（Arlington Cemetery）：又名阿灵顿国家公墓，埋葬着美军的阵亡将士及其家属，位于美国弗吉尼亚州阿灵顿郡，与华盛顿隔波托马克河相望。

她点了点头。

“不要紧。”他拍了拍她的胳膊，“只有最后几张会曝光，其余的都能完好无损。”

可是，他们在巴士上拍摄的照片正是胶卷的最后一张，如今永远地消失了。经过漫长的冬季，土地变得十分干硬，她放眼望去，第一次仔细观察那些小小的白色墓碑，它们整齐得令她感到非常难过。

弗兰克拿着相机站在高处。

“别再耿耿于怀啦，没有意义，真的，”拍完几张快照后，他说，“覆水难收嘛。”他朝她眨了眨眼睛，“没关系，咱们不会忘记那张照片本来的模样。”

她不敢询问他指的是哪一张，怕他说出的不是桥下的那一张。于是，她默默地牵起他的手，体内涌起一股混合着灼热与冰冷的激流，就像他们初次见面时的感觉一样。

他找到一位闲逛的妈妈，请她帮忙拍摄寄给外祖父的照片。没想到，这位摄影师是一个完美主义者。

“咱们再拍一张，以防万一。”她不止一次地说道，她的孩子们在旁边围观。波莉和弗兰克一直面带微笑，脸颊都麻木了。波莉决定配合弗兰克，所有事情都按照他希望的方式来做。为什么不呢？

“不，不，”那位妈妈高喊，“别看他，看我！”

他们返回车上，波莉感到如释重负。其实这很简单——只要态度随和就行了！为何先前她会觉得那么复杂呢？

“我玩得很开心。”她对弗兰克说。

下午，乌云退散，天朗气清，他们出门去赏樱花，空气中飘着淡淡的粉色。他们跟着人潮移动，胳膊肘紧贴在身体两侧。眼下正值周末假日，到处都是游客。一名少年忽然跃起，抓住一根树枝，周围的惊呼声此起彼伏，在一片花瓣雨中，他落向地面。

“臭小子！”有人嚷嚷道，“难道你没有父母吗？”

“以前没有这么热闹，”弗兰克说，“你瞧，樱花树是不是很棒？”

“嗯，”波莉说，“看起来就像粉色的爆米花。”

“我从未听过别人这样形容花朵。”

最后，他们被困在了道路和草坪之间的栅栏旁，根本看不到湖[1]对面的任何纪念性建筑。弗兰克始终都兴高采烈，显然忽略了跟三百名游客共享一条小径的不适。拥挤的人群迫使他们跳过栅栏，朝停车场撤退，波莉说：“好啦，接下来该做什么呢？”

“你想走了？这么快？”弗兰克说。

“咱们当然应该留下，不如坐一会儿吧。”

附近无处可坐，只能坐在草坪上。两人好不容易才在树下找到一小块空地，可是刚刚蹲下，就有一大家子人跑过来摆姿势拍照。他们簇拥着那棵樱花树，竭力让全体成员都出现在画面中，他们的膝弯顶上了波莉和弗兰克的鼻子。然后，有人推着婴儿车，从波莉的手背上碾过。

“真是够了。”说罢，她径直朝停车场走去。

“你不喜欢樱花。”弗兰克跟在后面。

“难道你不觉得这么多人很烦吗？”

“你为何不喜欢花？姑娘们都喜欢花。”

1　湖：这里指的是潮汐湖（Tidal Basin），湖边栽种着日本于1912年赠送给美国的樱花树，那里每年初春都会举办樱花节。潮汐湖附近有华盛顿纪念碑、杰斐逊纪念堂、马丁·路德·金纪念园、罗斯福纪念公园和乔治·梅森纪念亭等一系列纪念性建筑。

“那简直是侮辱。”

“什么？为什么？”

“我还以为你只想带我来这儿，而不是任何姑娘。”

“我不是那个意思。”

“行，我不懂。”

“你不懂什么？”

“这些花。我确实喜欢它们，第一眼看到它们，我会忍不住说：‘哇。’可是，那边居然有一辆车挂着蒙大拿州的车牌。人们不远千里跑来，究竟是为什么？这些花甚至连香味儿都没有。”

“因为它们不能长久盛开！它们是非常独特的！”

“但是世界上的花都会凋谢。如果它们可以长久盛开，才显得更加独特。”她捕捉到了他的破绽，进一步捍卫自己的观点，可是他忽然走了。

“好吧。”他说。

“等等。”她的思维停滞了，突如其来的意外令她深感困惑。

“我要回车上了。”他表现得非常平静。

“别搞得这么夸张。”她喊道。她没有跟上变化的节奏，依然深陷在愤慨之中，而他却独自离开了。他耷拉着双肩，体内的怒火已经彻底消失了。她目送着他远去，感到十分震惊。以前从未发生过这种情况，他竟然放弃了。

他穿过停车场，找到自己的汽车，钻了进去。她害怕他会立即发动引擎，将她留在原地，跟乱糟糟的游客做伴。不过，汽车纹丝未动。

她静静地站在土丘上，挡住了试图通过的游学团、旅行团和情侣们。在停车场边缘，有人推着小车贩卖纪念品：樱花香皂、T恤衫、杯子。他不能放弃，她还没有做好准备。恐慌笼罩着她，令她手足无措。她想告诉他，无论发生什么，过去都是安全的。但是她知道，他真正在乎的并非过去，而是未来。强烈的疼痛攫住了她的心脏。

她故意放慢脚步，缓缓地走向他的汽车，这样一来，也许等她抵达那里，他就会很高兴见到她。她绕着同一排车辆转了两圈，让他有更多的时间平复心情。

当她爬进车里时，他只是呆呆地坐在驾驶座上，凝视着挡风玻璃。

“听着，”她开口道，“你说咱们在一起的时间有限，我明白你的意思，我并不傻。我之所以知道，是因为……”她犹豫了一下：“因为我家里的事情。”她没有勇气说：“因为我母亲的事情。”即便对方是他也不行，即使过去了这么多年也不行。

他的手从唇边落下，牛仔布的外套窸窣作响。

“那你为何不肯表现出来？”

直至此刻，她才意识到自己变得跟唐娜十分相似，一定要用愤怒的声音谈论现实。

“因为那样会破坏当下，破坏眼前的一切。”她把手伸进自己的膝盖之间，“我给你带了点儿东西。”

“你偷花了吗？你不应该碰那些树。”

“不，我的礼物更好。你瞧，”她从汽车的座椅底下掏出一束樱花，“这是塑料的，不会凋谢，很独特。”她把樱花放在他的大腿上。

他低下头，默默地看了片刻。他拨动花瓣，可是它们仍旧牢牢地粘在茎干上。他清了清嗓子，发动引擎。

他们花了好大的工夫才离开停车场。不管车子拐向何处，总有一大群人摇摇晃晃地挡在前面，无论是倒车还是转弯，都难以动弹。在出口处，他们逗留得最久。游客们似乎认为汽车不再是汽车，而是一块凸起的岩石。二十多个老年人横穿马路，大家都走得很慢，要么是由于疲倦，要么是忙着聊天，要么只是想在路中央停下脚步，优哉游哉地东张西望。

他把塑料樱花塞到副驾驶座的遮阳板顶上，接着伸出胳膊搂住了她。她深深地吸气，捕捉着他身上的味道，就像淋过大雨的夏日街道，湿热中透露出一丝清新。

从此以后，那束假花便一直留在车里。每次有人打开遮阳板，它都会掉下来；即使弗兰克的朋友们常常抱怨，说它破坏了车子的整体外观；即使是到了年底，当他们俩开着这辆车前往南方时，它也依然陪伴着他们。

在一个六月的夜晚，诺尔贝托没有回家。起初，她并未担心，通常情况下，他都回家很晚。这并非什么了不起的负担，毕竟他们每天只会相处一小时。她走进院子，在地坑中生起一堆火。现在天气太热，已经不适合用木柴炉了。这是他们的惯例：谁先回来，谁就泡咖啡，这样在另一个人到家的瞬间，他们的一小时便可以立即开始。

将近午夜时分，她猛然惊醒，发现自己刚才靠着一根原木睡着了。十点以后，海上就没有了渡船，船夫都去休息了。今晚，诺尔贝托不会回家了。

清晨，她一跃而起，跑进门厅里查看。此前，他曾经把一张折叠床塞到杂货堆中，可是现在，床上空无一人。

如果没有诺尔贝托和他提供的住处，她就无法在十个月之内完成合约。他是迷路了，还是受伤了？他虽然身材高大，却是一个性情软弱的傻瓜，任何事情都有可能发生。

下班以后，她步行前往穆迪公寓。自从遭到驱逐之后，她便再也没回去过。她想象着自己来到商店里，却不见他的踪影。夏日炎炎，户外潮湿而沉闷。等到她抵达目的地，身上已经大汗淋漓。

她毫无防备地迈入公寓，熟悉的气息扑面而来，一切都变了，这股味道却依然如初。她仿佛看到自己穿过大厅，踏上楼梯。可是，那个似曾相识的姑娘早就消失了，永远地淹没在岁月的长河中。她努力控制着情绪，把过往的点点滴滴从眼前抹去。

一群租客簇拥着摆满果酱的展示架，他们一瞧见她，就知道她不属于这里。

“你在寻找什么东西吗？”其中一个人说。

“我在找我的丈夫。”

大家纷纷让开，诺尔贝托就坐在后面，守着整洁的老办公桌。然而，他脸色铁青，双目充血，显得十分憔悴。

她走向他：“你生病了吗？”

“你在这里做什么？”

“我来找你。”

他们压低了声音，因为周围全是爱管闲事的租客。

“我很好，你先回去吧，我们在家里见面。”

“可是，发生了什么事？你会回家吗？”

“当然了，你这个白痴。”租客们目瞪口呆地盯着他，震惊不已。谁也没料到，丑陋的公寓管理员居然藏着一位年轻的妻子，而且他还让她过得如此凄惨。

她站在玻利瓦尔锚地的岸边等他。船夫第一次离开时说：“你确定不想上来吗？”第二次，他说：“这是最后一趟船，马上就要下雨了。”于是，她只好爬进去。他刚解开摩托艇的缆绳，诺尔贝托就跑上码头，腾空跳起，重重地落到甲板上。摩托艇下沉了一英尺，然后才恢复平稳，其他乘客东倒西歪，连声抱怨。

“她一直在等你。”年迈的船夫说。

“抱歉，亲爱的。”诺尔贝托伸手搂住她，他的汗水散发着酒精般的臭味儿，她赶紧闪开了。

他们刚跨进前门，天空就下起了瓢泼大雨。她点亮煤油灯。

“今晚，我应该用木柴炉生火吗？”她问。

“随便。”他消失在走廊上。

经过一天的担惊受怕，愤怒渐渐涌现出来。

“你昨晚去哪儿了？”她高喊道。

他没有回话，她沿着走廊前进。

他在深处的卧室里，摸黑搬运自己的存货。这个房间非常狭窄，估计原本是孩子或者女佣居住的地方。

“你在做什么？”

他吓了一跳。暴雨拍打着屋顶，掩盖了她的脚步声。

“没什么。”

“你喝醉了吗？你平常根本不碰酒的。”

“那又怎样？”

“我很担心你。”

“我没答应过要每晚向你报告。”在酒精的作用下，诺尔贝托并未变得迟钝，反倒更加尖锐了，“工作上是奴隶，在家里也是奴隶，我到哪儿才能获得自由？”

这句谴责并不属于他们。它以前肯定也出现过，在这栋房子里，在他的另一段人生中。它始终沉睡在墙壁之间，直到被怨愤唤醒。

“你刚才叫我‘白痴’，当着十几个人的面！”其实她想说的是，当着十几个O-1的面。

他坐在一摞低矮的杂物上：“现在变成真正的婚姻了，是吧？”他表现得好像她才是有问题的那一方。

在他的重压下，顶部的东西纷纷挪动了位置。一份健身中心的宣传册露出半截，封面上印着“一九七九年七月盛大开业”，一本儿童纸板书歪歪扭扭地斜在外面，一封折叠的信件飘落在地板上。那封信吸引了她的视线，紧接着她的思维便停滞了——信上的文字竟然是她自己的笔迹。

诺尔贝托猛扑过去，可是她比他还要迅速。她抓起那张边角磨损的信纸，瞥见了前几行内容：亲爱的弗兰克，我该如何写这封信呢？我很快就会去见你了。这是她几个月前发往葡萄大街的信件，当时她把它交给了诺尔贝托，拜托他代为邮寄。

怒火在她的心中熊熊燃烧。

“假如这封信寄出去了，万一你得知他已经去世了或者结婚了，那该怎么办？”他说，“你会失去寻找他的理由，不再继续帮我了。我不能冒险。”

“那你为什么还留着它？你就不怕我发现吗？”她气得语无伦次。

“扔掉它感觉像犯罪。”

她沿着走廊往回跑。

“你要去哪儿？”他大叫。

她拎出一包报纸，举起一张叙述“萨达特[1]访问以色列”的头版版面，动手撕了起来。

“你在干什么？不行！”

她把那张报纸一扯为二。

“我需要它！”

她使劲拽断捆绑报纸的绳子，拇指和食指之间的皮肤被划破了。下一个标题是《伦敦希斯罗机场[2]对亚洲移民实施贞操检验》，她毫不

1　萨达特（Sadat）：指安瓦尔·萨达特（Anwar Sadat，1918—1981），埃及第三任总统，于1970年至1981年期间在任，在一次阅兵式上遇刺身亡。

2　希斯罗机场（Heathrow Airport）：英国首都伦敦的主要国际机场，世界上第二繁忙的国际机场。

留情地将这张报纸撕成两半。

“住手，住手，住手！”

他蜷缩在沙发上，硕大的脑袋抵着膝盖。他不停地呜咽，喉咙里发出痛苦的悲鸣，听起来非常可怕。她停了下来。他肯定是遇到了什么事情，很糟糕的事情。

“你昨晚为什么没有回家？”她问。

这一次，他告诉她了。六周前，他按照原计划，把婚姻登记的文件寄给中介，由中介为他们递交所有资料，包括伪造的验孕试纸和超声波图像。四周后，社会福利办公室应该传来消息，结果却杳无音信。他试遍了中介留下的各种联系方式，可是并未收到任何回复。中介已经消失得无影无踪。昨天，在极度的恐慌中，他亲自去了一趟社会福利办公室。他们搜索了记录，说没有他的申请。他提供了两人的名字。然而，他们什么都找不到。

“你给了中介多少钱？”

“我为创时者公司工作以来的全部积蓄。”

转眼间，她便想明白了，自己不会受到牵连，只要他还允许她住在这儿就行。可是，他白白浪费了将近十年的光阴，比她原本的合约还要多出两倍。

“我把所有的照片都放进申请资料里面了，中介说最后会还给我的，现在统统没有了。”

她穿过房间，走到他面前。当他靠近她的时候，她任凭他用湿乎乎的嘴唇亲吻了自己的脸颊，因为他失去了一切，而她可以给予些许安慰。接着，他把手放在她的背上，所有深埋于心中的爱的回忆，此刻突然挣脱了束缚。现在，她不由得伸出双臂，牢牢地抓住他的脖子，因为有一股洪流正在推着她向前。

片刻之后，她才发现，他在摆弄她的工作服，最上面的纽扣已经解开了。“不，”她说，“不，不，不行。”

“没关系，”他说，“别担心。”

“我不想那样做。”

他努力对付第三颗纽扣，可是工作服的质量很差，纽扣太大，孔洞太小。“不。”她说。她把胳膊肘挤进他们的身体之间，推开了他。

“求求你，求求你，只要一两次就好。你不必管这个孩子，一旦你分娩，我会抚养他，你依然可以离开，依然可以回家。我不能这样活下去，波莉。我没有任何力量，也没有任何资本。”

她放声尖叫。她试图抬起膝盖去踢他的胸膛，但是他把她的膝盖压在自己的身体底下，令她动弹不得。

“这就是我没有回家的原因。我知道自己必须这样做，可是我不想，我不是那种人。其他男人会这样做，我从来没有。”

她挥舞胳膊，用掌根猛击他的下巴。然而他皮糙肉厚，体形庞大，可以毫不费力地控制住她。

“我别无选择。这样做，我就能获得自由。”眼泪顺着他的脸颊滑落，滴在她的面庞上。

他用膝盖顶开她的双腿，她的眼睛充满了泪水，光线模糊，她看不清楚了。煤油灯就在厨房的料理台上，她可以够到。但是，万一她不慎杀了他，那该怎么办？

他把小臂卡在了她的喉咙上。

她想方设法抽出一只手，摸索着抓住煤油灯，灼热的玻璃烫伤了手掌心，她把煤油灯砸在他的后背上。

他一跃而起，嘴里不停地哀号，头发都着火了。她滚向地板，前额碰到了咖啡桌，转瞬之间，所有事物的色彩都褪去了。然后她挣扎着站起身来，踉踉跄跄地迈下门阶，径直朝前方狂奔。她忽然意识到，如果自己沿着街道逃跑，他可以轻易地找到她。于是，她摇摇晃晃地钻进田野中。暴雨倾盆，她只能瞥见脚边的野草，它们在靴子的踩踏下纷纷躺倒。她发现自己好像攥着什么东西，那是一件雨衣，肯定是她在跑出来之前顺手拿起的。她哆哆嗦嗦地套上袖子，用兜帽遮住眼睛，却不料狠狠地撞上了某个直立的物体，肺部的空气荡然无存，她感到呼吸困难，口中满是沙子。原来，她在慌乱中走偏了，迎头撞上了一个沙丘的底部。她用手捂住嘴，以防自己喊出声，尽量贴着草丛，慢慢地爬上沙丘，以便确定自己的位置。一开始，她无法分辨方向，周围的一切都跟印象中截然不同。可是片刻之后，她便找到了那条熟悉的街道，接着便是废弃的邮筒和诺尔贝托的家。那栋房子距离此处将近一英里，没有起火，也没有亮灯。她感到一股渴望在体内翻涌，盼着他不要死。她靠着沙丘，等待他活着的证据出现，可是当大雨和夜晚的掩护开始逐渐消失时，她必须离开了。

在夏季的傍晚，4A1号的女人们总是绕到集装箱后面的阴影里，把水桶整齐地排列成一行，避开好事者从公路上投来的视线。她们会坐下闲聊，蘸着零星的盐粒儿，吃着切片的大头菜。

这一天，波莉在暮色中出现了。早晨，她像往常一样从码头步行去工厂。她神情恍惚，任凭双脚带领自己前行。下班以后，她沿着教堂大道走了十二分钟。虽然天空很干燥，但是她依然穿着雨衣。大家看到她回来了，连忙去叫曲奇。

“你愿意告诉我发生了什么事吗？”曲奇说。波莉摇了摇头。曲奇没有逼问，她明白，叙述的过程可能会非常痛苦。曲奇拿出自己的瓶装水，为波莉洗手，玛丽用煮过的破布给波莉包扎。她们让波莉戴上一只园艺手套遮挡伤口，以便继续在工厂切割瓷砖。

“过来跟我们坐在一起吧，你会觉得好受一些。”曲奇说。

现在，波莉已经能听懂一点儿西班牙语了。她知道“你”和“我”[1]，还有基本的动词及地名，而且她也可以根据音调的高低判断情绪的起伏。

“你们为什么在这儿？树林里的房子呢？”波莉问。

“由于违反公共卫生条例，我们的房子被查封了。毕竟，不承担风险，就没有收获。”曲奇说。可是，她把双臂环在胸前，下巴向外伸出，犹如忧郁的海龟，她的积极乐观还是染上了一丝悲伤。

“也许你们可以换一栋房子？”波莉提议道。

玛丽摇了摇头：“我们不会再尝试了。”

她们聆听其他伙伴讲故事，内容跟一个卑劣的领班有关。曲奇时不时地伸出胳膊，拍一拍波莉的手。波莉曾认为，别人都在同一边，而自己却在另一边，不过那只是一种感觉，如今，这种感觉真的成了现实。

她们把防水布折叠起来，充当褥子，铺在墙壁和最后一张床之间的地板上，这个位置不容易被发现。但是，她不能久住，集装箱很快就会迎来一次检查。如果情况暴露了，她们全都得遭到解雇。

连续好几个晚上，她都睡不着觉，心惊胆战地等着诺尔贝托来找她。过了三天，她觉得他应该是死了。

从前的生活统统化作虚无缥缈的想象，弗兰克和唐娜则成为遥不可及的梦中之人。她吃不下饭，也无法停止哭泣。她总是想起诺尔贝

1　你、我：原文均为西班牙语。

托，想起他独自躺在咖啡桌底下，浑身烧焦或者皮肤铁青，想起他那悲剧而愚蠢的一生，想起他们坐着小船出海的夜晚。

在干活儿的地方，她努力让自己变成一台机器，她的愿望和雇主的愿望终于达成了一致。时间划分为工作，工作划分为任务，任务划分为操作。感觉就像抓住一根长长的绳子，从万丈深的地洞里往外爬，两手交替，一点儿一点儿地攀升，仿佛永无尽头。午休之后，她踏上狭窄的通道，不经意地望向窗外，瞥见诺尔贝托站在篱笆的另一侧。她走了四步后，才反应过来自己看到了什么。她鼓足勇气，退了回去。

框架内镶嵌的玻璃早就碎了，所谓的窗户仅仅是墙上的一个洞。她站在开口旁边，背对着外面，然后缓缓地转身，周围的景象一点儿一点儿地跃入眼帘。随着角度变化，她觉得自己马上就要看到他的脑袋了。然而，他并不在那儿。

酿酒厂附近什么都没有，只有一片空地，长满了齐腰高的荨麻。她肯定是产生了幻觉。

可是，这个幽灵般的影子始终萦绕在脑海中，挥之不去。如今，她每次经过那扇窗户，都会忍不住瞥一眼，这一突如其来的插曲破坏了千篇一律的日子。

几天以后，她又看到了他。她再次贴着墙壁，慢慢扭头，在转到七十度时，她瞧见了他的脸。他直勾勾地望着她，但是丝毫没有表现出认识她的迹象。她想朝他挥手示意，可是她不敢轻举妄动。

他走了。

她撒腿狂奔，跑下狭窄的通道，穿过老旧的码头，冲向那片空地。荨麻扎进她的裤腿，她不停地转圈，企图看到全部的方位。这里没有人，唯有灰暗的天空在默默俯瞰，肮脏的野草在随风摇摆。她恐怕是疯了。

有人会向公司报告诺尔贝托没有去上班，他们会前往他家，发现他倒在地板上，烧伤致死或者窒息而亡，他们会寻找他的妻子。她不能逃跑。如果她要逃跑，就必须经过检查站，那样他们想抓她就更容易了。

五天过去了，一周过去了。接着是十天，十二天。然后，曲奇找到了她的儿子。

曲奇借助人口统计中心找到了他的地址，并且通过创时者公司给他发送了一封电报。不久，她便收到了回复，他说会在周日傍晚来见她。

周日那天，有些女工正好休假，下午四点左右，她们就忙碌起来，把水桶扣在地上，充当聚会的座位。玛丽拿出了珍藏的宝贝——一个印着圣诞老人图案的旧锡盘。她们从路边的灌木上采来桑葚，将西红柿切成薄片，仔细地摆好，然后把锡盘放在圈子中央的水桶上。到了五点，曲奇下班归来，她惊喜得快要晕过去了。

“我希望他来的时候，大家都在这儿。”曲奇说，“那样咱们就可以一起高兴了。”

波莉感到十分惊讶。如果她是曲奇，肯定无法忍受众人的围观。实际上，波莉非常紧张，她静静地坐在旁边，后背紧贴着墙壁。

“我看起来像老太婆吗？”曲奇不停地问，“我瘦了好多，但愿不要吓到他。”

“别胡思乱想。”玛丽的语气十分夸张。

有人围着一只足球踢来踢去，三名女子在翘首张望。每当港湾大道上的车辆驶向第三十七街，她们都会激动地尖叫。无论是小汽车、公交车还是皮卡，只要一露面，她们就发出欢呼声。随着车辆逐渐靠近十字路口，她们的嗓音变得越来越高亢。然而，车辆总是径直穿过第三十七街，她们便立即安静下来。左邻右舍纷纷探出脑袋，查看喧哗吵闹的源头在哪儿。

六点，她们开始坐立不安了。戴安娜在一个水桶上打着拍子，年长的女人们合唱了两首墨西哥民歌。其中一首是《亲爱的小甜心》[1]，曲奇为波莉翻译了另一首的歌词，据说是来自一块岩石的建议，告诫人们要主宰自己的命运，即使没有金钱也不要灰心丧气。

七点，一些天主教教徒拿着玫瑰念珠[2]祈祷，声音抑扬顿挫，语调高低一致。

八点，有几个人必须赶在熄灯之前进去洗澡。“我们马上就回来。”她们说。

九点，波莉倾身向前，把自己的手放在曲奇的肩膀上。“别担心，”她说，“现在依然是傍晚。你瞧，太阳还没下山呢。”

十点将至，玛丽靠在集装箱上睡着了，轻轻地打着呼噜。周围只剩下两个女人，她们是一对姐妹，互相搂着对方，正在低声交谈。她们提交了寻找母亲的申请，依然在等待回复。曲奇已经整整一小时没开口了。

波莉的眼睛早就适应了昏暗的光线，而且港湾大道的路灯亮着，恰好能照到集装箱区域的边缘。可是，当她望见一个黑点般的身影在移动时，她什么都没说，她不敢相信自己。那个身影每走一步，她的

1　《亲爱的小甜心》（*Cielito Lindo*）：墨西哥民歌，由墨西哥作曲家基里诺·门多萨·科尔提斯（Quirino Mendozay Cortés，1862—1957）于1882年创作。

2　玫瑰念珠（rosary）：天主教教徒在诵念《玫瑰经》（*Rosary*，又名《圣母圣咏》）时所使用的一种念珠。

心脏就抽搐一下，仿佛他是她的亲人。

等到他出现在大约五十码以外的地方，波莉才拉起了曲奇的手。刚刚，曲奇一直盯着自己的双脚，在波莉的触碰下，她抬起头，望向远方，握紧了波莉的手。那个身影越来越近，她的手也越来越用力，波莉的手指被捏得隐隐作痛。那名男子来到面前，曲奇忍不住高呼了一声。

“妈妈，”曲奇的儿子说，“是我。”

玛丽猛然惊醒，喜悦地尖叫起来。

那对姐妹连忙走过来，扶着曲奇站了起来。

曲奇攥着他的胳膊肘，目不转睛地凝视着他。波莉始终把他想象成一个小男孩儿，不过毫无疑问，他是一名胳膊强壮、笑容灿烂的成年男子。

“你何时变得这么高了？”曲奇说。

“我一直都这么高，你只是忘记我已经长大了。”

曲奇泪流满面。忽然之间，她好像不会呼吸了，原本应该呼气，她却使劲吸气，结果险些窒息。她的儿子伸开双臂拥抱她，她趴在他的胸口啜泣。

“没事了，妈妈，一切都会好起来的。”他说。

等到了二〇〇一年，曲奇和她的儿子就可以完成合约，他们打算找一栋房子，一起生活，也许地点会选在得克萨斯城[1]，那里有一片原创时者公司工人的聚居地。“等你完成合约以后，你应该搬来跟我们同住，”曲奇说，“你现在是单身了，对吗？”

1　得克萨斯城（Texas City）：美国得克萨斯州的一个城市，位于加尔维斯顿湾的西南海岸。

波莉从未对曲奇提起过弗兰克，如今再从头解释，恐怕是不太可能了，就算讲也讲不清楚。其实，她做了这么多事情，只是想回到他的身边，陪着他在汽车里大声唱歌，看着他在沙滩上蠕动脚趾，听着他在睡梦中轻笑。

波莉在脑海里描绘了一幅地图，画出自己以前去过的地方。她分别选择了距离母亲家、唐娜家和弗兰克家最远的位置，然后开始想象归乡的旅途，先是从上方俯瞰，接着又拉近镜头：公路，烟囱，汽车转向灯，美仕唐纳滋[1]，伤痕累累的路标，活蹦乱跳的石子，手中的球形门把手，厅里的无花果香气。一切都历历在目。

在第二十一天，领班来到她的工位，通知她在下班后去创时者公司的总部报到。她害怕这可能是某种陷阱或者测试：如果她逃跑了，就证明她有罪。于是，她尽快赶到了指定地点。

总部是一栋低矮的长条形建筑，紧挨着通往陆地的堤道，孤零零地坐落在一片空地上，他们肯定花钱让H-1清除了周围的野草。这里曾经是一所邮局，在一九八〇年，她来给唐娜寄过明信片。

屋里，那个长长的柜台还在，可是你必须先走向前面的一张桌子，报上自己的姓名，接待员会递给你一份十页的表格。波莉翻了翻其中的内容。时间旅行前的最后已知地址，介绍人姓名，血型，家族病史。

“不好意思，打扰一下，”波莉说，“你确定我需要填写表格吗？你知道我为什么来这儿吗？”

“所有人都得填写表格，无论你想进行何种问询。”

“我没打算进行问询，我是按照要求来这儿的。”

---

1 美仕唐纳滋（Mister Donut）：原为美国连锁快餐店，创办于1956年，总部现位于日本。在1990年后，美国的美仕唐纳滋多数改名为“唐恩都乐”（Dunkin’ Donuts）。

“所有人都得填写表格。”

波莉花十五分钟完成了任务。

“你还空着几个地方，”接待员说，“每一项都必须填好。”

波莉拿回表格，在“父母病史”“身份担保人”和“财务状况”等各栏写下“无”。

接待员认真地检查了一番，满意地收下表格，并且发给波莉一个号码牌。然后，波莉必须坐在一排椅子上等待。其他人也跟她一样，穿着脏兮兮的工作服，他们迫不及待地探出身体，屁股几乎要离开座位了。叫号的顺序毫无规律可言，大家都害怕自己会睡着。天色渐暗，当他们拽下入口的铁栅栏，准备关门时，她依然在焦急地守候。

“别担心，”警卫嚷嚷道，“只要你进去了，就可以一直在屋里待着。”

终于，他们喊出了她的号码，她连忙跑到柜台跟前，隔着坚硬的透明塑料板，把自己的姓名告诉一个男人。

他接过她的身份证和号码牌，走到后面，打开一个档案柜，缓慢地浏览架子上的资料。一个女人从旁经过，他还跟她闲聊起来。

这一切毫无意义，他们不会如此对待杀人犯。可是，未知让情况变得更加糟糕，她的双腿开始不住地颤抖。

他翻完了档案柜里的资料，又慢吞吞地跨过地毯，仿佛耗费了整整一个世纪的工夫。

“恭喜你，加尔万夫人。现在只有几份文件需要签字，然后你就可以上路了。”

波莉沉默不语，她希望他能多透露一些信息。

“加尔万夫人？”他在她面前挥了挥手。

“抱歉，上什么路？”

他皱起眉头："让我再看看你的身份证。"

他举起她的身份证，在灯光下仔细观察。接着，他把它夹在笔记板上，对照着手中的文件，指尖从身份证滑向纸张。

"没错，确实是你。但是，你不知道自己的合约结束了吗？"

她摇了摇头。

"这倒是稀奇。"

她觉得还是不说话比较安全。

"谁是诺尔贝托·加尔万？你的哥哥？你的丈夫？"

"我的丈夫。"

"加尔万先生替你偿清了最后几个月的债务，并且缴纳了提前终止合约的费用。现在，你自由了。"

她望向他手中的文件，认出了自己的姓名和身份证号码。

"请你在这四个地方签字，我会帮你结算工资。扣除所有开支，还剩下两百一十三点八一美元。你想换成现金，还是存入生活资金？"

她看不清他的表情，他们之间的塑料隔板布满了划痕。她不敢问他是否搞错了，以免他会反复检查，发现真的搞错了。

"你可以选择再签一年的合约，保留自己的岗位。创时者公司鼓励员工这样做，如果你决定续约，我们愿意给你加薪百分之二十九，按小时计算。你感兴趣吗？"

她紧紧地抓住柜台的边缘，以至于在胶合板上留下了瓷砖碎屑。破布缠绕在右手上，包裹着烧伤的掌心，大拇指根部的皮肤肿胀不堪。她数了数十根手指，然后又数了一遍。她悄悄地对自己说："这是我的双手，这是我的身体。这是我，我熬过来了。"

"你真的应该考虑一下。而且，鉴于你今后能够自行支配个人收入，不必再偿还旅行费用，创时者公司还可以向你提供储蓄计划。我们有一项很棒的储蓄计划，我会把具体介绍放进你的档案袋里。这是一些信息，关于如何腾出旧住处、寻找新住处。这是尚未签字的合约，请你抽空看一看，你绝对不会在其他地方得到更好的待遇了。这是……这是什么？”

他打开一个鼓鼓囊囊的信封，掏出折叠的文件。

“这是你丈夫留给你的东西，他大概以为我们是邮局。拿着吧。”

那是一页签证和一张前往布法罗的船票，出发时间是明天傍晚。

“不过，为什么是布法罗？”曲奇很想知道。

“我寻找的人在那儿。”

“好，将来我一定会去。你可真是个神秘的姑娘。”

波莉打算把自己的结婚戒指留给曲奇，可是她摘不下来。曲奇正忙着往一个购物袋里装东西——毛线衫、袜子、内衣和蔬菜。波莉拼命拽了半天，却还是没有成功。

“不用麻烦了，没关系的。”曲奇说。

“可是，我必须送你点儿什么。”

在最后关头，她借到了一块干巴巴的肥皂。其实，五分钟前她就应该出门了，但是她坚决不肯放弃，一边擦皮肤，一边吐口水，攥着戒指扭来扭去。终于，那枚金光闪闪的圆环挣脱了束缚。

“行啦，收下吧。”她开怀大笑，眼里含着泪花。

“但是，我要这个做什么？”

“拿去卖了，攒钱在得克萨斯城买一栋房子。”

“别犯傻了。”曲奇说。不过，她愉快地扬起了嘴角。

她们之间只有过一两回真正的交谈，如果在其他情况下相遇，她们恐怕永远都不会成为朋友。可是，波莉紧紧地拥抱她，直到曲奇说：“你得走了。”

波莉启程了。她最后一次踏上教堂大道，经过酿酒厂，从小径拐上公路，沿着边缘独自前进。她没有向诺尔贝托辞行，因为她觉得，再次见面比不告而别还要糟糕。

一辆公交车与她擦肩而过，灼热的尘土纷纷扬起，飘进她的眼睛里。在渡轮码头，她又追上了那辆公交车。乘客们堵住了狭窄的入口，她不得不站在外面等候。诺尔贝托为她选择了最便宜的水运航线，不过她依然可以享受一日三餐，还可以在公共船舱里占据一个铺位。有些乘客很像富商，肯定是错过了豪华游轮，他们反复拉扯衬衫的领子，不耐烦地翻着白眼。但是，大多数乘客看起来都跟波莉一样，穿着自己最好的衣服，布料都洗得褪色了，他们全神贯注地盯着票面上印刷的文字，每当别人前来搭讪，他们都会露出紧张的微笑。此处距离斯特兰德仅仅数米之遥，过去的某一天晚上，她曾经坐在路边，等待贝尔德，如今想来，那似乎是一百年前的事情了。人群争先恐后地涌入候船室，门口离得越来越近了。队伍中的一个孩子将他们要搭乘的渡轮指给母亲看，那是一艘红蓝相间的平底客船，又长又矮，是严格按照运河的宽度建造的。汽笛嘟嘟作响，波莉马上就要离开加尔维斯顿了，并且永远都不再回来。

她抓紧购物袋的带子，以免里面的东西掉出来。她提着袋子撒腿狂奔，跑出斯特兰德，转过拐角，看到穆迪公寓矗立在眼前。她推开玻璃门，诺尔贝托果然在服务社。他靠着柜台，在一个鞋盒里翻找索引卡。他的头发都剃光了，面容十分憔悴。

“你是如何弄到这笔钱的？”她说。

“你应该在那艘船上。”

“我的票钱究竟是从哪儿来的？”

“我把房子卖了。”

“怎么会？卖给谁？”

“创时者公司。”

“他们给你的钱够多吗？可以再买一栋房子吗？”

“不。但是，他们支付了我需要的金额。”

“可是，你以后住在哪儿？”

“我在这里租了一个房间。”

“你的存货呢？放在什么地方？”

“我把它们都留在房子里了。为此，他们还让我降低价格。他们说，处理那些物品非常麻烦。好啦，不要这样看着我，没关系的。”

“可是，你的商店，你的东西。”

“别耽误时间了。如果你错过那艘船，我可没有另一栋房子能卖了。”

她无法直视他的脸庞，只能望着他的头部左侧，否则她就会看到他近在咫尺的五官。

“我做了错误的事情。”他稍作停顿，鼓足勇气，“我做了错误的事情，必须纠正过来，仅此而已。”

“我以为自己把你杀了。”她说。

“你带零食了吗？这可是一趟五天的旅行。”他将一罐豆子放在她的面前，他们之间始终隔着柜台。今日一别，他们就不会再相见了，两人缘尽于此，再无改变的机会。

几名租客走了进来，簇拥在公告板周围。她希望这一切都没有发生，她希望他的脸庞变回过去的模样，就像一位亲切的兄长，一个她爱过的人。她在纸袋里东翻西找，摸索到了坚硬的边角。她掏出陪伴自己许久的棒球卡片，放在柜台上。

“你应该收下这些，或许它们还比较值钱。你依然能够拥有一家商店，你可以出售这样的东西，你可以重新开始。”

他垂下双眸，凝视着那摞卡片。

“求求你，拿着吧，就当是为了你的怀旧纪念区。”

他把卡片塞进自己的工作服里，小心翼翼地拉上口袋的拉链。他用指关节戳了戳眼睛，潮湿的泪痕滑过他的脸颊。

“我不会忘记你的。”说罢，他将那罐豆子推向她。

她点了点头，因为她说不出话来。

“快走吧，你得上船了。”

大家纷纷来到甲板上，向这座城市道别。波莉也默默地跟着他们，除此之外，她不知道自己还能做什么。她以为自己会望见某些画面——没有脑袋的棕榈树、4A1号集装箱、挥手示意的曲奇、穆迪公寓的房间、窗户里的新租客，甚至是三轮车上的贝尔德，他很可能正在对车夫发表长篇大论。但是，那一切都在西边，而这艘船要往东开。岛屿迅速地向后退去，岸上的景物变得越来越渺小，越来越遥远，渐渐看不清楚了。她始终都想离开加尔维斯顿，如今它却消失得太快，太快。

她静静地站在甲板上，直到太阳落山，直到海风吹起，直到夜幕降临，大副前来锁门。

事情一旦做了，就无法抹去。

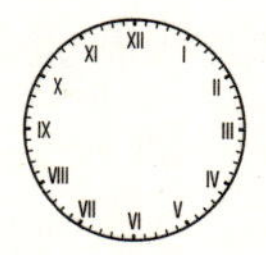

1980.12

那天是我母亲的忌日，你努力地安慰我。事情都已经过去十年了，我也不知道自己为什么还会在半夜躲进厨房里哭泣。你找到了我，我觉得极为尴尬。你对我非常温柔，而这却令我更加悲伤。

早晨，你不停地劝我，希望我答应去新奥尔良[1]。当时正值圣诞节和新年之间，我们的假期还剩下几天。外面，暴雪拍打着窗户，寒风疯狂地呼啸。你说，那里很温暖。在十二月也很温暖吗？我问。于是，你让唐娜打电话查询天气，她说新奥尔良现在是六十八度[2]。我们没多少钱，不能前往夏威夷，但是我们可以去新奥尔良，这个主意不是很有趣吗？

我们开始往车上装行李，怀里抱着薯片、遮阳帽和靠枕，跑下屋后的台阶。接着，我们出发了，坐着你那辆老旧的赛利卡，从北方径直南下，穿越整片国土，我甚至都不确定，我们是否能够顺利地抵达目的地。我不知道，这将是我最后一次离开姨妈的房子。我就是在那里变成了如今的自己。我应该走遍所有的房间，抚摸每一样东西，抓住曾经的记忆，捕捉那点点滴滴：烤箱上面的翻页钟，总是卡住的折叠门，当我打开百叶窗的瞬间，积在窗上的灰尘飘起来，在阳光下闪烁。然而，我并不知道。

1　新奥尔良（New Orleans）：美国东南部路易斯安那州南部的一座港口城市。

2　六十八度：此为华氏度，约相当于二十摄氏度。

在印第安纳州[1]，我们看到了一辆驾驶室着火的半挂车，滚滚烟雾飘出挡风玻璃。即便是在我们感到高兴的时候，生活也会以压抑的方式继续下去。放眼世界，分分秒秒都有人在忍受虐待或者遭到强暴，我说，比如此刻。这种观点可真是太“美好”了，你说，然后便打开了收音机。电台里正在播报新闻，近日，亚特兰大[2]疾病控制中心于消防演习期间发生了一起实验室事故，并造成了相应的危害，不过病人的检查结果尚无定论，医生们认为情况比较乐观。你切换了频道，伴随着清脆的钢琴声，一名摇滚歌手温柔地唱道，他无法不爱自己的恋人，不能，不能，不能。听起来虽然傻乎乎的，但是很讨人喜欢。我愿意永远跟你在这条路上兜风，而且我将非常幸福。

随着我们不断前进，灰暗的土地逐渐幻化成碧绿的草原。等到我们抵达纳什维尔[3]之际，气温已经变得十分柔和。我们在一家汽车旅馆过夜，毛毯僵硬而粗糙，口香糖粘在床头柜底部，但是我没有抱怨。你伸出胳膊，滑到我的脖子下面，压在凹凸不平的床铺上，给我充当枕头。你说，我爱你。

第二天，我们再次启程。我们驾车行驶了很久很久，在日落时分，你开始说新奥尔良快到了。你反复地念叨，应该就在这儿，我明明瞧见路标了。一小时后，我们终于停在了一座孤零零的加油站。年轻的服务员操着古怪的口音表示，我们在莱克查尔斯[4]，马上要进入得克萨斯州的地界了，早在三小时前，我们便越过新奥尔良了。你难以相信，甚至想打电话找接线员确认，就连服务员都试图安慰你，声称

1 印第安纳州（Indiana）：美国中北部偏东的一个州。

2 亚特兰大（Atlanta）：美国东南部佐治亚州的首府及最大城市。

3 纳什维尔（Nashville）：美国东南部田纳西州的首府。

4 莱克查尔斯（Lake Charles）：美国路易斯安那州西南部的一座城市。

许多人会在斯莱德尔立交桥走错方向。如果你们没有特殊的计划，他说，我们离加尔维斯顿很近，在他看来，那是一个比新奥尔良更棒的度假地，很适合带上漂亮的妻子去游玩，而且顺着这条路再开一小时就行。我们对加尔维斯顿一无所知，除了那首歌[1]。为何不呢？我说。反正我们只是随便走走，对吧？

那名服务员撒谎了。从莱克查尔斯到加尔维斯顿至少要花费两个半小时，而且我们还得在其他加油站停下来问路。不过，在午夜之后，我们的轮胎总算碾过了堤道。你说，多么美妙呀，天地之间只有大海、星辰和我们。

我们经过了一栋旅馆，它犹如一个巨大的怪兽，独自挺立在码头上。两座身高约四十四英尺的美人鱼雕像一左一右簇拥着招牌，高昂的胸脯指向怪兽的名字：旗舰旅馆。

我要掉头回去，你说，我们一定得住在刚才那个地方。我们的房间闻起来有点儿像湿漉漉的小狗，屋里的各种物品都泛着淡淡的紫色。

第二天早晨，我们携手去斯特兰德散步。在古色古香的街道上，我们走进一间摆满玻璃柜台的糖果店，买了一些太妃糖，虽然我们俩都不喜欢这种糖，但是大家来到这里总会尝一下。路缘石高达三英尺，地面上铺设着轨道，古董电车往返于主街的两头，悬挂的铃铛发出欢快的声响。周围几乎没有别人，一切仿佛只为你我而存在。

我们询问餐厅的女服务员，在城里还能做什么。（她诧异地说，你们大老远地从布法罗开车过来，就是为了参观加尔维斯顿吗？）她提议：你们可以坐渡轮前往玻利瓦尔半岛，那里的沙滩更漂亮，而且

---

1 那首歌：指《加尔维斯顿》（*Galveston*），美国创作歌手吉米·韦伯（Jimmy Webb，生于1946年）于1969年发行的歌曲。

据说能够在途中看到海豚，尽管我还没见过。

我从未在渡轮上开过车，我们俩都觉得非常新奇。当我们来到另一边时，忍不住为眼前的空旷而惊叹不已。岸上毫无人类开发的痕迹，下车以后，我们没看到任何建筑或者任何居民，唯有起伏的沙滩和无尽的汪洋，海风环绕着我们的双脚，卷起一圈圈的螺纹。辽阔的天地刺痛了眼睛，空气中弥漫着独特的味道，潮湿而黏稠，唤起了往日的回忆。我不清楚那究竟是什么回忆，只觉得十分怀念，仿佛看到了过去的生活。

这里的温度不算高，对于游泳和日光浴来说有点儿冷，不过艳阳高照，白云朵朵，可以坐下来遥望波浪。我们吃着带来的薯片，我把你拽过来，让你压在我的身上，我甚至不介意将隐私部位暴露在大自然中。随风飘扬的细沙粘在你的眉毛之间，仿佛在你的脸上勾勒出小丘与山谷。

很快，我们又得坐渡轮回去了。我不愿想起伍斯特，那里天寒地冻，窗户要一直关到四月份，干枯的树木斑斑驳驳。在返程的途中，我们来到上层甲板寻找海豚，可是周围的景观看起来就像水上的工业园区，我们不禁怀疑，那位女服务员只是在开玩笑罢了。不过，阳光依然很灿烂，你带我做起了一个游戏。我们从船上往下抛硬币，努力让它们掉在渡轮侧面凸出的边缘上，这是落入水花之前的最后一处站台。我们垂下胳膊，尽量贴着船身，却始终无法成功。于是，我们便把硬币扔向栏杆外面，希望大风会把它们吹回来，可惜也失败了。除此之外，我们还试过使劲往下砸，还有轻柔地松手。每一次，硬币都会碰到木框、柱子或窗户，然后迅速弹开，跳进水里。当还剩下最后一枚硬币的时候，我们一人捏着一半，尽管那样很困难，你说都是因为我的手指太粗——你被自己的玩笑逗乐了。这枚硬币奇迹般地着陆了，不过它是直立在边缘上，仅仅闪耀了一瞬间，接着便滚入墨西哥湾中，去大洋底部跟兄弟姐妹们团聚了。海水吞没了它，那是一种用言语难以形容的蓝色，我突然体会到一股强烈的幸福感，以至于喘不上气来。

我明白，这将是我人生中最幸福的时刻之一，可是我并不知道，我们一上岸就会得到消息，在短短一周以内，亚特兰大爆发的瘟疫迅速蔓延，跨越了五个州，政府宣布国家进入紧急状态，在混乱之中，我们最远只能抵达休斯敦。

我很想守住最后一枚硬币坠落的位置。我目不转睛地凝望，可是螺旋桨把附近的海水都搅成了漩涡。然后，我眨了眨眼睛，那个神秘的地点便消失得无影无踪了。

但是，我们靠在栏杆上，你的双手在我的背后扣紧，就像一座桥梁，我发誓自己永远都会记得这一幕，你的脸庞正对着我，背景是美丽的天空，翻涌的波浪带着我们上下颠簸，渡轮发出欢乐的嘎吱声。你说：波莉，我不能不爱你。

渡轮在深夜靠岸。如果不是船舱里的室友告诉波莉该下船了，她恐怕会坐过站。

“还没到布法罗呢。”波莉说。

“他们说是布法罗。”

“你听错了吧，这儿不是布法罗，否则我肯定能认出来。”

“最后一遍通知，布法罗到了，这是加拿大之前的最后一站。”喇叭里传来声响。

乘客们被赶进一条树脂玻璃构成的通道中，空间的高度和宽度都跟体形最大的男子差不多。有人用扩音器高喊：“站成一列！站成一列！”一束仿佛来自监狱里的灯光照亮了前方。在队伍的前方有一排小桌子，每张桌子旁边都坐着一个身穿防护服的男人，还摆着一把空椅子。

“走过去坐下！走过去坐下！”拿着扩音器的家伙不断地重复。

身穿防护服的男人说：“张开！”

波莉困惑地盯着他。

“你的嘴巴，你的嘴巴！抓紧时间！”

她还没来得及分开牙齿，他就伸出戴着橡胶手套的手指，攫住了她的下巴。他单手把两支很长的棉签塞入她口中，戳向双颊的内侧，接着又将一支棉签使劲捅进她的鼻孔里，疼得她眼泪都要掉下来了。他抽出自己的战利品，轻轻捏起一根滴管，往每支棉签的头部都挤了一点儿清澈的液体，棉花立即泛起了紫罗兰色。他拽过一个酷似电动卷笔刀的盒子，给三个孔洞都插上棉签。他用指尖敲击着盒子，不耐烦地等待结果。她的鼻黏膜依然刺痛难耐，尽管她努力压抑着，却还是能感受到不可阻挡的力量在逐渐聚集，直到突然发泄出来，化作一个响亮的喷嚏。

所有视线都齐刷刷地投向她，桌子对面的男人惊恐地看着她，仿佛地雷即将爆炸，现在是爆炸前片刻的停顿。桌上的盒子发出悦耳的叮咚声，绿灯骤然亮起，那个男人如释重负地松了一口气。

“你可以走了。”他说。

她的室友是一位又矮又胖的老太太，整日都默默地躺在简陋的铺位上，悲伤地凝望着天花板的铆钉，可是一下船，老太太就变得截然不同了，甚至在队伍里吹起了口哨，面对一脸凶相的边检人员，也表现得满不在乎。波莉刻意远离那位古怪的老太太，加入了最长的一条队伍，她十分担忧，不知边检人员会如何看待她手中这本“条件受限”的红皮护照。一名年轻的男子接过波莉的文件，他仔仔细细地研究了很久很久，抚摸着额头，沉重地叹息。他瞧了瞧她，又瞥向眼前的屏幕，然后再次打量着她。在那疯狂的一瞬间，她以为他的电脑上记录了自己所遭遇的一切：行程改变，海关警察，埃尔维斯的高中毕业纪念册，弗兰克的问询，意外的合约终止。最后，他用困倦的语调说：“欢迎来到美利坚合众国。”就这样，她通过了入境的考验。

她一迈出港口大楼的双扇门，便发现自己置身于熙熙攘攘的人潮中，她一下子迷失了方向。今天是什么日子？就算是在周六的晚上，她也从未见过布法罗的市中心如此热闹。也许是某个演唱会或比赛刚刚散场？有人结伴而行，有人牵着小狗，有人高声叫喊，有人开怀大笑，还有人往运河里扔棍子。城市沐浴在温馨的橙黄色灯光中，没有任何房屋覆盖着野草，可是也没有任何事物跟过去一样。这里不可能举办演唱会或比赛，因为从前的体育馆已经被一座高高的砖砌建筑所替代，混凝土墙壁就像一本书，靠得太近，反倒无法阅读上面的文字。她瞧见了一个路标，但是没认出街道的名称。显然，他们挪动了港口的位置，所以她才会觉得陌生。

一群三轮车车夫聚集在港口大楼周围，盼着能拉到生意。

“小姐，你要坐车吗？”其中一名车夫嚷道。

“我在哪儿？”

“你想在哪儿？”他回答道，其他车夫捧腹大笑。

波莉感到有人碰了一下自己的胳膊，连忙低头看去，原来是她的室友。

“你要去哪儿？”老太太问。

“我们在哪儿？”波莉说。

“伊利运河。”

“但是，他们挪动了港口的位置。”

“没有。”

“可是一切都变了，街道的名称也错了。”

“我的车子明天早晨才会来接我，我知道附近有一家干净的旅馆，今晚要不要跟我合住一个房间？”

她的室友虽然拖着脚走路，速度却快得出奇，波莉在后面努力追赶，怀里抱着老太太的旧皮箱，小巧玲珑的提手已经不能用了。络绎不绝的人群偶尔会挤到她们俩之间，她的神经便紧张起来，接着，室友的后脑勺又重新出现在视野中。老太太几乎保持着同样的步调，坚定地向前滑行，从不转身查看波莉和自己的皮箱。波莉原本想象，一旦到达布法罗，她就会立即赶往弗兰克家，可是现在拜访他似乎太晚了。其实她明白，那都是无谓的顾虑，不过相比之下，还是跟着老太太穿越橙黄色的街道更容易。灯光一直都是这种颜色吗？

波莉的室友打开一扇隐藏的门，带领她迈进一个狭窄但天花板很高的前厅。整座旅馆看起来只有正常宽度的一半，仿佛有人把一栋建筑从中间劈开了。一块楼层索引牌上镶嵌着白色的字母，写着许多牙医和公证员的名字。

“在七层。”她的室友说。

波莉走向楼梯。

“你去哪儿？”老太太问。

“楼梯井？”波莉指着一扇带有标记的大门。

“如果你愿意，你可以爬楼梯，不过我要坐电梯。”

“当然，电梯。”波莉觉得自己有一点点愚蠢，然而她的室友并未注意，老太太盯着灯光照亮的呼叫按钮，眉心紧蹙。

到了七层，老太太挥舞拳头，猛击一扇凹陷的绿色金属门。某种电子零件“嗡嗡”作响，那扇门敞开了。接待员坐在高高的柜台后面，没有站起身来，因此，她们只能跟接待员的眉毛打交道。由于她的室友个子太矮，什么都看不到，所以波莉便负责办理入住手续。

“多少钱？”

“一人十元，总共二十元。”

“二十元就够了？”

她的室友抬起胳膊肘，狠狠地戳了一下波莉的身体侧面：“你还想让她多收费吗？”

“如果用现金支付，可以免税。”那对眉毛说。

“我只有这个。”波莉抽出一张二十美元的钞票，他们在结算工资的时候给了她两百一十三美元。

“货币种类不对。”她的室友嘶嘶地说。

可是，接待员迅速地说：“美元也行。”一只手从桌上夺走了钞票，瘦骨嶙峋的五指仿佛来自妖精。

她的室友把登记单拽下来，垫在弯曲的膝盖上填写。

“你姓什么？”

“纳迪尔。”

“黎巴嫩人？”她仰起脸颊，微微一笑，“我就知道，我总是能认出自己的同胞。”

她们一迈进房间，老太太就开始脱衣服。她穿着松松垮垮的男式短裤，趴在地板上翻手提箱，她找到一个布袋，将里面的东西统统倒进角落的洗脸池中，脏袜子和旧内裤纷纷掉了下来。她给洗脸池加满了清水，接着在箱子深处摸索，掏出一个旅行收音机，拔掉自己的床头灯，以便插上收音机。在昏暗的光线中，微型扬声器里传来了波莉闻所未闻的乐曲：一个男人用尖细的假声歌唱，就像女人一样，电子琴演奏着即兴重复的片段，显得活泼却又忧伤。老太太拔掉窗户的插销，让一扇小小的玻璃窗向内敞开。波莉坐在旁边，神情恍惚地看着她忙碌。

“感觉到了吗？”老太太说。

“什么？”

“难道你忘了？这是微风。”她笑了，“我讨厌得克萨斯州。”她坐下来，点燃一支香烟。

“为什么大家都说这里的物价很高？”波莉问。

“大家是谁？这玩意儿——”她盯着自己的香烟，“倒是挺贵。第一次回来？”

波莉点了点头：“自从一九八一年以后，第一次回来。”

老太太挑起眉毛，对着茫茫夜色，吐出一个完美的烟圈。

“原来你是重获自由的劳工。我是一名信使，”她说，“为一家大型律师事务所工作，平时主要在这片地区四处走动。不过，如果他们有重要的文件需要发送给南方的客户，我就得搭船把文件带去南方。”

“北方跟南方还有业务往来吗？”

她使劲点了点头：“如今，北方人雇用了不少南方人。在这里，创时者公司提供的员工很受欢迎。”

“你肯定经常在南北之间奔波吧。”

“不，谢天谢地，每年也就那么一两次。”

她们静静地聆听着音乐，一层朦胧的烟雾笼罩在天花板上。

接着，波莉问：“可是，每年只有一两次业务往来，那其余的时间呢？”

“他们还有别的信使。而且，他们会把优先级较低的文件邮寄过去。”

“邮寄？”

“对，邮寄。”

她依然记得，诺尔贝托坐在床上，周围环绕着爱人留下的物品，他信誓旦旦地坚称，邮政业已经消亡了。

“你看起来气色不太好，”老太太说，“没办法，在沙丁鱼罐头里挤上五天就是这样。快去洗洗脸吧，你会觉得舒服一些。”

后来，不知为何，每当波莉回想起重返布法罗的第一个夜晚，都会觉得那是一段幸福的记忆。老太太心满意足地抽着香烟，在一团幽蓝的迷雾中，欣赏着悲伤而甜美的音乐。微风拂过晾在桌边的内裤，吹皱了湿漉漉的布料。未来的一切尚无定论，所有的选择原封未动。

当波莉醒来时，她的室友已经走了。老太太在桌上留下了十元钱和一张便条，详细描述了去哪儿能够找到可靠的货币兑换商。房间里充斥着城市的噪音：巴士的气闸声，卡车的加速声，嘹亮的喇叭声，人们的交谈声。站在高处，下方的回响听起来很不真实，仿佛整个布法罗都钻进了她的大脑里，绕着耳膜一圈圈地旋转，就像马戏团在表演一样。

旅馆的接待处有一张靠墙的桌子，上面摆着一些受潮的硬饼干和一壶黏糊糊的茶水。波莉吃了一块饼干，又拿起另一块，放进衣兜里，以免过会儿没东西可吃。天上下着雨，她把室友画的地图藏在胸口，以防字迹洇开。她打算先去换钱买把伞，然后再前往弗兰克家。

外面仍旧熙熙攘攘，大家都在跑着避雨，此刻，一个更加离奇的景象跃入眼帘：许多人身披五颜六色的雨衣，脚蹬各式各样的自行车，成群结队地在街道上飞驰。她想不出该如何穿越马路，直到她瞧见骑行者们在信号灯前停了下来。手绘的地图带领波莉来到位于天鹅大街和珍珠大道交叉口的一个巨大的室内市场，这两条街道的名称倒是依然如初。市场里的空间被划分成无数个小摊位，贩卖面包、活鸡和布匹，购物的妇女们摩肩接踵，忙着置办下一周的食材和日用品。外币兑换处安装着镜子，老板端坐在一个结实的铁笼里。他接过她的钞票，放进一台机器里，机器数清金额，又把钞票吐了出来。然后，他递给她一份收据和几张钞票，金额跟刚才完全相同，只是货币的种类变了。

“这就兑好了？”

“汇率是一比一，收据上写着。”

“那换钱还有什么意义？”

他皱起眉头。

“你知道我可以在哪儿买到衣服吗？”她问。

市场深处有销售二手衣物的小店，地板上堆着一摞摞毛毯，经常会绊倒顾客或者卡住货架。储物箱里塞满了衣服，标价才五十分、七十五分或者一元。如果米丝蒂看到，肯定会激动得失去理智。紧身连衣裙长及脚踝，领子高耸，袖口颇具弹性，波莉突然想起了玛尔塔，感觉很不舒服。她跌跌撞撞地迈向男士区，发现这边只有印着斯普林斯汀的T恤衫。牛仔布货架上的裤子太多了，几乎无法挪动，况且她也不清楚现在流行什么风格。一位年轻的姑娘走过来帮忙，她的双眸天真无邪，头上绑着一根缎带，在波莉离开布法罗的时候，她很可能还没有出生。她抓起一些衬衣、休闲裤和围巾，搭在波莉的胳膊上，莫名其妙的泪水涌入波莉的眼眶。

试衣间是一个由帘子围起来的空间，大小仅够立足而已。在这片狭窄的区域，波莉竭力平复自己的情绪，但是她实在控制不住。

肯定是苦苦压抑的恐惧和悲伤认为危险已经过去，准备浮现出来了。然而，今天是她期盼已久的日子，却毁在了哭泣中。其实，这种想法十分愚蠢。归根结底，这不过是一天罢了，以后他们还要共度一生，相比之下，未来更加重要。

恍惚间，脑海中冒出一个的念头：每天都是独一无二的，虽然还有其他日子，但那并不是今天。这才是泪水的真正来源。

最后，她选择了一件蓝底圆点的短袖衬衣、一个黑色的挎包、一双白色的帆布鞋和一条棕色的裤子。

“我觉得这套搭配很棒，”那位女店员说，“能够把你的身材衬托得非常可爱。对了，收下这条围巾吧！免费送给你，就当是欢迎礼物。”大家似乎都知道波莉不是本地人。

她买了唇膏和腮红，谨慎地挑选了自己曾经用过一次的色调。她踉踉跄跄地往市场外面走，结果找错了方向，从另一头出去了。她环顾四周，没看到进门前见过的任何建筑，只有一道防风栅栏，后面是星罗棋布的帐篷。有一些是真正的帐篷，但多数都出现了局部倾塌，还有一些是简易的帐篷，由蓝色的防水油布和插在地上的杆子构成。雨已经停了，七月的艳阳炙烤着潮湿的街道，蒸腾起一片淡淡的薄雾。住在那里的居民显得十分苍老，尽管其中的某些人可能依然很年轻。他们坐在帐篷的入口处，赤裸的脚丫伸到路边，几个人把暴雨打湿的毯子挂在栅栏上晾晒。

她应该回旅馆洗洗澡，换上新衣服。可是，她弄丢了室友留下的地图，那张纸大概埋在了一堆女鞋的下面。

她在每一个街角都会驻足，遥望着前方的道路，可是远处的景象总是完全相同：一排数不清的高楼，越往上越纤细，逐渐化作一个看不见的顶点，曾经的布法罗亲切友好，房屋分散稀少，如今的天际线轮廓尖锐而密集，犹如一根根撕碎的长条紧紧相依，它们仿佛把城里的街道都弄乱了。有一两次，她以为自己找到了熟悉的建筑，似乎认出了墙体的装饰线条和窗户的结构外形，可是当她看向两旁，企图寻求确认时，在原先是小停车场或树木草丛的地方，却挺立着哨兵般的大厦。

波莉跟着人群前进，她相信，一旦离开伊利运河，一旦迈出艾伦敦区[1]，一旦跨过市中心，一旦抵达榆木区，她就会转过街角，看到记忆中的点点滴滴了。然而，随着时间流逝，希望变得十分渺茫。一开始，她只是在匆匆行走，速度跟最快的行人一样，她做好了心理准备，期待着城市恢复本来的面貌。可是，她穿过的街区越多，这个世

1　艾伦敦区（Allentown）：美国纽约州布法罗市的一个街区，以美国商人、政治家路易斯·艾伦（Lewis Allen，1800—1890）的名字命名。

界就越陌生，未知和已知之间的界线不断后退，她不由得撒腿狂奔，仿佛一切都还来得及，她仍旧能追上那条界线。

她跑了很久很久，直到力气用光才停住步伐，脚底火烧火燎，汗水顺着下巴流淌。她站在一个小公园跟前，总算清醒过来：她必须先找到弗兰克。公园旁边有一座报刊亭，老板把二手平装书摞成柱子，按照不同的颜色分类，或者摆成扇形，就像异域的五彩羽毛，以此来掩饰它们的陈旧。

“你出售现在的地图吗？”她问。

她坐在公园的长椅上，摊开自己购买的地图。这是一张手绘的地图，而且复印得极为粗糙，纸上满是油污。不过据她判断，这份地图是准确的，上面甚至还列出了索引。她在字母“G”[1]底下寻找，用手指测量图上的距离，发现葡萄大街位于一点五英里之外。

附近的一块广告牌在为游泳池和公共浴室做宣传，游泳两元，豪华套餐五元，包括游泳、淋浴，以及租借毛巾和肥皂。

她用肥皂使劲擦洗自己的头发，把十指插进纠缠的发丝中，尽可能地梳理了一下。她涂上了唇膏和腮红，化妆品覆盖着皮肤，犹如滑腻的油蜡。

她照了照镜子，发现自己仿佛披着某种滑稽的伪装。她擦掉化妆品，洗了三遍脸，即便如此，粉色的痕迹仍旧残留在双颊上。她想从垃圾桶里拿回自己的连体工作服，可是其他女人陆陆续续地进来了，她不能当着她们的面去翻检垃圾桶。她忽然想起，在丢弃旧衣服之前，她还忘了掏出兜里的饼干。

她坐在游泳池旁边的露天看台上，再次研究地图，努力记住弯

1　字母“G”：葡萄大街的英文名称为字母“G”开头。

弯曲曲的路线，免得过会儿还得反复查询，明明在自己的家乡，却表现得像一名游客。她仰起脑袋，虚弱地倚着台阶。周围十分潮湿，空气中弥漫着漂白粉的味道。她看着强壮的女人们在水中蝶泳，上上下下，来来回回。比赛计时钟显示，现在将近五点了。她不愿独自踏上这趟旅途，多么希望弗兰克能在自己身边。她眼角的泪快要滑落，但在一切即将发生之前，她赶紧出发了。

此刻正值交通高峰期，无轨电车像提线木偶一样依靠着顶部的受电杆在行驶。它们慢吞吞地跟在人数众多的骑行者后面，只要出现一个空隙，电动机便开始飞快地旋转。三轮车掠过街道，挤在一个车厢里的乘客多达三名。她望向高架路，看到了自卸卡车和厢式运输车，但是几乎没有小汽车。新买的鞋子非常单薄，她能够感受到地面上的每一条裂缝。她觉得自己恐怕又迷路了，但是紧接着，她来到了卡尔顿大街和密歇根大道的交叉口，居高临下的拱门上写着“水果社区[1]”。

迈进拱门，环境变得十分安静，仿佛有一块厚布挡住了身后喧嚣的城市。高大的老枫树排列在马路两侧，蜿蜒的私人车道通往精心修筑的花园，古色古香的豪宅坐落在深处。偶尔也能瞥见几栋面积较小的房子，但是它们外形优雅，设计巧妙，价格肯定同样高昂。街边空无一人，她经过柠檬大街，又穿过两个路口来到了葡萄大街。

她神情恍惚，很想在人行道上躺下睡一会儿。她疲惫不堪，仿佛是从一九八一年徒步走到了这里。也许她应该先回去，等到感觉好一些再过来。反正她还有钱，至少能在旅馆里住上几晚。而且，她完全可以自己生活一段时间。

1　水果社区（The Fruit Belt）：美国纽约州布法罗市东边的一片社区，当地最早的居民曾种植过许多果园，因而得名。

终于，她抵达了目的地。那是一栋矗立在街角的白色大屋，镶嵌着田字格框架的窗户，四周布满了玫瑰花丛。房子的正面没有树篱或长椅的遮挡，任何人望向外面，都会清清楚楚地看到她。

她按下门铃，想象着铃声会一直空响，无人来应，可是大门几乎立刻就打开了。一位少女站在门口，扎着顺滑的马尾辫，穿着熨烫平整的衣服。

“对不起，”波莉说，“我搞错地址了。”

她退回路边，正要离开，忽然瞧见一个别致的邮筒，外壳上雕刻着鸟儿的图案，侧面用华丽的花体字印着“马里诺府邸”。

波莉再次按响门铃，还是那位少女来开门。这一次，她显得颇不耐烦。

“真的很抱歉，我要找弗兰克，请问这是他家吗？”

“弗兰克不在。”少女用一种近乎嘲讽的古怪语调说，“他出城了，我们也不知道他什么时候会回来。”

“噢，那……你是他的管家吗？”

“不！”少女生气地喊道，仿佛受到了严重的冒犯。

应该不是他的妻子，波莉暗暗思忖，苦涩的胆汁涌入喉咙中：你不可能是他的妻子。

“我是他的女儿。”少女厉声道，然后便用力摔上了大门。

波莉回过神来，发现自己来到了主街上的一间酒吧，坐在靠窗的单人沙发里，她根本想不起来刚才是如何走到这儿的。服务员前来点单，她心不在焉地要了一杯水。

“别的不用了？”服务员叹了口气。

波莉思考了一秒钟：“啤酒？”她绞尽脑汁地回忆啤酒的牌子。

“百威[1]怎么样？一瓶百威啤酒和一杯水，可以吗？”服务员提议道。

暮色渐渐降临，街上的行人都在赶着回家。落日透过窗户洒下最后一抹余晖，径直照进她的眼睛里。

她感到味蕾刺痛难耐，突然记起自己从来都不喜欢啤酒。在五分钟之内，酒精便加重了她的恍惚状态，使她备受折磨。如果她能垂下脑袋，闭上眼睛睡觉，那么一切都会好起来。可是，服务员频频瞥向她，目光中流露着怀疑，她不敢轻举妄动，生怕被赶出酒吧，因为她根本无处可去。

波莉意识到自己不太对劲，然而她无法指出问题究竟是什么，或者应该如何解决。她觉得这就像是遭遇了车祸，你说不清卡住的部位到底是胳膊还是腿，但是由此带来的震惊却令你无比安静。没错，那种难以言喻的感受就是震惊。不过，知道这一点也于事无补，朦胧的迷雾依然挥之不去。

没过多久，身后的酒吧就坐满了顾客，听起来好像是一群老朋友在聚会。她想起了自己的朋友。曲奇，甚至是诺尔贝托。曲奇冒着巨大的风险帮助过她，诺尔贝托卖掉了自己人生的梦想送她来到北方。为了什么？如果说她的苦难是看不见摸不着的，他们的牺牲却是实实在在的。他们之所以付出那么多，推着她来到这一刻，就是因为他们愿意相信，真爱能够禁得住时间的考验。但是，她让他们失望了。

她抬起一只手，遮住整张脸庞，感到自己的呼吸在指间吹拂，越来越迅速，越来越疯狂。她一口气喝光了剩下的啤酒，企图重新回到恍惚的状态中。周围的嘈杂声突然到达了顶峰，一名身穿黑西装的男

1　百威（BUD）：美国啤酒品牌，创办于1876年。

子走进来，酒吧的工作人员纷纷向他打招呼。波莉的服务员吻了一下他的面颊作为问候。然后，他坐在高脚凳上，把一盒香烟放在柜台的边缘，拍了拍衣兜，寻找打火机。

她很熟悉那个背影。虽然轮廓有所改变，肩膀的肌肉更加凸出，脊椎的线条也不同了，但是无论走到哪里，她都能认出来。

她等待他扭过头来。她静静地坐着，一动也不动。她可以永远等待下去。

服务员俯身靠近，在他的耳畔小声说了些什么，并且往波莉的方向歪了歪脑袋。他扭过头来，看到了她。

接着，他又转了回去。

喉咙深处有什么东西在剧烈地跳动，她意识到自己已经停止了呼吸。她挣扎着喘息，却无能为力。她的脸庞火烧火燎，仿佛被人狠狠地扇了一巴掌。

然后，他从高脚凳上起身。她看着此生的挚爱朝自己走来，他轻启双唇，叫出了她的名字。

她看到他的胳膊伸向自己，他的胸膛缓缓降低，他弯下腰，准备拥抱她，而她的肩膀也在渴望他的手掌。下一秒，他们的身体紧贴在一起，她的双臂环住他的腰，他的下巴靠着她的耳朵。终于，他们又回到了对方的怀中，相互依偎，亲密无间。伴随着响亮的心跳声，那些痛苦的日夜与难熬的艰辛统统消失得无影无踪。

然后，他退开了。

“对不起。”他说。

她笑了，感到有些眩晕。“为何要道歉？”她朝他迈了一步，缩小了两人之间的距离。

“我不知道。”他也笑了，不过那是一种礼貌而平淡的声音，“一张嘴就说出来了。”他再次退开，绕到桌子对面：“请坐吧。”他的措辞十分拘谨，她不禁产生了隐隐的担忧。

他的头发又黑又长，平滑地梳向脑后，就像一位银行家。她凝视着他的脸庞，尽量寻找过去的痕迹。在西装外套里面，他穿着一件雪白而挺刮的礼服衬衫，颈部的纽扣解开了。他伸直手臂拿起桌上的杯子，匆匆忙忙地灌了一大口，接着睁大了眼睛。

“这是你的水，对吧？天哪，不好意思！”他猛拍前额，挥手示意服务员过来，又点了几份饮料和另一杯水，并且解释道：他不小心喝了她的水，你敢相信吗？

“没关系。”她对于他的大惊小怪感到颇为困惑——也许在摆脱瘟疫之后，他就染上了洁癖。她说：“我只是抿了一下。”

“太尴尬了，”他说着，再次道歉，“我不知道自己在想什么，真是个傻瓜。”

“是我啊！”她大喊，“你可以喝我的水！”

他露出一种扭曲的表情，眉毛仿佛要连在一起。

在一九八一年八月的诊所里，经过一次次抽血，办完一道道手续，她总算来到了他的病床前。他们隔着帐篷，触碰了对方的指尖，他试图微笑，两条眉毛却挤向中央。那种表情犹如一个不和谐的音符，好像他刚刚犯下了不可磨灭的错误一样。

或者，他真的做出过那种表情吗？她有可能把如此悲伤的瞬间记得这么清楚吗？她的大脑也许只是在填补缝隙，捕捉他在某些次要时刻所做的反应，添加到关于诊所的回忆里。也许这种表情仅仅出现在他用完最后一滴牛奶的时候，或者把水洒到她书上的时候。

但是，她再也无法确认了。

转瞬之间，他的脸色就变了。他换上了另一种表情，愉快却又空洞，令人难以捉摸。

“对了！”他说，“你过得怎么样？”

这是她遇到过的最古怪的问题。

她用手指按摩着太阳穴，听到窸窸窣窣的声音在脑海中回荡。刚才，在他们拥抱时，整个世界似乎都柔化了，然而此刻，她又得重新面对尖锐的现实。

“你有一个女儿。”她开口道，除此之外，她无话可说。

他收回摊在桌上的右手，藏在了底下。

“嗯，她叫费利西娅。”

“她多大了？”

“十四岁。”

仅仅比波莉小十岁。

“我知道你有一个女儿，你不惊讶吗？”她突然失去了缓冲的能力，话语一旦在脑海中浮现，就会立即脱口而出。

“好吧。你怎么知道我有一个女儿？”他抬起下巴，清了清嗓子。

他看起来犹如一位陌生人，只是披着弗兰克的皮囊而已。不过，她很熟悉这个动作。她能够准确读懂他的各种姿势，就像是分辨棒球队员在赛场上的分工一样。她明白，他在假装。

“我去了你家，她说你不在城里。”他也能破解她的肢体语言吗？

“是吗？”他再次抬起下巴。

她清清楚楚地看到了事情的经过，仿佛他的脑壳是一层透明的玻璃。他之前就在家里，肯定是他让女儿说自己出去了。但是，他为什么要这样做呢?

她的膝盖在颤抖，她控制不住自己。

服务员把新点的饮料摆在桌上：他那边是一种清澈冒泡的液体，装在洛克杯[1]中，而她这边则是另一瓶百威啤酒。

“干杯！”服务员说。

他拿起两份饮料碰了一下，接着把啤酒放在她的面前，脸上没有丝毫笑意。

她想触碰他，想让他过来坐在自己身边，伸出他的胳膊搂住她。但是，强烈的渴望带来了真切的疼痛，她的胃部在抽搐，她的身体在发抖。

“你介意我抽烟吗？”

她看到他的双手在哆嗦。

他们陷入了可怕的沉默之中，冰块在弗兰克的杯子里渐渐融化，他抽完了一支烟，又点燃了另一支。

“你的女儿为什么说你不在城里？”

“我不知道。也许是青春期的叛逆？”他吐出气来，凝视着缭绕的烟雾。

你为何要这样？她想大喊大叫。但是，如果她做出那种反应，就等于在承认，她曾经很熟悉他，这便是她爱过的那个人。

“你住在哪儿？你跟唐娜在一起吗？是不是她把我家的地址告诉了你？”

“唐娜？”

“对呀，”他笑了，“难道你忘了自己的姨妈？”

1　洛克杯（rocks glass）：又名古典杯，一种较矮的平底玻璃杯，多用来盛装威士忌或者老式鸡尾酒。

终于，她用双手捂住脸庞，开始哭泣。他的笑容消失了。

“我以为她死了。”

“不，她就住在附近。”他轻轻地碰了碰她的胳膊肘。

他带着她走到街上，天空又下起了毛毛雨，细碎的水珠打湿了他们的脸庞。他的步伐跟过去截然不同，变得更加优雅，更为从容。

“你结婚了。”她说，那些沉重的话语再次浮现出来。

他摇了摇头：“分居了，正在办理离婚手续。”

“你很有钱。”

“我投资了房地产，还开了几间酒吧。”

“你是刚才那家酒吧的老板吗？”

他点了点头。“一切只是机缘巧合罢了。路易莎，也就是我的前妻，她的父母想办法让我们跨越了南北边界，他们非常富有。当时，许多人都搬到了布法罗，这里有水电站，而其他地方大部分都断电了。她的家族充分利用了那个机会。起初，我替他们工作，后来我拥有了自己的公司。其实这种成功非常偶然，任何人都能办得到。”在那么多值得抱歉的事情中，他竟然对于自己有钱而感到愧疚。“你觉得布法罗怎么样？”他问。

“我完全认不出来了。”流泪的冲动重新涌上心头，她竭力压抑着自己。

“美国的情况如何？”

在接下来的日子中，她会一遍又一遍地遇到这个问题。大家天真友好地向她打听南方的现状，然而他们永远都不明白，这是一个无法回答的问题。

“还好。”

他停顿了片刻，她以为他要抛弃伪装，回归往昔的模样了。然而，他说："你知道吗？如今我们生活在一个封闭的系统中。"他详细地解释道，美利坚合众国必须做到自给自足，提供境内所需的全部货物和服务，一方面，为了阻止疾病传播，贸易法规的各项条例都十分严格；另一方面，从前的进出口伙伴偿债能力太低，还没有达到恢复贸易关系的基本水平。他滔滔不绝地讲述，就像在表演一场冗长的独角戏。

他们走到了一栋独立的公寓大楼跟前，周围环绕着铸铁栏杆，牛奶色的灯光从下方照亮了屋檐。

波莉注视着富丽堂皇的正面："唐娜也投资了房地产吗？"

"这套房子是我给她买的。"

"你为何要那样做？"

"因为，这是我欠你的，我理应替你照顾她。"

波莉试图推开院子的大门，但是它上锁了。

"你需要输入密码。等等，波莉——等等。你是什么时候来到这儿的？"

"昨晚。"

"我的意思是，你是什么时候来到'现在'的？"

"去年九月。"

"我找过你。可是，在你真正出现之前，他们也不清楚你的抵达时间。"

"我知道。"腹部的绞痛变得十分剧烈，她甚至很难站直身体，"弗兰克，你还记得……过去的事情吗？"

"什么事情？"

她打算提一些问题，揭开他的伪装。

"你在我的文胸里放了一张咱们俩的合影，还记得吗？"

他鼓起脸颊。这是另一个泄露秘密的动作，代表着紧张与尴尬。

“我想不起来了。我为何要那样做？”

曾经，他拯救过家具，帮她缝补短袜，热爱自己的母亲，收藏酒瓶的盖子，他不顾她的嘲笑，保存各种各样的旧物，以便留住分分秒秒，铭刻点点滴滴。那个男人去哪儿了？她渴望端详他的眼睛和双手。

“你可以告诉我怎么进去吗？”她摇了摇院子的大门，“密码是多少？”

“你的生日。”

公寓的大厅十分亮堂，灯具古雅精致，室内摆着休息的沙发，铺着厚实的地毯。一名身穿制服的保安看到弗兰克迈上门阶，立即挥手致意。

“现在我们要做什么？”弗兰克说，他们站在前廊上。

玻璃后面传来一声尖叫。唐娜正在大厅里，拳头抵着太阳穴，激动地呼喊。保安好奇地转移视线，她们跑向对方，紧紧地拥抱。波莉拼命吸气才能避免窒息，她的嘴里塞着唐娜的花毛衣。然后，唐娜用双手捧起波莉的脸庞，说：“这一天我究竟等了多久？”

在电梯门口，弗兰克跟她们分开了。“也许我可以周日再来？”他说。可是，周日过去了，他始终未曾出现。

波莉没有立即发现唐娜的异样，此后才注意到她走路一瘸一拐。唐娜把裤腿卷上去，用拐杖敲了敲踝关节，发出一种坚硬而空洞的声音。她脱掉袜子，向波莉展示自己的假足。“好不容易避开了瘟疫，却没逃过败血症。”唐娜说，面对波莉的担忧，她不以为然，嘴里“啧啧”作响，“我还有另一只脚呢！”

唐娜靠针线活儿谋生。她把废弃的连衣裙和T恤衫剪成布条，重新做成镶嵌着金色滚边和亮片的衬衣、裤子和田径服，颜色非常华丽。她托人把衣服带到市场上出售。家里的工作室兼做波莉的卧房，缝纫机嗡嗡作响，波莉躺在地毯上，收听着同船的老太太曾经播放过的电台。虽然花了几天工夫，不过最后，唐娜还是习惯了波莉的陪伴，甚至愿意在她面前摘下假足了。

“你的相貌丝毫没变，”唐娜说，“我明知道会这样，却还是难以相信，你就像青春永驻的吸血鬼。”她想方设法，弄来一个拍立得，用光了宝贵的相纸，记录波莉的影像。她把这些照片贴到冰箱门上，立在碗柜顶部，夹入书本之中。“我一直都很后悔，没有给你多拍几张照片。”

唐娜的公寓套房位于十九层，她最喜欢在宽敞的阳台上拿着喷壶莳花弄草。围栏上挂着一排喂鸟器[1]，鸟儿们从四面八方飞来，栖息在植物的枝杈上，啜饮美味的水珠。

唐娜从未问过波莉在美国的遭遇。在她们共度的分分秒秒中，波莉都觉得非常矛盾，既感激这种缓冲，又埋怨她的冷漠。两种截然不同的情感互相拉扯，波莉站在中央保持着平衡。但是，波莉也没有问过唐娜有关截肢的细节。所以，她们都理解对方的伤痛，却不清楚背后的故事。

有一天，波莉在黎明时分醒来，浑身都是冷汗。电话铃响了，她伸手去摸听筒，鼓足勇气，准备迎接那个声音。然而，她看到屋里根本就没有电话，原来她已经不在穆迪公寓了。

波莉走进起居室。

“抱歉，”唐娜在厨房里高喊，“刚才是我的邻居阿尔，我们俩都习惯了早起。”

拂晓之际，在阳台上能够望见一切，空中布满了玫瑰色、淡紫色和金黄色的条纹，描绘着崭新的一天。从那以后，波莉便总是在清晨起床，陪着唐娜和德里克一起看日出。德里克是唐娜养的一条小㹴犬[2]，体型又矮又胖。波莉不知道“鸡肉”和“面条”的情况，她也从未提起过。

“没想到如此娇小的鸟儿可以飞得那么高。”波莉说。

“这就是韧性。”唐娜说，接着稍作停顿，再次开口，“弗兰克原本打算给我买一套豪华的顶层公寓，但是我觉得用不着。”唐娜嗤之以鼻：“刚开始，我实在无法原谅他的所作所为。你为他牺牲了

1　喂鸟器（feeder）：一种用来给野鸟喂食的装置，可以装米粒等食物，也可以装糖水等液体。

2　㹴犬（terrier）：一类小型犬种的统称。

自己的人生，他信誓旦旦地承诺要等你十二年，结果你走了还不到四年，他就娶了某个有钱的贱人。”

“咱们不必非得谈论弗兰克。”

“但是，十二年真的很长，对吧？更别说十八年，那就更长了。”

波莉沉默不语。

“我只是想劝你换一种思考方式。”

“你认为还会有人留着布法罗的老照片吗？”波莉说。

“这个问题倒是很有意思，怎么了？”

波莉深深地希望，即便故乡失去了立体的人行道和烟囱，变成了扁平的二维图像，它也依然是看得见摸得着的存在。如果能找到以前的老照片，那么她仍旧跟布法罗生活在同一个世界里。

“阿尔肯定知道，他天天都泡在图书馆里。”

平常，除了带德里克散步，波莉从不出公寓大楼。他们会连续走上好几个小时，当德里克气喘吁吁的时候，波莉就把它抱在怀中。但是，他们仅在波莉已经去过的区域里活动。而且，她始终都在躲避充满回忆的地方：母亲的单层小屋，她在那里出生长大；弗兰克租过的公寓，靠近赫特尔大道；整片河滨区，她曾经跟唐娜在此居住，直到那一年的十二月，弗兰克认定，他们应该开车南下。只要她还没有亲眼看到，这些地方就依然完好无损，跟当初一样。

有一两次，她领着德里克一路走到了运河边。他们望着船舶驶入，时间慢慢流逝，天色渐渐变暗，德里克开始哀鸣，要求回家吃晚饭。波莉在寻找那位老太太，她产生了一种坚定而古怪的念头——唯有那位老太太才认得她是谁。

每一天的生活都穿插着对弗兰克的怨恨。

阿尔来自希腊，他肚子很大，特别喜欢双关语。有一天，吃完晚饭以后，他从自己的背包里掏出一个鼓鼓囊囊的信封，放在餐桌上。

“一位本地摄影师的儿子捐献了这些照片，我们还没来得及分类，不过我听说它们都拍摄于一九七五年左右。我能够理解你，孩子。我第一次回到自己的家乡，感觉就像走进了陌生的童年故居，仿佛所有房间都在半夜跳起来，交换了位置。”

波莉很想说她完全明白他的意思，但是她开不了口。片刻之后，她甚至更加烦恼了，因为那些照片并没有给她带来期待中的安慰。

它们确实是本地摄影师的作品，然而都是家庭照片。好像有人从远方前来探亲，看样子是一位姨妈或者表姐，他们在所有的重要地标前合影留念：锚地酒吧[1]、市政厅……波莉倾斜照片，仿佛它是一扇窗户，在正确的角度下，就可以显现出弗兰克打工的酒吧。在下一张照片里，她看到了特拉华公园。

“不对吗？”唐娜说，“不是你想要的东西？”

“我……”波莉努力思索着该如何解释，“我不知道。那儿原先是什么？”她指着照片的边缘，公园的其余部分被排除在画面之外了。

“这并不是一份系统化的档案，内容很零碎。在图书馆的收藏室里，他们会按照日期排列照片，所以如果你打算查看特定的地点，可能会比较复杂。不过，我们连一九〇一年的照片都有呢！总能帮你找到点儿什么。”

布法罗仅仅存在于纤薄的相纸上，显得如此脆弱。面对那些往日的影像，她的大脑一片空白。她端详着特拉华公园的照片。这里是他

1　锚地酒吧（Anchor Bar）：美国纽约州布法罗市的一家酒吧兼餐厅，创始于1935年，著名的“布法罗鸡翅”（一种辣鸡翅）就诞生于这里。

们的开始，可是她毫无感觉，仿佛掌管记忆的细胞统统坏死了。

九月下旬，波莉和德里克兜圈的范围变得越来越大，而她所能承受的边界也在不断地拓展。有一天，她来到了水果社区边缘的中学，距离弗兰克家的房子只有十几分钟的路程。此刻正是放学的时候，青少年们纷纷走出校门，周围十分喧闹，叫嚷声此起彼伏，她看着无数条马尾辫如潮水般涌过，逐渐化作一股细流，最后空无一人。第二天，她又在放学时间回来了，第三天和第四天也是一样。每次，她都在不同的大门外守候，直到她瞥见费利西娅的身影。

一开始，波莉没看到费利西娅，她坐在足球场的边缘，在波莉的视线之外。她弯曲膝盖，背靠着铁丝栅栏，身穿飞行员夹克，珍珠般闪亮的布料从网格中鼓出来。波莉在一步之遥的石凳上找到一个空位，紧挨着等待孩子的家长们，他们正抱着玻璃罐，畅饮货真价实的咖啡。她假装摆弄德里克的项圈。

费利西娅很受欢迎，其他人纷纷主动与她攀谈。她唯一的一次起身，便是向一名同样魅力十足的少女打招呼。她们像法国人一样互相亲吻脸颊。费利西娅的双腿极为修长，走起路来非常平稳，犹如姿态优雅的社交名媛。“这肯定是她跟自己的母亲学来的，而她的母亲不是我。”波莉觉得很不舒服，她的眼睛无法聚焦，仿佛是透过一个破损的摄像头在看世界。她想离开，可是身体却纹丝不动，牢牢地粘在了石凳上。

一名少年跑过去搭话，他穿着颜色单调的衣服，发型也毫无特点，显然跟费利西娅不是一类人。

“你们这些姑娘周末要来看比赛吗？”

“嗯哼。”她的朋友说。费利西娅正在一个笔记本上涂鸦，并未抬头。

“好吧。你们觉得最棒的座位在哪儿？”

“靠近前排，不是吗？”她的朋友提高了语调，显得很不友好。

“好吧。”

不过，这名少年非常勇敢，他孤零零地挺立在她们面前，犹如一栋暴露在茫茫沙漠中的小屋。

“好吧，再见。”他说。

在他离开以后，费利西娅凑近自己的朋友，模仿老师的口气说：“你们这些姑娘。”她们咯咯地笑了起来，声音响亮而夸张。那名少年缩着肩膀，渐渐远去。

另一名少年走了过来，足球在双手之间跳跃。他顺着铁丝栅栏滑下去，坐在她们旁边。

“刚才那是怎么回事？”

“啊？”那位朋友瞪圆了眼睛，做出一副小鹿斑比[1]的天真模样。费利西娅依然在自顾自地画画，但是脸上带着微笑。波莉目不转睛地凝视着她，就像被火焰所吸引一样。

“别跟那个小子说话。”

“我爱跟谁说话就跟谁说话。”婉转的音调缓和了轻蔑的言语。

“切，随便吧。不过，他的家人全是劳工，你应该离他远点儿。”

“为什么？”

“他们都是守旧派，害怕微波炉，还想让堕胎变成违法的行为。”

1　小鹿斑比（Bambi）：指1942年上映的同名美国动画电影中的一只小鹿，眼睛又圆又大，十分天真可爱，该电影改编自1923年出版的同名奥地利小说。

“他们害怕微波炉？你太逗了。”

“真的。他们特别落后，甚至不相信男女平等。”

“你怎么知道？”

“我姐姐的邻居就是一名劳工，她总是守在门镜跟前，瞧见我姐姐带男人回来，就说三道四。我可不一样，我从来都不会因为一位女士喜欢‘骨头[1]’就对人家指指点点。”

“好恶心。”这是费利西娅第一次加入交谈。可是，她难道不应该说：有一位劳工救了我的父亲吗？

“还有，新闻上提到，政府正在考虑……”

“政府。”那位朋友故作严肃地打断道。

“少来。政府正在考虑改变驾照，不显示出生年份，只写年龄。”

“所以呢？”

“那听起来不太可能。”费利西娅再次开口，语气坚定而自信。

但是，她难道不应该用这种声音说：没有那位劳工就没有我吗？

“这是谢里先生告诉我们的。他们想要割裂……”

“割裂……”

“年龄和出生日期，但是那样也许会导致法定强奸[2]、选民舞弊……”

“选民舞弊！你可真是个书呆子。”费利西娅的朋友靠过去，张开手掌，准备弄乱他的发型。他巧妙地歪了歪脑袋，笑嘻嘻地避开她的触碰。

1　骨头（bone）：英文俚语，指男性生殖器。

2　法定强奸（statutory rape）：在英美司法体系中，指在非强迫性的性行为中，有一方还未达到合法年龄（即具备性自主能力的最低年龄）。

“这种做法会让恋童癖钻空子！”

笑声响起。波莉感到怒火中烧。

“那个劳工小子多大了？”

“他来这儿的时候六岁。”费利西娅说。

“你怎么会知道？”她的朋友问。

“他就是一个恋童癖！”那名少年斩钉截铁地说，“不管他来这儿的时候多大，他都比咱们年长十二岁。他已经二十七岁了，肮脏的老男人。”

“我得走了。”

“不要！菲菲[1]！”

费利西娅蹦蹦跳跳地穿过人群，大家都热情地跟她道别。波莉完全可以到此为止，不再纠缠。

但是，那名少女夺走了波莉的注意力。她的脑袋犹如小小的豌豆，肯定想不出背后这个腋下夹着狗的女人是谁，也不明白自己究竟欠了对方什么债。她就像一名窃贼，盗取了波莉的珍宝，她的身体和生命原本都属于波莉的孩子。

没过多久，波莉便追上了费利西娅。她在人行道中央停下脚步，打开背包东翻西找，挡住了来来往往的路人。她唉声叹气，失去了朋友们给予的自信光环。其实，她只是个孩子，依然缺乏经验，不懂得在公众场合压抑自己的情绪。她也很脆弱。

突然，她抬起了头，她找到了自己需要的东西：一个便携式磁带播放器。一辆公交车抵达高街和主街的交叉口，费利西娅拔腿狂奔，耳机线在风中晃动，背包左右摇摆，拉链没有完全拉好，一种零食的

---

1 菲菲（Fefe）：费利西娅的昵称。

包装纸飞了出来。

波莉抱着德里克登上了公交车。

费利西娅坐在第三排，波莉选择了她后面的空位，德里克趴在波莉的腿上，开始梳理自己的短毛。费利西娅按下播放键，跟着音乐轻声哼唱，肩膀随着呼吸微微起伏。她听的是什么？

波莉很想看着她，很想捏住那个高傲的尖下巴，让她无法动弹，以便仔细观察，她遗传了她父亲的哪些特点？可是，费利西娅的头发就像一道屏风。“你的一半本该是我。”费利西娅的发丝顺着椅背垂下来，犹如棕色的波浪。波莉抬起手，轻轻拨弄费利西娅的发梢。

有一个人骑着自行车穿过马路，司机赶紧踩下刹车板。所有的乘客都被甩向前方，波莉的拇指钩住了一缕鬈发。

“哎呀！”少女痛得大叫起来。她立即转过身来，准备瞧瞧是谁伤害了自己。

波莉面无表情地盯着她。

费利西娅倒抽了一口气。“好可爱的小狗！”说着，她举起胳膊，越过座椅顶部，然后犹豫了一下，单手悬在空中，高耸的肩膀贴着耳朵，“我可以摸摸它吗？”

波莉希望自己能露出微笑，可是她已经感觉不到双唇的存在了。

费利西娅把手指伸到德里克的项圈底下，德里克表现得服服帖帖，摇起粗短的尾巴，拍打着座椅。

“它真乖！”费利西娅说道。

“你在听什么？”波莉问。

“噢，糟糕！我到站了！”

她几乎使出了全身的力气猛然拽了一下铃绳[1]。公交车尖啸着停住了，乘客们再次发出抱怨。

“拜拜，狗狗！”费利西娅嚷嚷道，接着便跳下了车。

波莉手忙脚乱地站起来，跟上费利西娅。她们迈入下午的阳光中，耀眼的光芒模糊了聚集在车站周围的脸庞。波莉听到了自己的名字，不过，在熙熙攘攘的街道上很容易听错。然后，她又听到了。

一位老妇人揽着费利西娅的肩膀，她戴着无顶防晒帽，穿着皱皱巴巴的衬衫。

“天哪，是你。”

虽然她变得弓腰驼背，头发也在岁月中褪去了颜色，不过她依然是马里诺夫人。

波莉把德里克搂在怀里，就像抱着婴儿一样，企图用它作为铠甲来保护自己柔弱的胸膛。她紧紧地抓着德里克，指尖都嵌进了皮肉里，然而它却出奇地温顺，没有丝毫反抗，仿佛凭借动物的神秘本能，感受到了她内心的不安。

此刻正值交通高峰期，街道上挤满了下班的职员。一名女子匆匆赶路，手中的公文包撞到了马里诺夫人，但是她似乎没有觉出疼痛。

“费利西娅，这是……呃……”马里诺夫人欲言又止。她笑了，声音十分嘶哑。费利西娅转移视线，从祖母看向波莉，甩动的马尾辫“沙沙”作响，脸上的表情显得烦躁而担忧。

波莉跟这些人紧密相连，然而她们之间的纽带并不是血缘或者婚姻。她们的关系十分普通，但又非比寻常，没有一个合适的词语可以概括。

1　铃绳（bell cord）：公交车上的拉绳，拽一下就会发出声响，提醒司机有人要在这一站下车。

“你看起来跟当年一模一样。”马里诺夫人靠近她，波莉闻到了面团和玫瑰的气味。她打算转身离开，可是马里诺夫人却伸开双臂，把她搂入怀中。

她还是那种性格，无论如何都不会觉得尴尬，不管你是否回应，她都要拥抱你。

“谢谢你，”马里诺夫人说，“谢谢你。”费利西娅一直在冷眼旁观，瞧见祖母哭泣，她变得不安起来。

在数秒之前，这就是波莉想要的补偿。可是，现在的感觉却很不对劲，她没想到他的母亲会变成这样——就像艺术家忘记隐藏的一条铅笔线，残留的痕迹标志着失败的尝试，永远都不该出现在光鲜亮丽的画作中。而且，在马里诺夫人的脸上，她还看到了弗兰克的面庞，小小的鼻子，可爱的眼睛。

波莉默默地转身离开。自从她重返朝思暮想的布法罗，发现曾经的弗兰克消失以后，她每天都在努力忘记那份爱。她翻遍了所有的衣兜，寻找票根、铅笔和头发丝。可是如今她才明白，过去始终萦绕在空气中，而弗兰克也依然存在。

“你过得还好吗？你需要钱吗？”马里诺夫人高喊。

波莉一言不发，任凭人潮将自己淹没。

他们离得如此之近。清晨，波莉带着德里克在唐娜居住的街道上散步。每次抵达北方大街，她都差点儿左转，走向费利西娅的学校。不过，她已经失去了许多东西，包括消除疑虑的重要能力。所以，在学校的第一遍铃声响起之前，她就会回到唐娜家中。

唐娜天天都带她去游泳。“你不能总是躺在地板上。”波莉坐在游泳池底部，想象着上方的世界仍旧跟她的记忆一样。然而，她还没来得及在脑海里勾勒细节，血液中的空气就会带着她浮出水面。

在十一月的一天，公寓管理员端走了摆在前门两侧的花，换上了沉重的宽底水泥花盆，每个花盆中都栽着一株小巧玲珑的常青灌木，修剪成双螺旋的形状。灌木脚下没有断枝碎叶，也没有园艺剪刀。这明明是某个人辛勤工作的成果，却见不到任何修剪的证据，你可以假装那些灌木天生就长成这样。曲奇、4A1号集装箱里的女工们，以及许多人依然困在边界线以南，而波莉抛下了他们。

当她进屋时，唐娜从阳台迈入室内。

“刚才保安给我打电话了，你干吗要偷那玩意儿？”

波莉攥着一株螺旋灌木，胳膊上沾着树液，皮肤黏黏糊糊，双手还被划破了——显然，面对她的侵犯，这棵植物曾经拼命抵抗。

“我也不知道。”

“你究竟怎么了？”

波莉没有回答。唐娜来到她的面前，拿走她手里的植物，小心翼翼地放在餐桌上。螺旋的一边都被压碎了，波莉原本想毁掉它。可是，当扯断根部，将灌木拽出花盆时，她并未体会到丝毫的满足感，只觉得十分痛苦。

“也许咱们可以把它重新种上。”波莉说。

“先去洗洗手吧。”

唐娜领着波莉走进浴室，递上医用酒精和一块温暖的毛巾。等到波莉清理完毕，她便仔细检查波莉的指甲，确保没有残留的泥土。她说：“你愿意告诉我发生了什么事吗？”

“我仅仅是出去散步而已。”

“我不是说今天早晨，我是说在你抵达以后。你在美国都经历了什么？”

"你从未问过。"

"我一直在等你主动提起。"

"短短几个月，没什么好说的。"

"你能给我讲讲吗？"

"我很难解释清楚，你也很难彻底明白。"

"我会努力尝试。"

"你是怎么失去这只脚的？"波莉问。

唐娜的呼吸十分急促，仿佛空气突然变得沉闷起来。"好吧。"她说。她坐在马桶盖上，拐杖倚在两个膝盖之间。

"当初，我想去得克萨斯州。赶路浪费了很长时间，我还没到达俄亥俄州南部，他们就在边界竖起路障。我依然在美利坚合众国，但是跟美国挨得很近，他们将边界以北一定范围内的所有人都关进了隔离营。你知道瘟疫的症状要过多久才会显现吗？"

"二十一天。"

"没错。可是，他们想把我们关上六个月，以防万一。不过，在隔离营里待了两周以后，我就失去了理智。于是，我打算翻越栅栏，结果被带刺的铁网戳伤了。"她耸了耸肩。

"你为什么要去得克萨斯州？"

"你觉得呢？"唐娜还保持着从前的尖锐。

波莉感受到了一种崭新的痛苦，她原本以为自己已经体会过所有的痛苦了。

"我想去休斯敦，我要跟你在未来团聚。"

波莉的心中有某种东西挣脱了束缚，就像一块冰从冰川上断裂下来。她拉起姨妈的手。唐娜紧握着拳头，所以波莉用自己的手指包住唐娜的关节。波莉讲述得十分缓慢，在每一句话的结尾处，她的声音都会不可控制地上扬，仿佛她在朗读一份稿子，但是不认识文中所使用的语言。

“我告诉过你，我会在一九九三年抵达休斯敦，你还记得吧？他们改变了我的行程，让我去了一九九八年九月。我以为自己一来到这里，就会发现弗兰克在等着我，然而他没有。我们制定过一个计划，但是并未成功。我尽量埋头工作，想要安静地熬过去，可是我和我的老板之间出现了一些问题。此后，我不得不在一家工厂里干活儿，并且搬到一个条件更差的地方，类似棚屋，跟许多女人住在一起。不过，她们都很善良，所以情况不算太糟。接着，有一个男人来找我，我是在最初的住处认识他的，他让我搬到他的房子里，帮助他制造某种家庭骗局，以此来谋取金钱。后来，我们发生了一些争执，我被迫离开了他家。然后，我的合约结束了，我回到了北方。就这样，仅此而已。”

波莉以为唐娜会说，好吧，并且拍一拍她的肩膀，那才像是唐娜的作风。

然而，唐娜却说：“你肯定非常害怕。”

“时间并不长。”

“将近一年。几百个日日夜夜，你都独自一人。”

“其他人过得比我惨多了。”

“你受苦了。”

“不要紧。”

唐娜哭了起来，在波莉的记忆中，她从未见过唐娜落泪。

“我们不知道你在哪儿。我一直在等待，一直在等待。我指望着弗兰克会带来消息。我应该自己去找你才对，但是我不敢。对不起，对不起。”

她在悲伤中颤抖，波莉伸出双臂，拥抱了她。

“没关系，姨妈。我很好。”

在那一刻，她真的感觉很好。一团光芒填满了她的身体，从腹部开始，一直往上升，钻入口中，温暖而闪耀。

她们泡好茶，端了一盘饼干，坐在阳台上。

“你恐高吗？”唐娜问，“你以前不恐高的。”

“你为什么会觉得我恐高呢？”

“你总是背对着边缘。”

“我没有。”

“你有。咱们家面对着价值百万的风景，可是你从来都没看上一眼。”

“我不喜欢这片风景。”

“你不喜欢？”

“我不愿意看到这座城市。”

“这座城市怎么了？”

“变化太大。布法罗已经消失了。”

“布法罗没有消失，它就在那儿。”

“它消失了，我再也回不去了。”

波莉的喉咙里突然爆发出一声呜咽，唐娜连忙走到她身边，揽过波莉的脑袋，贴在自己的胸膛上，就像波莉小时候一样。

“它没有消失，”唐娜说，“你瞧，它就在那儿。”

二〇〇〇年，千禧年伊始。唐娜开始念叨，劝说波莉找一份工作。

“我在市场上认识一些朋友，也许我们能给你租一个摊位，让人们把旧物带来，交给你修复。”

波莉没有回答。

唐娜努力解释自己的意图：“这套房子已经全款付清了，我卖衣服的收入也足够养活咱们俩。我只是觉得，出去走走对你有好处。”

接着，唐娜又列举了其他的建议：“如果你不愿意摆弄家具，还有许多别的事情能做。你可以当一名烘焙师，你以前不是喜欢烹饪吗？或者，你可以学习电脑。阿尔说，新千年的发展全靠电脑。现在都是二十一世纪了，咱们也得提高自己嘛。”

波莉翻身侧躺，一下下地挠着德里克的肚皮。

“咱们必须把你的文件处理好，”一天，她们正在阳台上看日出，唐娜突然说，“咱们应该问问弗兰克，他肯定有办法加快你的申请流程，让你尽快获得永久居留权。”

波莉默默地清理藤编地毯，捡起嵌在缝隙中的狗毛。

阿尔来她们家吃晚饭，在品尝酸樱桃果酱制成的甜品时，阿尔询问波莉是否有文学专业的背景。

“谈不上，怎么了？”

“你也知道，我是图书馆理事会的成员。佩吉原本在我们的一家市立图书馆里工作，如今她打算辞去职务，回家生孩子。所以我们需要有人在借还处站岗。”

唐娜十分安静，这倒是很少见。

“或者，也许我应该说，我们需要有人在前台‘坐岗’。哈！我们支付的报酬不多。实际上，目前并没有报酬，这是一个志愿者岗位，但是以后可能会发工资。”

“波莉还在适应环境。”唐娜说。

“听起来真的很棒，阿尔。谢谢你想到我。”

“那个地方是河滨区图书馆，一直都有点儿……疏于维护。”

“我和唐娜就来自河滨区，我们曾经住在那里。”

“你从来都没告诉过我。”阿尔对唐娜说。

“那是很久以前的事情了，”唐娜说，“起码对我来说，就像上辈子一样。”

这家图书馆拯救了波莉的生活。它的半数藏书都尚未录入，甚至还没有选定一个标准的分类体系。馆内的某些区域是按照字母顺序排列，而其他区域则采取了杜威十进分类法[1]，可谓一片混乱。许多图书都破破烂烂，如果不进行修复，根本就无法外借。由于没有透明塑料膜，波莉便拿双层的旧报纸来包书皮，用黑色的粗蜡笔在书脊和封面上写下书名。她天天都忙着工作，过得非常充实。而且，河滨区公园竟然还在，简直堪称奇迹，尽管那片土地迟早都要盖上大楼，但是现在，只要单薄的冬日阳光允许，波莉就会戴着连指手套，坐在公园里一边吃午饭，一边凝望着奔流的尼亚加拉河[2]。

最近，她的各种感觉都变得格外灵敏。她可以在德里克身上辨认

1　杜威十进分类法（Dewey Decimal）：美国人梅尔维尔·杜威（Melville Dewwey，1851—1931）于1876年发明的一种图书馆藏书分类体系。

2　尼亚加拉河（Niagara River）：美国东北部的一条河流，北起伊利湖，注入安大略湖。

出金色、红色和粉色的细毛，而先前她总以为它通体都是棕色。她看到唐娜手上的所有皱纹，犹如数百条绵长的河流，记录着唐娜在波莉昏睡期间经历的十几年风风雨雨。她可以听到小鸟在背后的雪地上行走，大家都离开了，唯有顽强的鸟儿在寒冬里留守，陪着她吃午饭。她可以闻到脚下的尼亚加拉河散发出的冰冷气息，那千万朵水花也许曾拍打过诺尔贝托的小船。这些微妙的事物全都如此美丽，却又饱含着难以言喻的忧伤。二十世纪永远地过去了，一九九九年再也不会重来。这大概就是人们在临终之际的状态——极为多愁善感，毫无理智可言。明知这样很愚蠢，她却控制不住自己。

进入新世纪的四月份以后，在一个傍晚，一群乘客簇拥着公交车站，叽叽喳喳地抱怨起来。

“该死的施工，”有人指着张贴的告示说，“他们要让咱们绕过整片街区，这会害得我在上下班途中多花十分钟。”

波莉望向地图，查看公交车将改道何处，结果发现那是一条她走过数千次的路线，通往唐娜的粉色小屋。

她已经一条街接一条街地放弃了自己的老城，任凭空气把一切都化为灰尘——除了从前的家园。那栋房子距离图书馆很近，可是她从未去过，她害怕内心仅剩的一片净土也会消失。然而现在，告别的时刻到了。

平常，她总是让带着孩子的妈妈和年迈的长者先上车，但是今天，她竭力挤到队伍的前面，冲向第一个靠窗的空座位。道路的轮廓跟过去一样，如果她眯起眼睛，还能看到隐藏的老城。

公交车转弯，转弯，再转弯。乘客们头晕目眩，唉声叹气。波莉感到紧张不安，仿佛在赶赴人生中的第一次约会。那栋房子怎么可能幸存下来？万一她还没瞧见，它就闪过去了，那该如何是好？

公交车拐过最后一个街角，她突然产生了一种荒谬的想法。当他们经过那栋房子时，她也许会看到自己。就像在穿越时空的老电影中，时间线交叉，出现了两个自己。原始的自己在厨房里哼着小曲儿，烘烤馅饼；而崭新的自己则蜷缩在窗台底下，等待合适的机会，发出噩运即将来临的信号。

她可以回去告诉曾经的自己，不要前往一九九八年。那样一来，他们大家便可以待在一起了。

可是，现在的自己呢？她会从这个世界上消失，她的存在将被彻底抹去。

公交车继续行驶，那栋房子跃入眼帘。门前的橡树已长得十分高大，庭院里散落着塑料玩具和自行车的零部件。外墙依然包裹着粉红色的壁板，小径上还残留着白色的油漆，卧室的窗户仍旧俯瞰着街道。

从前生活过的地方有着某种神奇的魔力，一旦回去就会引起特殊的宇宙效应，两个自己不能在同一天、同一个地方同时出现，时空肯定会出现裂缝。

不过当然，什么事情都没有发生。公交车又拐了个弯，在抱怨声中重返宽敞的大街。今天只是一个普普通通的星期四，周围只有发牢骚的乘客和老面包的香气。

波莉口干舌燥，双手夹在大腿内侧。她努力平复心情，却始终无法成功。

有一个男孩儿，独自坐在门廊上，双脚撑着栏杆，在两腿之间拍打着一只丑陋的篮球，眼睛盯着来来往往的车辆。有一个女孩儿，戴着雪白的帽子，迈上通往一栋房子的台阶，然后转过身来，检查手中的纸条。

波莉心想，这就是人生，这就是活着。路途还很远，未来还很长。

1999.12

那是世纪末，二〇〇〇年元旦的前夕，唐娜打算举办一场聚会。她买了一台盒式磁带播放机，向左邻右舍借来椅子。阿尔调配了“香槟酒”，其实就是把苹果汁、伏特加和苏打水掺和在一起。唐娜为波莉准备了许多花里胡哨的衣服，波莉勉强挑选了其中最素朴的一件：颜色渐变的粉红色衬衫。聚会期间，波莉一直待在厨房里清洗玻璃杯，每次听到前门敞开，她都觉得心脏要停止跳动了，可是弗兰克没有来。相比之下，她对自己更加恼火，都过去这么久了，她竟然还盼着他出现。钟表不停地转动，大家互相亲吻脸颊。新世纪已经降临，弗兰克不会来了。

在最后一位客人离开以后，阿尔坐着睡着了，下巴伸向撒满面包屑的肚皮。波莉带德里克出去小便，夜空泛着冰冷的紫色，波莉有一种预感，好像要发生什么事了。她早就学会了压抑这种无谓的期待，可是，他就在那儿，端坐在院门旁边的长凳上，身穿天鹅绒的无尾礼服，手里攥着一瓶尚未开封的威士忌。

“我本想上楼，”弗兰克说，“但是没去。”

外面在下雪，水珠融化了他的发胶，显现出原本的鬈发。

她竭尽全力，拼命让呼吸保持正常而平稳的节奏。

“你愿意跟我走吗？”他说。先前，她还在为自己怀着希望而感到沮丧。然而此刻，他那崭新的脸庞上却写满了相同的希望。

“就像当初一样。”她说。

她把德里克交给公寓的保安，弗兰克带着她转过街角，沿着榆木大道前进，来到一家富丽堂皇的宾馆，这里曾经是几家食品杂货店和酒水专卖店。

“丽思卡尔顿[1]，”他说，“刚刚落成，营业不久。”

她的心脏沉了下去。

“你不想进去？我不知道现在还有哪儿开着门。”

“不，没事。”

吧台的调酒师知道弗兰克的名字。他们走到一个阴暗的角落里，坐在一张低矮的圆桌旁，奢华的蓝色窗帘从高高的天花板上垂下。扶手椅很大，波莉必须坐在边缘才能够到桌子。

“两杯螺丝起子，”调酒师说着，端上饮料，“保留樱桃。”

晶莹剔透的液体色彩明亮，仿佛在闪闪发光。冰块化作平滑的橙色山脉，杯子的外壁上挂着水珠，犹如一滴滴眼泪。

“这是我给你点的。如果你不喜欢它了，我可以要点儿别的。”

“你还记得。”

“当然。”

“自从一九八〇年以来，我就再也没有喝过它了。”

“乖乖！”她第一次听到他说这个词语，“也许你应该来上两杯。”

波莉不忍心喝下如此漂亮的鸡尾酒。有许多个夜晚，她都躺在集装箱里，想象着这样的杯子勾勒出的弧线，现在终于触手可及。

1　丽思卡尔顿（the Ritz）：世界闻名的连锁奢侈酒店。前文曾经提到过位于巴黎的丽思酒店，那是由瑞士酒店老板恺撒·丽思（César Ritz，1850—1918）和法国大厨奥古斯特·埃斯科菲耶（Auguste Escoffier，1846—1935）共同创办的，此后丽思又于1906年在英国伦敦创办了卡尔顿酒店，并在1911年创办了纽约丽思卡尔顿酒店，后来丽思卡尔顿便发展为连锁酒店品牌。

“无论你喝不喝，价格都一样。”他说，一摊水聚集在杯子底部。

她抿了一小口，随着液体淌过舌尖，她轻轻地吸气，片刻之间，感到欣喜若狂。在今后的人生中，在漫长的岁月里，她再也不会品尝到如此美妙却又痛苦的甘甜了。

他的眼睛湿润了。他朝她倾斜身体，但是椅子十分沉重，而且扶手很高，犹如坐在一只桶里，任何靠近彼此的动作都会显得格外刻意。她把双手拘谨地放在大腿上。

“在你回到布法罗以后，我一直都没去看你，对不起。”

“你为什么不来？”

“我很羞愧，没脸见你。每周，我都会走到唐娜居住的公寓，可是我不敢迈进院门。”

“六月份的那一天，当我去找你的时候，你就在家里。”

他的动作变得很慢。他眨了眨眼睛，然后张开双唇，微微颔首。

“我突然慌了，就像小孩子一样。那一刻，我想了十八年。可是在它降临的瞬间，我却手足无措。你刚刚离开，我就反应过来自己做了什么，于是便赶紧出门追你。我跟着你走向我自己的酒吧，可是到那儿以后，我又没了主意。我真是太蠢了。”

这番话没有带来丝毫的满足感，波莉只觉得十分空虚。

“我想知道你在南方的经历，但是我没有资格发问。”他说。

“你为什么想知道？”

“多年以来，这曾是我唯一想知道的事情。”

她点了点头。他用了过去时。

“不如你先给我讲讲你的经历吧。”她说。

“噢，好。他们把我送到医院，我希望自己快点儿死去。”

“为什么？”

“我以为再也见不到你了。”

“但是我告诉过你，我会找到你的。”

“我不相信咱们能做到。”

“显而易见。”

他紧紧地闭上眼睛，过了一会儿，他睁开双眸：“也许我不该往下讲了。”

“继续。”

“六个月后，我痊愈了，但是无处可去。”

“难道你就没有考虑过要遵守承诺，跟我见面吗？”

“我当然是这么想的。我待在休斯敦，开始做医院的义工。我在那儿逗留了一年，接着遇到了路易莎。”

“路易莎？”

他点了点头。

“你的妻子？”

他又点了点头。

“所以，仅仅过了一年，你就跟她在一起了？”

“将近两年。”

“你说得对，你不该往下讲了。”

但是，她也说不清楚，究竟多少年才足以让她释怀。她一口气喝光了杯中的酒水。

“我不知道要说什么，”他说，“不管你怎么说，你都是对的。”

“没什么好说的。当我离开的时候，他们没有透露我的行程改变了。我以为自己将前往一九九三年，直到抵达以后，他们才在机场告诉我，这里是一九九八年。即便如此，我还是觉得你肯定会来。每一个周六，我都努力赶到咱们约定的见面地点。我冒着巨大的风险，因为我相信你会出现。日复一日，我始终在等你。”她讨厌这样的自己，悲惨可怜，口无遮拦。

“我试过去找你。”他说。

“什么？”

“在一九九三年，我试过到加尔维斯顿跟你见面。可是，边界刚刚打开，除非搭乘私人船只，否则根本无法通行。所以，我便递交了一份申请，企图打听你的下落。但是他们只能告诉我，你还没抵达。后来，我又查询过几次。”

“在一九九五年和一九九七年。”

“你怎么知道？”

“你为什么没有每年都查询？”

他摸了摸鼻子的侧面。

“你为什么没有每年都查询？”

“因为路易莎。”他说，“两年前，我们开始办理离婚手续，整个过程非常复杂。如果她发现了不明开支，我可能会失去抚养权。”

波莉曾经编造了一个美好的借口来安慰自己，结果现实却如此残酷而平庸。她不想再开口了。

“今晚你为什么会来？”她说。

“我不能再继续躲着你了，我一直都渴望见你。”

屋里突然变得极为闷热，她挣扎着解开外套的扣子。

“这毫无道理，刚才，你还说没脸见我，现在，你又说渴望见我。”

“二者皆有。”

她无法从袖子里抽出胳膊。

“让我来帮你吧。”他说。他抓紧袖子，她使劲拽胳膊，可是她的手镯钩住了内衬。于是，他拉起她的手，将镯子退了下来，接着便松开了。这是不假思索的举动，就像一种本能反应，仿佛他们仍旧是亲密的恋人。

他们俩互相凝视，都明白他做了什么，身体的记忆瞬间苏醒了。她依然能感受到他的手在亲吻她的手，感受到凸出的关节、温暖的指尖和微妙的骨骼。

“你出汗了。”他说。他拿起一张纸巾，轻轻地为她擦拭额头。

她的鼻子里充满了泪水，刺痛难耐。

他说：“你看起来跟从前一模一样，就像是一个幻影。”

“我不是幻影。”她说。

他伸出双臂，环住她的肩膀，他把自己的脸颊埋在她的脖子里。她靠进他的怀中，他们的锁骨贴在一起，仿佛构成了一座尖塔，她能够听到气息在他的喉咙深处流动。

“咱们可以去别处吗？”她在他的耳畔说。

她带着弗兰克前往运河附近，寻找她在城里知道的唯一的一家旅馆。他叫了一辆三轮车，他们在街道上哗啦啦地颠簸。经过市政厅的时候，她觉得自己瞥见了弗兰克曾经打工的酒吧，那是他们初次相遇的地方。车夫身后的摩电灯[1]发出红光，照亮了他们的脸庞，顶篷边缘的流苏疯狂地摇晃。他问她，他们能否最后一次牵手。她说：“为什么非得是最后一次？”

在河边，新年的交通十分拥挤，于是他们便提前几个街区下车，

1　摩电灯（dynamo light）：依靠在轮胎上摩擦转动的小型发电机点亮的一种灯。

步行走完剩余的路程。他们伸出胳膊，搂住对方。她原本以为，这种接触会带来强烈的震撼，实际上却像开灯一样自然。

不过，他的身材已经失去了当初的形状。他的肩膀变了形，他的腰部更瘦了。她紧紧地攥住在他侧面皱起的大衣。

为了应付吵闹的狂欢者，旅馆的接待员忙活了一晚上，显得十分疲倦。弗兰克提出要最好的房间。

“这儿不会有阴虱吧？”他悄悄地对她说。

独立的洗手间，摆着长沙发和小冰箱的起居室，放着塑料水果的咖啡桌。屋里的布局陈设完全不对。但是，波莉相信，如果他们躺下来，闭上眼睛，他们就可以假装自己回到了旗舰旅馆，所有物品都泛着淡淡的紫色，空气中飘着咸涩的味道。

他坐在缀满彩色水钻的床罩上，拍了拍身边的位置。

“你很沉默。”他说。

“抱歉，”她说，“你了解我的性格。”

“确实。”他说。

她也坐了下来，既害怕他会碰她，又害怕他不会碰她。

“你可以把这件礼服脱掉吗？”她说。她想让他恢复本来的面貌。

可是，在他脱光衣服以后，情况反而更加糟糕了。他穿着紧绷的自行车短裤，浑身都是微微闪烁的肌肉，当她指出这个崭新的变化时，他没有明白她的意思。他高兴地笑了，说：“谢谢，我正在练拳击。”

“你要脱衣服吗？”他问她，“不必勉强。”

“好，不过先关灯吧。”

她以为黑暗可以模糊未知的轮廓，让熟悉的弗兰克重新浮现出来。然而，此刻已经是早晨六点多了，黎明的指尖拂过天空，光线不够昏暗。她只能逼迫自己脱下裤子和羊毛衫，她钻进被子里，他们静静地躺在床上，肩并着肩。一股莫名的浪潮涌上心头，她的胸中波涛起伏，那是她始终在逃避的真相，残忍恐怖却又极为简单的真相：一切不会再像从前一样了。

“咱们现在做什么？”他说。

“我不知道。”

“你在发抖。”

他把双手放在她身上，她忍不住瑟缩了一下。

他匆匆忙忙地跳下床，仿佛被烈焰烫伤了皮肤。

“你去哪儿？怎么了？”她跟着他，可是他不停地远离她。

他撞上了冰箱。

“你躲闪了，你避开了。”他高喊。

她想要否认，可是难以启齿。他退进洗手间里。

“不要关门，”她啜泣道，“求求你，不要把我拒之门外。”终于，她说：“我以为一切都能像从前一样，我不知道会变成这样。”

“我不配得到你的任何东西，但是如果你不再爱我了，请你不要说出来，我无法承受。”

“在今后的人生中，我会一直爱你，永远爱你。”

“但是你不想让我碰你。”

她拼命思索该如何回答。

“我希望自己还年轻，可是我已经老了。”他说。

“你还是你。”

“噢。”他突然泄了气，披着床单，跌坐在马桶和水槽之间的地板上。

“我说了什么？我做了什么？”

他从台子上拽下一条毛巾，铺在她的脚边：“你可以坐下吗？”当她照做以后，他说：“我是在医院遇见路易莎的，她是一名医科学生。”

她举起手掌，表示制止：“我不想知道，别告诉我。”

然而，弗兰克继续讲述：“起初，我只是需要一个身体，随便是谁都行。我也明确地告诉过她，我和她之间不会有爱情，因为我在等你。但是，她怀孕了，而且我们正处于危险地带，必须赶紧离开。在费利西娅出生以后，我似乎再也不是从前的自己了，我拥有了这个可爱的孩子，就不可能是跟你在一起的那个人了。我和你的回忆成了别人的回忆，犹如道听途说的故事。没有人可以那样爱上你，失去你，然后还若无其事地生活下去。我分裂成了两部分，你明白我的意思吗？”

“不。”

“我可以假装自己是他。不过，我已经暴露了很多破绽，不是吗？”

“不，不，不。”

“那就吻我吧。”他伸出手，她紧紧握住，接着双膝跪地，朝他仰起脸庞，闭上眼睛。洗手间里的灯光简直是全世界最明亮的灯光。

波莉吸了一口气。香烟，薄荷，男士香皂。她竭尽全力，再次深深地吸气。千真万确。那个味道，弗兰克的味道，混合着雨水和甜蜜的味道，完全消失了。

她睁开眼睛。

“你看，”他说，“你看。”

他拥抱了她，用床单裹住她。

他们一起下楼，迈上清晨的街道，到处都散落着垃圾：板栗壳、碎盘子、报纸折成的拿破仑帽[1]……

他问她，他能否陪她走回家。

“你还记得什么？”她说。

一群青少年在人行道上跑来跑去，高声尖叫：“混蛋们，世界末日到了！”

“一切。”弗兰克说，“我记得你的笑容，记得我们在公园第一次约会时你穿的连衣裙，记得你家附近的餐厅里有自动点唱机，记得每次走路你都会挎着我的胳膊，记得在得克萨斯州搭乘汽车渡轮，记得咱们从甲板上往下扔硬币。”

她原本以为，那些日子早已逝去，就像暮光隐入黑暗之中。然而，他终究还是把它们保存得完好无损。

他把她送上一辆三轮车，他亲吻她那冰凉的脸颊。他们反复地道别：“再见，再见。”不过这一次，她是坐车离开，可以回头看他。他们不停地挥手，挥手，挥手，挥手，直到对方彻底消失不见。

（全书完）

1　拿破仑帽（Napoleon hat）：又名双角帽，是18世纪90年代欧洲和美国军队的制服帽，现在大家经常把这种帽子跟法国军事家、政治家拿破仑·波拿巴（Napoléon Bonaparte，1769—1821）联系在一起。在拿破仑的时代，大多数军官都会戴这种双角帽。

致谢

感谢我的文学经纪人，卡罗利娜·萨顿、露西·莫里斯，以及亚历山德拉·莫西尼斯特，她们把我拽出废稿堆，拖进了光明之中，并且为了我不知疲倦地工作。感谢我的编辑们，栎树图书的凯西·布朗、维京加拿大的海伦·史密斯和拉腊·辛什伯格，以及炼金石图书的塔拉·帕森斯，他们带着我爬上高山，推着我一路攀登，直到抵达顶峰。

马特·约翰逊是这个故事的第一位朋友，他外表强硬，实则慷慨友善，并且具备深刻的洞察力，没有任何蛛丝马迹能逃得过他的眼睛。我永远都对他心怀感激。感谢休斯敦大学创意写作专业，尤其感谢罗伯特·博斯韦尔及他的学生们，他们的严肃、开放、决心和勤奋教会了我如何成为一名作家，让我为自己是一名作家而感到骄傲。感谢休斯敦出版组织，没有他们的奖学金，我永远都不会遇到这些改变我一生的朋友。感谢《艺术之声》，当我迷失方向的时候，他们总会找到我。

我非常幸运能生活在一个全力资助艺术家的国度里。感谢加拿大艺术委员会、多伦多艺术委员会和安大略艺术委员会，在我还没展示出可靠的创作才华之前，他们就给予了重要的支持。

感谢枫叶家具的玛尔格·基尔斯特德和多伦多档案馆的莎拉·范·马伦，感谢莫妮卡·彼得森，感谢他们耐心而热情地向我解释专业知识。

感谢我的第一批读者、智囊团，以及帮忙照顾孩子的朋友：瑞安·姚、伊莱莎·林、茱莉亚·格鲁森·伍德及克里斯汀·惠特克罗夫特（他们都忍受了我的无数个问题），布勒内·布朗、梅·阿卜杜拉、托尼·尼尔、莎伦·英格利希、米歇尔·马里亚诺、艾莉森·诺斯科特、安东尼·范·彭、安吉拉·李、阿贾·加贝尔、杰米拉·朗、丽贝卡·沃根、马克斯·阿兰布洛、梅根·麦克莱纳根、温妮·黄、莫林·欧哈拉·林和文森特·林。他们的反馈、建议和帮助都是无价之宝，但是，我更要感谢他们在这段漫长的创作过程中给予我的热情和陪伴。

史蒂芬·金说过：“写作是一份孤独的职业，但是如果有人相信你，情况就会变得截然不同。他们不必发表长篇大论，只要相信你就足够了。”感谢我的家人：我的母亲、父亲、姐姐、丈夫和女儿，感谢他们相信我。

授权致谢

《土星的光环》节选，W. G. 西博尔德著，哈威尔出版社初版，兰登书屋1998年再版。

《阅读随笔》节选、《黑塞之作品及思想》，赫尔曼·黑塞著，孚克·米歇尔斯编，苏尔坎普出版社法兰克福分社（1971年）。版权归苏尔坎普出版社所有。

《沉思录》，赫尔曼·黑塞著，拉尔夫·曼海姆译，法勒、施特劳斯和吉鲁出版社1974年初版，施特劳斯和吉鲁出版社再版。

《我再也不会如此爱一个人》，理查德·克尔曲，威尔·詹宁斯词，欧文音乐公司1977年初次发行，哈尔·莱纳德公司再次发行。版权所有，授权使用。

《乔治·波吉》，大卫·佩奇词曲，哈德马出版公司1978年发行，哈尔·莱纳德公司再次发行。美国及加拿大范围内的版权归灵魂四乐公司控制和管理，包括美国、加纳和日本在内的全世界范围内的版权归科博特音乐公司管理。版权所有，授权使用。

走错时空的人

产品经理 | 蒋兆琪	责任印制 | 梁拥军	监　　制 | 黄圆苑
装帧设计 | 王　易	技术编辑 | 丁占旭	出 品 人 | 于　桐
封面插画 | Jane Liu		

图书在版编目（CIP）数据

走错时空的人 / (加) 西娅 · 林著；戚悦译. -- 天津：天津人民出版社, 2019.6

书名原文: An Ocean of Minutes

ISBN 978-7-201-14656-0

Ⅰ. ①走… Ⅱ. ①西… ②戚… Ⅲ. ①长篇小说- 加拿大- 现代 Ⅳ. ①I711.45

中国版本图书馆CIP数据核字(2019)第063354号

走错时空的人
ZOUCUOSHIKONG DE REN

出　　版　天津人民出版社
出 版 人　刘　庆
地　　址　天津市和平区西康路35号康岳大厦
邮政编码　300051
邮购电话　022-23332469
网　　址　http://www.tjrmcbs.com
电子信箱　tjrmcbs@126.com

责任编辑　张　璐
特约编辑　康嘉瑄
产品经理　蒋兆琪
装帧设计　王　易

制版印刷　河北鹏润印刷有限公司
经　　销　新华书店
发　　行　果麦文化传媒股份有限公司
开　　本　880×1230毫米　1/32
印　　张　10.5
印　　数　1-9, 000
字　　数　228千字
版次印次　2019年6月第1版　2019年6月第1次印刷
定　　价　49.80元